A Kingdom of Dreams

꿈의 왕국

Judith McNaught

꿈의 왕국

주디스 맥노트 지음
김인수 옮김

현대문화센타

이도 안 난 아이의 방긋 웃음과 장난감에
소년야구 리그전과 터뜨리지 못하는 눈물에
질주하는 자동차와 예쁜 소녀들,
대학 축구에 동정심과 매력, 유머에
그리고 내 아들에게.

우리는 함께 먼 길을 왔구나, 클레이.

1

"클레이모어 공작님과 신부(新婦)를 위해 건배!"

평범한 결혼식이었다면 지금과 같은 건배 제의는 화려하게 차려입은 신사 숙녀들의 웃음과 환호로 이어졌을 것이다. 그리고 사람들은 스코틀랜드 남부에 있는 메릭 성의 커다란 홀에서 이제 막 거행되려 하는, 성대하고 고귀한 결혼식을 축하하기 위해 잔을 높이 들고 몇 차례 더 건배를 했을 것이다.

그러나 오늘, 이 결혼식에서는 그렇지 않았다.

환호하거나 잔을 드는 사람은 아무도 없었다. 모두 서로의 눈치를 보며 긴장하고 있는 표정이었다. 신부와 신랑 측 가족을 비롯해 하객들과 하인들, 심지어 주인을 따라나선 개들조차도 심각한 분위기에 휩싸여 있었다. 벽난로 위에 걸린, 초상화

속의 초대(初代) 메릭 백작도 긴장한 것처럼 보였다.

"클레이모어 공작님과 신부를 위해 건배!"

신랑의 동생이 다시 건배를 제의했다. 그의 목소리는 부자연스러운 침묵 속에서 천둥처럼 실내에 울려 퍼졌다.

"두 분의 영원한 행복을 위해!"

대개는 이런 건배 제의가 있으면 의례적인 반응이라도 있게 마련이다. 신랑은 큰일을 이루고 난 다음의 만족감에 자랑스럽게 웃을 것이고 신부도 그런 신랑을 마주 보며 웃을 것이다. 또 하객들은 두 사람의 결혼을 통해 두 가문의 세력과 재산이 합쳐지는 것을 축하하는 뜻에서 기뻐할 것이다.

하지만 1497년 10월 14일, 오늘의 결혼식은 그렇지 않았다.

건배를 제의한 신랑의 동생은 신랑에게 잔을 들어 보이며 멋쩍게 웃었다. 신랑 측 하객들도 굳은 표정으로 잔을 들어 신부 가족들을 향해 어색한 미소를 보냈다. 신부의 가족들은 잔을 들고 서로를 냉랭하게 바라볼 뿐이었다. 실내에 감도는 긴장감에도 불구하고 유독 의연하던 신랑이 잔을 들고 신부를 은근한 눈길로 바라보았다. 하지만 신부도 그곳에 있는 다른 사람들처럼 적의에 찬 모습만을 보일 뿐 희미한 미소도 짓지 않았다.

사실 제니퍼는 너무 정신이 없어서 그곳에 누가 있는지조차 알 수가 없었다. 그녀는 자신을 굽어살피지 않아 그처럼 괴로운 상황에까지 이르게 만든 하느님께 필사적으로 기도를 올리고 있었다. 목구멍까지 치밀어 오르는 두려움을 삼키며 조용히 부르짖었다.

'주님! 이 결혼식을 멈추게 하실 거라면, 빨리 손쓰셔야 합니다. 몇 분만 지나도 늦을 거예요. 저는 순결을 앗아간 사람과 이렇게 강제로 결혼하고 싶지 않아요. 제 의지대로 순결을 바친 게 아니라는 걸 아신다면 제가 이보다는 나은 대접을 받아야 하는 게 아닌가요?'

어리석게도 자신이 주님을 원망하고 있음을 깨달은 그녀는 황급히 마음을 바꿔 애원했다.

'저는 늘 주님께 복종하고 주님을 잘 섬기지 않았습니까?'

그러자 제니퍼의 마음속에서 주님의 목소리가 천둥 치듯 울렸다.

'늘 그렇진 않았지, 제니퍼!'

'거의 그랬습니다.'

제니퍼는 황급히 변명을 했다.

'아픈 적도 별로 없었지만, 그럴 때를 빼고는 매일 미사에 참석했고, 매일 아침저녁으로 기도를 드렸잖아요. 거의 매일 저녁……'

그녀는 자신의 양심이 고개를 들려 하자 서둘러 덧붙였다.

'기도를 마치기 전에 잠들었을 때만 빼고요. 그리고 노력했습니다. 수녀원에 계시는 착한 수녀님들이 바라시는 대로 따르기 위해 정말 노력했어요. 제가 얼마나 열심히 노력했는지는 주님께서도 잘 아시잖아요?'

그러고는 간절하게 끝을 맺었다.

'이 곤경에서 구해주신다면 다시는 고집을 부리거나 충동적으로 굴지 않겠습니다.'

'그 말은 믿지 못하겠다, 제니퍼.'

주님의 목소리가 의심스럽다는 듯 울려 퍼졌다.

'그러지 마시고 제발, 믿어주세요. 맹세합니다.'

그녀는 진심으로 대답했다.

'당신께서 원하시는 어떤 일이라도 하겠습니다. 곧장 수녀원으로 돌아가 평생 동안 기도에만 몸 바쳐…….'

"결혼 서약서에는 양쪽 모두 서명했소. 이제 사제님을 모셔 오시오."

밸포어 경이 선언하자, 제니퍼는 숨이 막힐 것 같았다. 주님을 위해 희생할 수도 있다는 생각이 그녀의 마음속에서 꼬리를 감추고 있었다. 그녀는 다시 조용히 애원했다.

'주님, 제게 왜 이러시는 건가요? 제가 이런 일을 겪도록 할 작정은 아니시죠?'

이윽고 문이 열리자 넓은 실내에는 침묵이 드리워졌다.

'그럴 작정이란다, 제니퍼.'

사제가 지나갈 수 있도록 군중이 양쪽으로 물러서며 길을 터주자 제니퍼는 마치 자신의 인생이 끝난 듯한 느낌이었다. 신랑이 옆으로 오자 그녀는 몸을 약간 움찔했다. 제니퍼는 신랑이 자신의 옆에 있는 걸 견뎌야 한다는 사실에 분노와 굴욕감으로 속이 울렁거렸다. 순간적인 부주의한 행동이 불행과 치욕으로 이어질 수도 있다는 것을 진작 알았더라면, 그렇게 충동적이고 무모하게 굴지만 않았더라면…….

제니퍼는 눈을 감고 잉글랜드인들의 적의에 찬 얼굴과 스코틀랜드인들의 살기등등한 얼굴을 외면했다. 하지만 눈을 감는 순간 가슴 아픈 진실과 마주쳐야 했다. 그런 비참한 결과는 그녀의 가장 큰 약점인 충동성과 무모함에서 비롯된 것이었다. 그녀가 저지른 어리석은 행동도 그런 성격적 결함에서 비롯되었다. 그런데다 자신의 아버지가 이복 오빠를 아꼈던 것처럼 자신에게도 사랑을 베풀어주었으면 하는 절실한 열망이 더해져 그녀의 인생을 망치게 되었는지 모른다.

그녀가 열다섯 살 때 교활하고 사악한 이복 오빠에게 정당하고 떳떳하다고 생각되는 방법으로 직접 복수하려고 했던 것도 그런 성격 때문이었다. 그녀는 메릭 가(家)의 갑옷을 몰래 꺼내 입고 말에 올라탄 뒤 오빠를 향해 전력으로 질주했다. 그 어리석은 행동으로 제니퍼는 그 명예로운 마상 경기장에서 아버지로부터 호된 매질을 당했다. 그녀는 다만 사악한 이복 오빠가 말 위에서 나뒹구는 것을 보고 찰나의 만족감을 느꼈을 뿐이다.

그 전해인 열네 살 때에는 늙은 발더 공의 청혼을 거절하여 두 집안의 결합을 갈망하던 아버지의 간절한 꿈을 짓밟아버렸다. 모두 그녀의 충동적이며 반항적인 성격 때문이었다. 마침내 벨커크에 있는 수녀원으로 쫓겨났고, 7주 전에 약탈을 일삼는 '검은 늑대'가 이끄는 군대의 희생물이 되고 말았다.

지금 그녀는 그 모든 것 때문에 원수와 결혼할 수밖에 없는 처지가 되었다. 제니퍼의 신랑은 그녀의 조국 스코틀랜드를 억압하는 잉글랜드군의 지휘관으로, 그녀를 납치하여 포로로 삼았을 뿐만 아니라 정조까지 빼앗아 그녀의 명예를 더럽혔다.

이제 주님께 기도와 맹세를 하기에는 너무 늦어버렸다. 7주 전, 옆에 있는 신랑 앞에 두 팔이 뒤로 묶인 채 내팽개쳐졌던 때부터 제니퍼의 운명은 정해졌던 것이다. 아니 그전, 검은 늑대가 이끄는 군대가 부근까지 진입했다는 경고를 주의 깊게 듣지 않았던 때부터 그녀는 일찌감치 이 재앙의 길로 들어선 것이었다.

하지만 제니퍼는 변명하듯 울부짖었다. 그녀는 '늑대가 쳐들어온다.'는 소문을 곧이곧대로 믿지 않았다. 그 말은 지난 5년 동안 거의 일주일 간격으로 반복되었기 때문이다. 그런데 7주 전에는 그 말이 헛소문이 아니라 사실로 드러났던 것이다.

실내에 있던 하객들은 제니퍼가 결혼 서약서에 서명하는 모습을 보려고 기웃거렸다. 하지만 서명의 당사자인 제니퍼는 그 악몽 같은 날의 기억을 떨쳐낼 수가 없었다.

그날은 유난히 화창한 날이어서 하늘도 맑았고 공기도 상쾌했다. 태양은 수녀원의 고딕식 첨탑과 우아한 아치를 황금 빛으로 물들이며 고요하고 작은 벨커크 마을을 평화롭게 비추고 있었다. 서른네 가구가 모여 사는 벨커크에는 훌륭한 수녀원을 비롯해 두 군데의 상점이 있었고 마을 한가운데에는 공동 우물이 있었다. 마을 사람들은 일요일 오후가 되면 그 우물가에 모이곤 했다. 그날도 예외는 아니었다. 멀리 언덕 위에서는 양치기가 양 떼를 돌보고 있었고, 제니퍼는 우물에서 그리 멀지 않은 공터에서 원장 수녀님이 그녀에게 맡긴 고아들과 술래잡기를 하고 있었다.

이처럼 웃음과 여유가 넘치던 평화로운 그곳에서 이상한 일이 벌어졌다. 술래가 된 그녀는 머리에 두건을 푹 눌러쓴 채 아이들과 함께 공터에서 놀고 있었다.

"어디 있니, 탐 맥기번?"

들리는 소리로 볼 때 바로 앞에서 낄낄대고 있는 것이 틀림없는 아홉 살짜리 소년을 못 찾는 체하며 그녀는 손을 뻗어 더듬거렸다. 그러다가 괴물처럼 팔을 높이 쳐들고 손가락은 활짝 편 채 낮고 위협적인 목소리로 외쳤던 것이다.

"도망치지 못할걸, 탐 맥기번."

아이가 오른쪽에서 소리쳤다.

"못 잡을걸요!"

"아냐, 잡고 말 테다!"

제니퍼가 겁을 주면서 일부러 왼쪽으로 방향을 틀자, 나무 뒤에 숨거나 덤불 옆에 웅크리고 있던 아이들이 갑자기 웃음을 터뜨렸다.

몇 분 후 그녀는 깔깔 웃으며 도망치는 한 아이를 붙잡았다.

"잡았다!"

제니퍼는 숨 가쁘게 웃으면서, 붉은 빛을 띤 금발이 흐트러지는 것도 아랑곳없이 잡은 아이를 확인하기 위해 두건을 벗었다.

"메리를 잡았어요!"

아이들이 기뻐하며 소리를 질렀다.

"이제 메리가 술래다!"

다섯 살짜리 여자애가 걱정스러운 듯 제니퍼를 바라보았다. 엷은 갈색 눈동자의 아이는 가녀린 몸을 떨고 있었다.

그 아이는 제니퍼의 다리에 매달리며 애원했다.

"난 두건 쓰기 싫어요. 깜깜하단 말예요. 꼭 써야 돼요?"

제니퍼는 다정하게 웃으면서 메리의 머리카락을 쓸어주었다.

"싫으면 안 써도 돼."

"정말요? 전 깜깜하면 무섭단 말예요."

메리는 작은 어깨를 축 늘어뜨리며 변명을 했다. 제니퍼는 메리를 들어 올려 품 안에 꼭 끌어안았다.

"어떤 사람이든 무서워하는 게 있어."

그녀는 장난스럽게 덧붙였다.

"있지, 나도…… 음, 개구리를 무서워하는걸."

제니퍼가 지어낸 거짓말을 듣고 꼬마 소녀가 킥킥댔다.

"개구리가 무섭다고요?"

아이가 되물었다.

"전 개구리 좋아해요. 개구리는 전혀 겁나지 않아요."

제니퍼는 키를 낮추며 말했다.

"그것 봐. 넌 나보다 훨씬 용감한 아이야."

"제니퍼 언니가 개구리를 무서워한대."

메리가 아이들과 함께 앞으로 뛰어가면서 말했다.

"아냐, 그렇지 않아."

탐이 얼른 나서서 제니퍼를 두둔했다. 그녀는 귀한 신분이었지만 험한 일도 주저하지 않았다. 그녀는 탐을 거들어 살찐 식용 개구리를 잡기 위해 치마를 걷어올리고 연못에 들어가는가 하면, 땅 위로 내려서지 못하는 어린 윌을 구하기 위해 고양이처럼 나무를 타기도 했다.

그때 제니퍼가 더 이상 말하지 말라고 눈짓하자 탐은 슬그머니 입을 다물었다.

"제가 두건을 쓸게요."

대신 탐은 제니퍼를 동경의 눈빛으로 바라보며 자신이 술래가 되겠다고 자청했다. 그녀는 수련 수녀들이 입는 수수한 수녀복을 입고 있었지만 수녀는 아니었고 더구나 수녀처럼 행동하지도 않았다. 한번은 제니퍼가 신부의 설교가 길게 이어지는 동안 꾸벅꾸벅 존 적이 있었다. 그때 바로 그녀의 뒤에 앉아 있던 탐이 일부러 헛기침을 하여 제니퍼를 깨웠다. 그 덕택에 그녀는 수녀들을 감시하는 원장 수녀님의 날카로운 시선을 피할 수 있었다.

"이번엔 탐이 술래다."

제니퍼는 재빨리 탐에게 두건을 건네주었다.

그녀는 아이들이 저마다 숨기 좋아하는 장소로 재빨리 달려가는 것을 지켜보면서, 술래잡기를 하기 위해 벗어두었던 수녀용 두건과 모직으로 된 짧은 베일을 집어들었다. 공동 우물로 가볼 작정이었다.

공동 우물가에서는 마을 사람들이 몇 사람을 에워싸고 서서 새로운 소식을 듣느라 여념이 없었다. 소식을 전하는 이들은 콘월에서 잉글랜드인들과 전쟁을 치르고 귀향하는 도중 벨커크를 지나던 사람들이었다. 그때 한 사람이 제니퍼를 알아보고는 소리를 질렀다.

"제니퍼 아가씨! 빨리 오세요. 영주님에 관한 소식이 있어요."

제니퍼는 두건과 베일을 손에 든 채 우물가로 뛰어갔다. 그러자 재미있는 일이 일어났음을 눈치 챈 아이들도 그녀를 우르르 따라갔다.

"무슨 소식인가요?"

제니퍼는 영민(領民)들을 둘러보며 숨 가쁘게 물었다. 곧 한 병사가 투구를 벗어들며 그녀에게 되물었다.

"메릭 영주님의 따님이시죠?"

그런데 메릭이라는 이름이 튀어나오자 물을 긷던 두 사내가 동작을 멈추고 서로 눈짓을 했다. 그러더니 다시 머리를 숙여 자신들의 얼굴을 숨겼다.

"맞아요."

제니퍼가 반갑게 대답했다.

"제 아버지 소식을 알고 계신가요?"

"물론이죠, 아가씨. 지금 그분은 대군을 이끌고 이곳으로 오고 계십니다. 그리 멀지 않은 곳에 계십니다."

"주님, 감사합니다."

제니퍼는 그제야 한숨을 돌렸다.

"콘월의 전황은 어떤가요?"

제니퍼는 이제 개인적인 걱정을 떠나 아버지를 비롯한 영민들의 상황이 궁금해졌다. 그들은 잉글랜드 왕좌에 대한 권리를 주장하는 스코틀랜드의 제임스 왕과 에드워드 5세를 지지하여 콘월에서 전투를 벌였던 것이다.

"저희가 떠날 때까지도 끝나지 않고 있었습니다. 코르크와 톤턴에서는 이길 수 있을 것 같았고 콘월에서도 마찬가지였죠. 그런데 그 악마가 헨리 왕의 군대를 직접 지휘하면서 상황이 바뀌었습니다."

"악마라니요?"

제니퍼가 의아한 듯 다시 묻자 그 사내는 증오에 가득 찬 얼굴로 땅에 침을 뱉고 난 뒤 덧붙였다.

"검은 늑대, 그놈은 악마 중의 악마죠. 지옥에서 태어났으니 다시 지옥불 속으로 떨어질 겁니다."

스코틀랜드인들이 가장 증오하고 두려워하는 '검은 늑대'라는 말이 나오자 두 아낙이 두려운 듯 성호를 그었다. 하지만 영민들의 말은 거기에서 그치지 않았다.

"검은 늑대가 우리 스코틀랜드로 오고 있습니다. 에드워드 왕을 지지하는 우리를 쳐부수기 위해 헨리가 그에게 더 많은 병력을 지원했다고 합니다. 지난번 그가 공격했을 때보다 더 끔찍한 살인과 참사가 빚어질 겁니다. 제 말 잘 들으세요. 그래서 우리 병사들은 급히 귀향해서 싸울 준비를 하려는 거죠. 늑대는 제일 먼저 메릭 성을 공격할 것 같습니다. 콘월에서 전사한 잉글랜드 놈들 대부분이 메릭의 영민들에게 당했기 때문이죠."

그는 말을 마친 뒤 정중하게 머리를 숙여 인사하고는 말에 올라탔다.

그러자 우물가에 옹기종기 모여 있던 병사들도 황무지를 가로질러 구불구불 이어진 길을 따라 내려갔다. 그러나 그들 가운데 두 명은 마을 사람들의 시야에서 벗어나자 오른쪽으로 빠져 은밀히 숲 속에 감춰둔 말에 올라탔다.

그때 제니퍼가 유심히 지켜보았다면 그녀 바로 뒤쪽의 숲 속으로 급히 되돌아오는 그들의 모습을 발견할 수 있었을 것이다. 하지만 그때 그녀는 잉글랜드와 스코틀랜드의 메릭 성 중간에 위치한 벨커크 사람들 사이에서 일어난 공포의 아수라장에 온통 마음을 빼앗긴 상태였다.

"늑대가 오고 있다!"

한 여자가 아기를 가슴에 꼭 껴안고 외쳤다.

"주님, 저희를 불쌍히 여기소서."

"늑대가 메릭을 공격한대요."

한 남자가 두려움에 가득 찬 목소리로 외쳤다.

"늑대는 메릭 성을 치러 가는 게 목적이지만 가는 길에 벨커크를 집어삼킬 거야."

두려움을 느낀 아이들은 제니퍼의 주위로 몰려들었다.

귀족이든 농노이든 상관없이 스코틀랜드인들에게 검은 늑대는 악마보다 더 사악하며 위험한 존재였다. 악마는 영적인 존재이지만 늑대는 바로 이 지상에서 그들의 생존을 위협하는, 살아 있는 인간이기 때문이다. 그야말로 스코틀랜드인이 자식에게 버릇을 가르치려고 겁을 줄 때나 등장하는 사악한 존재와도 같았다. 스코틀랜드인들은 아이들이 숲 속에서 장난을 치거나 어른들 말을 듣지 않을 때 '늑대가 잡아간다.'라며 으름장을 놓곤 했다.

전설 속에나 등장할 것 같은 인물에 의해 극도의 공포가 조장되는 것을 더 이상 견디지 못한 제니퍼가 소리 높여 말했다. 그녀는 늑대라는 이름이 튀어나온 순간부터 자신에게 몰려든 아이들을 끌어안고 있었다.

"아마도 늑대는 콘월에서 우리에게 입은 상처를 핥으며 그의 이교도 왕에게 돌아가서 자기가 승리한 것처럼 허풍을 떨 것입니다. 그렇지 않다면 메릭보다는 약한 성을 공격 목표로 고르겠지요. 쉽게 무너뜨릴 수 있는 곳으로요."

사람들은 늑대를 무시하는 듯한 그녀의 말투에 깜짝 놀랐다. 하지만 제니퍼가 그렇게 말한 건 허세만은 아니었다. 그녀는 메릭 가의 장녀였고, 메릭은 그 누구도 두려워하지 않았다. 그녀는 아버지가 이복 오빠들에게 하는 말을 수도 없이 들었고 아버지의 신념을 자신의 것으로 삼아왔다. 게다가 마을 사람들이 아이들을 놀라게 하는 것을 두고 볼 수만은 없었다.

그때 메리가 제니퍼의 치맛자락을 살그머니 당기며 작게 물었다.

"제니 언니는 검은 늑대가 안 무서워요?"

"하나도 안 무서워."

제니퍼는 밝고 자신에 찬 미소를 지으며 대답했다.

어린 탐이 겁먹은 소리로 불쑥 말했다.

"사람들이 그러는데 늑대는 나무처럼 키가 크대요."

"나무처럼 크다고?"

제니퍼는 웃음을 터뜨렸다. 그녀는 늑대를 둘러싼 모든 소문에 대해 우스갯소리를 지어낼 작정이었다.

"그 사람이 나무처럼 크다면 말을 탈 때 볼 만하겠구나! 말에 타려면 시종이 네 명은 있어야 하겠지?"

곧 제니퍼가 원하던 대로 몇 명의 아이들이 킬킬거렸다.

어린 윌이 몸서리를 치며 말했다.

"제가 들었는데요, 그 사람은 맨손으로 벽을 허물고 피도 마신대요."

제니퍼가 눈을 반짝이며 대꾸했다.

"그럼, 그 사람이 그렇게 멍청한 건 소화불량 때문이었구나. 만일 그가 벨커크에 오게 되면 몸에 좋은 에일 맥주(8세기경부터 만들어지기 시작한 스코틀랜드 지역의 맥주)를 대신 주면 되겠네."

이번엔 다른 아이가 끼어들었다.

"아빠가 그러시는데요, 그 사람 옆에는 거인이 항상 따라 다닌대요. 애릭이라는 골리앗인데 전쟁용 도끼를 들고 다니면서 아이들을 토막 내고……."

"저도 들었는데……."

또 다른 아이가 침울하게 입을 열자 제니퍼가 슬쩍 가로막았다.

"얘들아, 내가 들은 이야기를 해줄게."

그녀는 밝게 웃으며 아이들을 수녀원 쪽으로 데려갔다. 수녀원은 그 공동 우물가에서는 보이지 않는 곳에 있었다. 제니퍼는 곧 아이들에게 들려줄 이야기를 꾸며냈다.

"들은 얘긴데, 늑대는 너무 늙어서 눈을 가늘게 뜨고 봐야 한대. 요렇게."

그녀가 우스꽝스러운 표정으로 주변을 살피는 모습을 흉내 내자 아이들은 다시 한 번 깔깔거리며 웃었다.

길을 따라 걸으면서 제니퍼는 계속 늑대에 대한 우스꽝스러운 이야기들을 지어냈고 아이들도 늑대를 바보처럼 여기게 하는 말들을 보태면서 그들 모두는 차츰 흥겨워졌다.

그 순간 살을 에는 듯 차가운 바람이 일더니 제니퍼의 망토 자락을 세차게 때렸다. 하늘은 어느새 먹구름으로 뒤덮였다. 마치 자연이 그들의 흥겨운 마음을 시샘하는 듯했다.

 얼마 후 늑대를 놀림감으로 삼아 우스운 이야기를 더 지어 내려던 제니퍼는 영민들이 말을 타고 수녀원 쪽에서 자신을 향해 달려오는 것을 보았다. 제니퍼는 걸음을 멈췄다. 한 어여쁜 수련 수녀가 지휘관의 앞쪽 안장에 앉아 있다가 수줍게 웃어 보였다. 그것은 제니퍼에게 익숙한 웃음이었다.

 제니퍼는 환호성을 지르며 뛰어가려다가 곧 걸음을 멈추었다. 자신의 행동이 숙녀답지 못하며 충동적인 것임을 깨달았기 때문이다. 그녀는 아버지를 물끄러미 바라보다가 이번에는 영민들을 둘러보았다. 그들은 무뚝뚝하고 못마땅한 표정으로 제니퍼의 눈길을 외면했다. 그것은 그녀의 이복 오빠가 끔찍한 이야기를 성공적으로 퍼뜨린 뒤부터 비롯된 일이었다.

 제니퍼는 아이들에게 곧장 수녀원으로 가라고 단단히 이른 다음 길 한가운데서 아버지 일행이 다가오기를 기다렸다. 한참 만에 그들은 그녀 앞에 멈춰 섰다.

 제니퍼의 아버지는 말에서 훌쩍 내린 다음 브렌나도 내려주었다. 브렌나는 이복 동생으로 그녀와 함께 수녀원에 머무르고 있었다. 따라서 제니퍼는 아버지가 수녀원에 들렀다 오는 길임을 짐작할 수 있었다. 그녀는 귀족 가문의 예의와 위엄을 지키느라 느릿느릿 움직이는 영민들의 모습을 보며 씁쓸하게 웃었다.

 드디어 아버지가 그녀를 향해 활짝 팔을 벌렸다. 제니퍼는 아버지의 품에 안기며 더듬거렸다.

"아버지, 너무 보고 싶었어요. 거의 2년 만에 뵙네요! 건강하세요? 좋아 보이시네요. 조금도 변하지 않으셨어요."

메릭은 목에 감긴 딸의 팔을 천천히 풀고는 조금 떨어져서 그녀의 헝클어진 머리와 발그레한 뺨, 심하게 구겨진 옷을 훑어보았다. 제니퍼는 자신의 모습이 아버지의 마음에 들기를, 또 원장 수녀님이 자신에 대해 긍정적인 평가를 해주었기를 기도했다.

메릭 백작은 2년 전 제니퍼를 수녀원으로 보냈다. 그리고 1년 전에는 메릭 자신이 전쟁터로 떠나는 바람에 브렌나도 수녀원에서 생활하게 되었다. 제니퍼는 원장 수녀님의 엄격한 지도에 따라, 자신의 장점을 개발시키고 단점을 극복하려고 노력했다. 그러나 아버지가 숙녀가 다 된 지금의 모습을 보고 있는 것인지, 아니면 수녀원으로 보내지기 전의 제멋대로 굴던 소녀 시절을 생각하고 있는 것인지 몹시 궁금했다. 마침내 그녀의 얼굴을 보던 아버지가 빙긋이 웃어 보였다.

"이젠 숙녀가 되었구나, 제니퍼."

제니퍼는 하늘을 날 듯 기뻤다. 과묵한 아버지가 그런 말을 한 것은 굉장한 칭찬이었기 때문이다.

"다른 부분도 변했어요, 아버지. 아주 많이요."

그녀가 눈을 빛내며 말했다.

"그렇게 많이 변한 것 같지는 않구나, 제니퍼."

메릭은 숱이 많은 눈썹을 치켜 올리며 딸이 들고 있던 베일과 두건에 눈길을 던졌다.

"어머나!"

화들짝 놀란 제니퍼가 해명하기 시작했다.

"방금 전까지 아이들과 술래잡기를 하고 있었거든요. 그런데 술래잡기용 두건을 쓰려면 이걸 착용한 채로는 어쩔 수가 없어서요. 참, 원장 수녀님은 만나보셨어요? 저에 대해 무슨 말씀을 하셨나요?"

메릭이 무표정한 얼굴로 대꾸했다.

"그분이 뭐라고 하셨냐 하면, 너에게는 저 언덕에 앉아 백일몽에 빠지는 습관이 있다고 하시더구나. 또 미사 중에는 꾸벅꾸벅 졸기도 한다며? 모두 어디서 많이 듣던 소리였지."

제니퍼는 존경하고 있던 원장 수녀님에게 배신을 당한 기분이었다. 암브로스 원장 수녀님은 큰 영지를 가진 영주로서 농지와 가축에서 나오는 수입을 관리하고 방문객을 접대했다. 또 수녀원에서 일하는 평신도와 그 높은 울타리 안에서 은둔 생활을 하는 수녀들과 관련된 모든 문제를 처리했다.

브렌나는 근엄한 원장 수녀님을 무서워했지만 제니퍼는 그렇지 않았기 때문에 원장 수녀님의 명백한 배신이 큰 상처가 되었다.

하지만 제니퍼는 곧 이어진 아버지의 말에 실망을 덜어낼 수 있었다.

"그런데 암브로스 원장 수녀님은 네가 훌륭한 수녀가 될 만큼 명석하다고 그러시더구나. 네가 영민을 거느릴 영주가 되기에 충분한 용기를 갖춘, 뼛속까지 진정한 메릭 가의 인물이라고 하셨지. 하지만 영주가 될 수는 없어."

아버지가 덧붙인 말에 제니퍼는 그만 자신의 꿈이 산산조각이 나는 걸 느꼈다. 하지만 애써 웃으며 자신의 권리를 빼앗기는 아픔을 감추려 했다. 그 권리는 아버지가 과부였던 브렌나의 어머니와 재혼하면서 덩달아 세 명의 의붓아들이 생기기 전까지만 해도, 제니퍼에게 약속되어 있던 권리였다.

세 이복 오빠들 가운데 장남인 알렉산더가 그녀에게 약속된 지위를 차지할 것이 분명했다. 알렉산더가 착하거나 올바른 사람이었다면 제니퍼도 지위를 빼앗기는 것 자체를 못 견딜 정도는 아니었을 것이다. 하지만 그는 믿을 수 없을 정도로 교활한 인간이었다. 설령 아버지와 영민들이 그 사실을 모르고 있다해도 제니퍼만은 알고 있었다. 알렉산더는 메릭 성에서 살게된 지 1년도 지나지 않아 제니퍼에 대한 악담을 퍼뜨리기 시작했다. 지독한 중상모략이었지만 어찌나 교묘하게 꾸며냈던지, 영민들은 해가 거듭될수록 그녀에게서 등을 돌리기 시작했다. 제니퍼에게는 영민들의 신뢰를 잃은 것이 가장 참을 수 없는 아픔이었다. 그녀는 지금도 사람들이 자신을 백안시하는 걸 보면서, 자신이 저지르지도 않은 일들에 대해 용서를 구하고 싶었다. 하지만 그런 욕구를 간신히 참았다.

둘째 오빠 윌리엄은 브렌나처럼 상냥하고 더할 수 없이 소심한 반면, 셋째 오빠 말콤은 알렉산더처럼 사악하고 비열했다.

메릭 백작은 계속 말을 이었다.

"원장 수녀님은 네가 친절하고 상냥하지만 기개가 있다고……."

"수녀님께서 정말 그렇게 말씀하셨어요?"

두 이복 오빠에 대한 우울한 생각에서 벗어난 제니퍼가 되물었다.

"그렇단다."

제니퍼가 유심히 바라보니 아버지는 그 어느 때보다 엄숙하고 긴장된 표정이었다. 목소리까지도 긴장되어 있었다.

"네가 이교도와 같은 태도를 버리고 이렇게 변한 건 참으로 다행스런 일이다, 제니퍼."

아버지가 갑자기 말을 멈추자, 제니퍼는 그 까닭이 궁금해졌다.

"왜 그러세요, 아버지?"

아버지는 길고 거칠게 숨을 들이쉬며 대꾸했다.

"내가 한 가지 물을 게 있는데 네 대답에 우리 가문의 미래가 달려 있단다."

아버지의 말이 제니퍼의 마음속에 나팔 소리처럼 울려 퍼지며 온몸이 흥분과 기쁨으로 아찔해졌다. '가문의 미래가 너에게 달려 있다.' 너무 행복해서 자신의 귀를 의심했다. 마치 수녀원 뒤편 언덕으로 올라가 가장 좋아하는 공상에 빠졌을 때의 기분이었다. 그녀는 늘 '제니, 우리의 미래는 너에게 달려 있다. 네 이복 오라비들이 아니고 너에게 말이다.'라는 말을 듣고 싶었다.

이제 영민들에게 그녀의 용기를 증명하고 그들로부터 다시 신뢰를 얻을 수 있는 기회가 온 것이다. 그녀는 항상 검은 늑대의 성벽을 타고 올라가 혼자 힘으로 그를 사로잡는 등 용감하며 위험한 임무를 도맡아 수행하는 공상을 하곤 했다. 그녀는 아버지가 내리는 임무가 아무리 어려운 것이라 해도 의문을 제기하거나 명령을 받아들이는 데 있어 머뭇거리지 않으리라 다짐했다.

그녀는 아버지의 얼굴을 살폈다.

"제가 무엇을 하길 원하세요? 말씀만 하시면, 그대로 하겠어요! 어떤 일이라도."

"에드릭 맥퍼슨과 결혼하겠느냐?"

"네에?"

제니퍼는 그만 숨이 멎는 것 같았다. 에드릭 맥퍼슨은 아버지보다도 나이가 많으며 몹시 마르고 징그럽게 생겼는데 평소에 제니퍼를 소름 끼치는 시선으로 바라보던 사람이었다.

"어떠냐?"

제니퍼의 적갈색 고운 눈썹이 한데로 모아졌다. 방금 전 아버지의 말에 절대로 의문을 제기하지 않겠다고 다짐했던 그녀가 되물었다.

"왜죠? 왜 제가 그 사람과 결혼해야 하나요?"

메릭의 얼굴에 낯설고 고뇌에 찬 표정이 어렸다.

"제니퍼, 우리는 콘월에서 무참히 당했다. 병사의 반을 잃었어. 알렉산더도 전투 중에 죽었다. 메릭 가문의 사람답게 끝까지 싸우다 전사했단다."

"아버지를 위해서는 다행스러운 일이네요."

그녀는 자신의 인생을 지옥처럼 만들었던 이복 오빠가 죽었다는 소식이 약간 슬프긴 했지만 그 이상의 감정은 느낄 수가 없었다. 이제 그녀는, 아버지가 자신을 자랑스럽게 여길 만한 일을 해내고 싶었다.

"아버지가 오빠를 친자식처럼 사랑하셨다는 걸 알아요."

고개를 조금 끄덕이는 것으로 제니퍼의 위로를 받아들인 아버지는 방금 전의 이야기로 돌아갔다.

"우리 영민 중 많은 사람들이 제임스 왕을 위해 콘월로 출정했다. 그 전투를 이끈 사람이 이 아비라는 사실은 잉글랜드 놈들도 알고 있어. 그래서 지금 잉글랜드 왕은 메릭 성에 보복하기 위해 늑대를 스코틀랜드로 보낸 거란다."

아버지는 고통스런 목소리로 덧붙였다.

"이제 맥퍼슨 영민들이 병력을 지원해주지 않는다면 우린 늑대의 포위 공격에 버틸 수 없는 상황이다. 그런데 맥퍼슨은 자신의 영민은 물론 다른 영지의 영민들에게도 영향력을 가지고 있거든."

제니퍼는 현기증을 느꼈다.

"알렉산더는 죽었고 늑대는 우릴 추격하고 있어."

아버지의 거친 목소리에 그녀는 정신이 번쩍 들었다.

"제니퍼, 내 말뜻을 알아들었니? 맥퍼슨은 너를 아내로 삼는 조건으로 참전을 약조했다."

제니퍼는 어머니로부터 여백작의 작위와 맥퍼슨의 영지에 버금갈 만큼 많은 땅을 상속받았다.

"그 사람이 제 땅을 원하나요?"

제니퍼는 1년 전 맥퍼슨이 수녀원에 들렀을 때 자신의 몸을 훑어보던 징그러운 시선을 떠올리며 아버지에게 물었다.

"그렇단다."

"그 사람에게 병력을 지원받는 대가로 그냥 제 땅을 줄 수는 없나요?"

그녀는 영민들을 위해 조금도 주저하지 않고 자신의 넓은 영지를 내놓을 각오를 했다.

하지만 메릭은 목소리를 높여 딸의 말을 부정했다.

"그 제안에는 동의하지 않을 거다. 자신의 가문을 위해 싸우는 건 누구에게나 명예로운 일이다. 하지만 맥퍼슨이 다른 가문을 위해 병력을 지원하면서 네 땅만을 대가로 받지는 않을 거야."

"그 사람은 대체 뭘 원하는 거죠? 제 땅을 가지고 싶다면 그냥……."

"그는 너를 원한단다. 내가 콘월에서 전쟁을 치르고 있을 때 그런 전갈을 보내왔지."

메릭은 새삼스럽게 상당한 미인으로 자라난 딸을 놀라운 듯이 바라보았다. 제니퍼는 수녀원으로 보내지기 전까지만 해도 주근깨가 다닥다닥 붙은 선머슴이었다.

"너는 점점 더 네 엄마를 닮아가는구나. 네 미모에 그 늙은이의 구미가 당긴 거야. 내게 다른 방도가 있다면 이런 부탁을 하지도 않았을 게다."

아버지는 제니퍼가 했던 말을 일깨워주듯 덧붙였다.

"넌 내게 영주 자리를 물려 달라고 간청하곤 했지. 영민들을 위해서라면 무슨 일이든 하겠다고."

제니퍼는 본능적으로 혐오감을 느끼게 하는 남자에게 자신의 일생을 맡겨야 된다는 생각을 하자 속이 뒤집혔다. 하지만 고개를 들고 용감하게 아버지를 바라보면서 말했다.

"네, 그렇게 할게요. 지금 아버지를 따라갈까요?"

아버지의 안도하는 모습을 보니 제니퍼는 자신이 희생할 만한 가치가 있을 것 같다는 생각이 들었다.

"아니다. 너는 브렌나와 함께 여기 머무르는 게 좋겠다. 네가 타고 갈 말도 없고, 우리는 한시바삐 메릭 성으로 가서 싸울 준비를 해야 하니까 말이다. 결혼에 동의한 사실을 맥퍼슨에게 전한 뒤 너를 그 사람에게 데려다 줄 사람을 보내마."

아버지가 다시 말에 오르자 제니퍼는 재빨리 영민의 무리 속으로 들어갔다. 그들 중 많은 사람들은 한때 그녀의 가까운 놀이 동무였다. 그녀는 자신이 맥퍼슨과의 결혼에 동의한다면 자신을 경멸하던 그들의 마음이 바뀔지도 모른다고 생각했다. 그녀는 곧 붉은 머리칼의 건장한 남자에게 다가섰다.

제니퍼는 그의 모호한 시선을 보면서 어색하게 웃었다.

"안녕하세요, 레널드 가빈. 부인은 잘 계시나요?"

그는 차갑게 제니퍼를 바라볼 뿐이었다.

"잘 있겠죠."

제니퍼는 자신에게 낚시를 가르쳐주다가 자신이 시냇물에 빠졌을 때 놀려대던 그에 대한 기억을 애써 떨쳐냈다. 그리고 곧 몸을 돌려 레널드의 옆에 있는 남자를 바라보았다.

"마이클 맥클레오드, 아직도 다리가 아픈가요?"

마이클은 푸른 색 눈동자로 그녀를 차갑게 쳐다보다 고개를 돌려버렸다.

제니퍼는 그 뒤에서 증오로 가득 찬 얼굴로 말 위에 앉아 있는 사람에게 손을 내밀며 말했다.

"개릭 카마이클, 베키가 익사한 지 4년이 지났군요. 지금 다시 맹세하건대, 나는 베키를 강물에 떠밀지 않았어요. 우린 싸우지도 않았어요. 그건 알렉산더가 지어낸 거짓말이라고요."

하지만 개릭이 돌처럼 굳은 얼굴로 그녀를 외면한 채 말에 박차를 가하자, 다른 사람들도 그녀를 모른 체하며 떠나가기 시작했다. 단 한 사람, 늙은 조시만이 말을 세우고 다른 사람들이 지나가기를 기다렸다. 가문의 무기 담당관인 그는 몸을 숙여 못이 박인 손바닥을 그녀의 머리 위에 올려놓았다.

"아가씨의 말이 사실이라는 걸 알아요."

제니퍼는 조시의 변함없는 충성심에 눈물이 핑 돌았다. 그의 부드러운 갈색 눈동자를 쳐다보자 그가 확신을 주려는 듯 말했다.

"성질이 있는 건 사실이지만 사소한 문제는 참고 넘어가죠. 개릭 카마이클과 다른 사람들은 알렉산더의 교묘한 얼굴에 속았을지 모르지만 난 그렇지 않아요. 물론 알렉산더가 죽었다고 슬퍼하지도 않을 테고! 영민들은 젊은 윌리엄이 이끄는 게 훨씬 나을 겁니다. 카마이클과 다른 사람들은 아가씨가 부친과 영민들을 위해 맥퍼슨과 결혼한다는 사실을 알게 되면 생각이 바뀔 겁니다."

"오빠들은 어디 있나요?"

제니퍼는 울음을 터뜨리지 않기 위해 화제를 바꾸었다.

"다른 길을 통해 고향으로 돌아가고 있어요. 우리가 행군하는 동안 늑대의 공격을 받을 수도 있기 때문에 콘월을 떠나면서 갈라졌죠."

조시는 다시 한 번 그녀의 머리를 쓰다듬어준 뒤 말을 재촉하여 그곳을 떠났다.

제니퍼는 우두커니 서서 조시가 탄 말이 멀어져가는 것을 지켜보았다.

그때 제니퍼 옆에 있던 브렌나가 부드러운 목소리로 말했다.

"언니, 어두워지고 있어. 이제 수녀원으로 돌아가야 해."

수녀원! 제니퍼는 불과 세 시간 전만 해도 명랑하고 활기찬 모습으로 수녀원을 나섰다. 그런데 지금은 녹초가 된 기분이었다.

"혼자 가. 나는 아직 못 가겠어. 언덕에 올라가 잠깐 쉬었다 갈래."

"어둡기 전에 돌아가지 않으면 원장 수녀님이 화내실 텐데. 그리고 벌써 어두워지려고 하잖아."

브렌나가 걱정스럽게 말했다. 제니퍼는 곧잘 규칙을 어겼지만 그녀는 조금만 어겨도 겁을 냈다. 두 자매는 항상 그런 식이었다. 브렌나는 성품이 온화하며 예뻤다. 금발에 담갈색 눈동자와 얌전한 성격의 브렌나는 제니퍼가 보기에도 가장 여성스러운 동생이었다. 제니퍼가 충동적이고 용기가 있는 반면 브렌나는 온순하고 겁이 많았다. 제니퍼가 없었다면 브렌나는 모험을 할 일이 없었을 것이고 따라서 꾸지람을 듣는 일도 없었을 것이다. 또한 걱정하고 보호해줄 브렌나가 없었다면 제니퍼는 더 많은 모험을 하고 더 많은 꾸지람을 들었을 것이다. 결과적으로 두 소녀는 서로의 단점을 막아주면서 가능하면 상대를 보호해주려고 애썼고 서로에게 말할 수 없이 헌신적이었다.

브렌나가 잠시 머뭇거리더니 떨리는 목소리로 말했다.

"그럼 내가 같이 있어줄게. 언니 혼자 있으면 시간 가는 줄도 모를 테고 또 깜깜한 밤중에 곰이 덮칠지도 모르잖아."

그 순간, 슬프고 불길한 생각에 사로잡혀 있던 제니퍼는 차라리 곰에게 죽는 것이 낫겠다고 생각했다. 그녀는 생각을 정리하기 위해 잠깐이라도 쉬고 싶었지만 그러면 브렌나가 원장 수녀님에게 꾸중을 들을 것이 분명했다. 그렇게 결론을 내린 제니퍼가 말했다.

"아냐, 함께 돌아가자."

이윽고 브렌나는 제니퍼의 손을 꼭 쥐고 수녀원이 보이는 언덕을 향해 올라가기 시작했다. 브렌나가 제니퍼의 앞장을 선 것은 그때가 처음이었다.

한편 길옆의 숲에서는 두 개의 그림자가 언덕을 향해 걷고 있는 두 소녀와 나란히 걸음을 맞춰, 몰래 움직이고 있었다.

가파른 언덕길의 중간쯤에 이르렀을 때, 자신의 처지를 불쌍하게 여긴 제니퍼는 브렌나를 바라보면서 천천히 입을 열었다.

"생각해보면 내가 영민들을 위해 맥퍼슨과 결혼하기로 한 건 굉장히 고귀한 일이야."

브렌나가 맞장구를 쳤다.

"언니는 잔다르크 같아. 우리 영민들을 승리로 이끌고 있잖아."

브렌나는 잠시 사이를 두었다가 자신의 생각을 말했다.

"에드릭 맥퍼슨과 결혼하는 사실만 빼면…… 그리고 잔다르크보다 더 심한 운명을 감수해야 하는 것 말고는……."

마음 착한 브렌나의 말에 제니퍼는 쓸쓸하게 웃었다. 그러자 언니의 웃음에 용기를 얻은 브렌나는 언니를 유쾌하게 해줄 만한 것이 없을지 궁리했다. 그들이 빽빽한 숲으로 막힌 언덕 꼭대기에 다다랐을 때, 브렌나가 갑자기 물었다.

"언니가 엄마를 닮았다는 아버지 말씀이 무슨 뜻이야?"

"나도 모르겠어."

입을 떼려던 제니퍼는 돌연 누군가에게 감시당하고 있다는 느낌을 받았다. 그래서 몸을 돌려 주위를 살펴보았지만 마을 사람들은 모두 따뜻한 집으로 돌아간 뒤였다. 차가운 바람을 막기 위해 망토를 여민 제니퍼가 몸을 떨면서 말했다.

"암브로스 원장 수녀님은 내 용모가 약간 거슬리기 때문에 수녀원을 나설 때는 남자들의 눈길을 조심해야 한다고 하셨대."

"그게 무슨 뜻이야?"

제니퍼는 개의치 않는다는 듯 어깨를 으쓱했다.

"나도 몰라."

다시 언덕을 오르던 제니퍼는 자신이 두건과 베일을 들고 있다는 사실을 깨닫고는 얼른 두건을 썼다. 그러고는 브렌나에게 물었다.

"내가 어떻게 보이니? 물 속에 비친 모습을 빼고는 2년 동안 내 얼굴을 보지 못했거든. 많이 변했니?"

"응, 그럼."

브렌나가 웃었다.

"알렉산더 오빠라도 이젠 언니를 비쩍 마르고 못생겼다거나, 머리가 당근 색깔이라고 놀리지는 못할 거야."

"브렌나!"

제니퍼가 깜짝 놀라며 브렌나의 말을 끊었다.

"알렉산더가 전사한 것이 많이 슬프니? 네 친오빠잖아."

"더 이상 말하지 마! 아버지가 그 사실을 알려주셨을 때 울긴 했지만 눈물은 거의 나오지 않았어. 그래서 오빠를 사랑하지 않았다는 죄책감이 들어. 그때도 그랬고 지금도 그래. 하지만 어쩔 수 없어. 오빠는 너무 비열했어. 죽은 사람을 욕하는 건 안 좋지만, 칭찬할 만한 일이 생각나지 않는 걸 어떡해?"

브렌나의 목소리가 잦아들었다. 그녀는 습한 바람을 막기 위해 망토를 여몄다. 그러고는 화제를 바꾸자는 뜻으로 제니퍼를 말없이 바라보았다. 그러자 그녀가 브렌나를 힘껏 안아주면서 물었다.

"그럼, 내 모습이 어떤지 말해봐."

이제 그들은 마지막 오르막길에 도착했다. 그곳은 숲으로 빽빽하게 막혀 있어 잠시 걸음을 멈췄다. 이복 언니를 자세히 바라보던 브렌나의 아름다운 얼굴에 슬그머니 미소가 번졌다. 브렌나는 담갈색 눈동자로 풍부한 표정을 가진 언니의 얼굴을 이리저리 살폈다. 그녀의 눈에는 언니의 수정같이 맑고도 커다란 두 눈 위로 우아한 곡선을 그리고 있는 적갈색 눈썹이 아름답게 보였다.

"음…… 언니는, 언니는 너무 예뻐."

"고마워. 그런데 이상해 보이는 곳은 없니?"

제니퍼는 두건을 쓰고 그 위에 모직으로 만든 짧은 베일을 고정시키면서 암브로스 원장 수녀님의 말을 떠올렸다.

"남자들이 이상한 행동을 하게끔 보이진 않아?"

"아니."

브렌나가 짧게 대답했다.

"전혀 없어."

하지만 브렌나가 남자였다면 전혀 다르게 대답했을 것이다. 제니퍼 메릭은 전통적인 기준으로 보면 예쁘지 않았지만 시선을 끄는 도발적인 매력을 가지고 있었다. 도톰한 입술은 키스하고 싶은 충동을 느끼게 했고 사파이어 빛이 감도는 눈동자는 짜릿하고 매혹적이었다. 또 그녀의 머리카락은 풍성한 적갈색 공단 같았으며, 호리호리하면서도 요염한 몸매는 남자의 손길을 기다리는 듯했다.

"눈은 푸르고……."

브렌나가 자신의 대답을 덧붙이자 제니퍼는 깔깔깔 웃고 난 뒤 대꾸했다.

"2년 전에도 푸른 색이었어."

브렌나가 대꾸를 하려고 입을 열 때였다. 갑자기 한 사내가 그녀의 입을 틀어막더니 울창한 숲 속으로 질질 끌고 들어갔다. 브렌나가 언니에게 하려던 말은 숨 막힌 비명으로 변했다.

제니퍼는 직감적으로 뒤에서 닥칠 공격을 예상하고 몸을 숙였지만 이미 너무 늦었다. 그녀는 장갑 낀 남자를 발로 차고 소리를 질렀으나 번쩍 들어 올려져 숲 속으로 끌려가고 말았다. 브렌나는 어느새 밀가루 포대처럼 납치범의 말에 엎혀진 뒤였다. 흐느적거리는 팔다리로 보아 기절한 것 같았지만, 제니퍼는 그렇게 쉽게 무너지지 않았다. 얼굴을 알 수 없는 적이 그녀를 말에 태우려 할 때, 재빨리 몸을 숙여 말의 다리 사이로 기어나갔던 것이다. 사내가 다시 그녀를 붙잡았을 때, 제니퍼는 몸을 뒤틀어 손톱으로 그의 얼굴을 할퀴었다.

"제기랄!"

발버둥 치는 그녀를 붙잡으려고 애쓰던 사내가 욕을 했다. 그때 제니퍼는 자신도 모르게 비명을 지르면서 수련 수녀가 신는 검은색 부츠로 그의 정강이를 힘껏 걷어찼다. 금발의 사내가 고통스럽게 소리를 지르며 그녀를 잡았던 팔을 놓았다. 제니퍼는 그 틈을 놓치지 않고 냅다 달아났다. 아마 두꺼운 나무뿌리에 걸려 넘어지면서 머리 한쪽을 바위에 부딪히지만 않았어도 얼마쯤은 더 도망칠 수 있었을 것이다.

"밧줄을 줘!"

제니퍼를 놓친 스테판 웨스트모어랜드가 무자비하게 웃으며 동료에게 눈길을 던졌다. 늑대의 동생, 스테판은 흐느적거리는 제니퍼의 망토를 머리 위로 확 잡아당겨서 팔을 묶었다. 그런 다음 동료가 건네준 로프로 그녀의 허리를 단단히 묶었다. 마침내 그는 제니퍼를 짐처럼 들어 올려 자기 말에 태운 뒤 자신은 그녀의 뒤쪽 안장 위에 올랐다.

2

"로이스 형님은 우리의 행운을 믿지 못할 거야."

스테판 역시 몸이 묶인 채 축 늘어진 포로를 말에 싣고 있는 동료에게 큰 소리로 말했다.

"가지에 매달린 사과처럼 메릭 가의 여자들이 나무 밑에 서 있는 모습을 생각해봐. 이제 메릭이 우리에게 대항하는 건 구경 못 하게 되었군. 그는 싸우지도 않고 항복할 테니까."

제니퍼의 머리와 배는 모직 망토로 덮인 채 꽁꽁 묶여 있어 말이 뛸 때마다 심한 충격을 받았다. 그런데다 '로이스'라는 이름을 듣자 피가 얼어붙는 것 같았다. 로이스 웨스트모어랜드는 클레이모어의 백작, 바로 검은 늑대의 이름이었다. 그에 대해 들어왔던 무서운 이야기는 더 이상 상상 속의 이야기가 아니었다. 더구나 로이스의 부하들은 수녀에 대한 경외심이 전혀 없는 자들이었다. 도대체 어떤 자들이기에 수련 수녀들에게 함부로 손을 대는 것인지 생각해보았다. 정상적인 사람이라면 그렇게 하지 않을 것이다. 오직 악마와 그의 하수인들만이 그럴 수 있으리라.

그때 토마스가 음흉하게 웃으며 말했다.

"전리품을 맛볼 시간이 없는 게 아쉽군. 내게 선택권이 있다면 자네가 덮개로 포장한 맛있는 아가씨를 택하겠네, 스테판."

그러자 스테판이 차갑게 대답했다.

"그쪽이 더 예쁜데 뭐. 그리고 로이스 형님이 이 두 여자를 어찌할 것인지 결정할 때까진 어느 쪽도 건드릴 수 없을 거야."

제니퍼는 덮개 속에서 질식할 것 같은 공포를 느끼며 소리를 질렀지만 소용없었다. 그녀는 주님께 자신이 납치범들을 처단하고 말 위에서 죽도록 해 달라고 기도했다. 하지만 주님에게선 아무런 응답도 없었고, 말들은 끊임없이 질주할 뿐이었다. 그녀는 이번엔 도망갈 수 있는 묘안을 알려 달라고 기도하면서도, 검은 늑대에 대한 오싹한 소문들이 자꾸 떠올라 온몸을 떨었다.

'늑대는 고문할 작정인 포로들만 살려둔다. 그들이 고통으로 비명을 지르는 모습을 보고 웃는다. 그들의 피를 마시고…….'

잠시 후 그녀는 탈출에 대한 기도를 그만두었다. 그런 상황에서는 탈출할 방법이 없었던 것이다. 대신 자신이 빨리 죽어 가문의 명예를 더럽히지 않게 해 달라고 기도했다. 아버지의 목소리가 그녀의 귓가에 울리는 기분이었다. 아버지가 어렸을 때 이복 오빠들을 훈계하던 소리였다.

'원수의 손에 죽는 게 신의 뜻이라면, 용감하게 받아들이고 전사처럼 싸우다가 죽어야 한다. 메릭답게 싸우다가 죽어라……'

그녀는 시간이 갈수록 아버지의 호통이 사방에서 들리는 것을 느꼈다. 그러나 어느새 말은 속력을 늦추기 시작했고 주변에 아주 많은 사람들이 모여 있는 듯 웅성거리는 소리가 들려왔다. 그녀는 그런 소리를 듣자 두려움이 순식간에 사라지는 것을 느꼈다. 그리고 잠시 후 화가 치솟았다.

'나는 죽기에는 너무 젊고, 이건 공평하지도 않아! 이젠 착한 브렌나도 죽을 거야. 그렇게 되면 결국 내 잘못 때문에 브렌나가 죽는 거야.'

그녀는 양심을 저버린 적이 없는 만큼 목숨을 잃는다는 것이 너무 억울했다. 모든 것이 피에 굶주린 늑대가 이 땅을 돌아다니며 만나는 것마다 모조리 잡아먹기 때문에 생긴 일이었다.

걸음을 차츰 늦추던 말이 거칠게 멈춰 서자 천둥처럼 쿵쾅대던 그녀의 심장이 두 배로 빠르게 뛰기 시작했다. 곧 사방에서 사내들이 돌아다니는 소리와 금속이 부딪치는 소리가 들려왔다. 애처롭게 자비를 구하며 울부짖는 포로들의 목소리도 들렸다.

"불쌍히 여겨주소서, 늑대여. 자비를 베푸시오, 늑대여."

그녀가 말 위에서 아무렇게나 확 끌어내려질 때는 그 끔찍한 소리들이 비명으로 바뀌었다.

납치범이 크게 소리쳤다.

"로이스! 잠깐만요. 우리가 뭘 가지고 왔어요!"

제니퍼는 여전히 망토에 덮인데다 밧줄에 묶여 있어 아무것도 볼 수가 없었다. 제니퍼를 납치했던 사내가 다시 그녀를 둘러멨다. 그때 제니퍼는 바로 옆에서 큰 소리로 자신을 부르는 브렌나의 목소리를 들었다.

"용감해야 돼, 브렌나!"

하지만 제니퍼의 목소리는 망토 속에 파묻혀버렸다. 그녀는 겁에 질린 동생이 자신의 목소리를 듣지 못했음을 깨달았다.

얼마 후 제니퍼는 땅바닥에 내동댕이쳐졌다. 그녀는 다리에 감각이 없는데다 무릎이 꺾이는 바람에 털썩 넘어졌다. 몸을 일으키려고 헛되이 버둥거리는 동안 그녀의 마음속에 몰아치듯 들려오는 울림이 있었다.

'메릭답게 죽어라. 용감하게 죽어라. 싸우다가 죽어라.'

"이건 뭐지? 먹을 거였으면 좋겠는데?"

곧 한 사내가 입을 열었을 때 제니퍼는 그것이 늑대의 목소리라는 걸 직감적으로 알아차렸다. 격하고 귀에 거슬리는, 지옥 한가운데서 곧바로 들려오는 목소리 같았다.

'늑대는 자기가 죽인 사람들의 살을 먹는대요……'

그녀는 어린 토마스의 말을 새삼스레 떠올렸다. 팔을 묶은 밧줄이 갑자기 풀렸다. 공포와 분노에 휩싸인 제니퍼는 숨 가쁘게 일어서며 망토를 걷어내려고 손을 휘저었다. 마치 수의를 벗어던지려는 유령 같은 모습이었다. 망토가 벗겨지는 순간, 제니퍼는 바로 앞에 서 있던 거인에게 주먹을 날렸다. 거인의 턱 뼈가 퍽 하는 소리를 냈다.

그때 브렌나는 정신을 잃었다.

제니퍼가 소리쳤다.

"괴물! 야만인!"

제니퍼는 다시 주먹을 휘둘렀으나 이번에는 거인의 우악스
런 손아귀에 붙잡히고 말았다. 그녀는 몸을 비틀어 상대의 정
강이를 힘껏 걷어찼다.

"악마! 사탄의 자식! 파괴자!."

"뭐? 이런……!"

로이스는 어이없다는 듯 제니퍼의 허리를 붙잡아 하늘 높이
들어 올렸다. 하지만 그것은 실수였다. 그녀가 로이스의 사타
구니를 정통으로 걷어차 그를 거의 고꾸라지게 만들었기 때문
이다.

"이 맹랑한 계집애가!"

로이스는 순간 놀라움과 고통, 분노로 얼굴이 일그러졌다.
곧 제니퍼를 바닥에 내려놓은 그는 그녀의 베일과 머리칼을 한
손에 잡아채고는 뒤로 젖혔다.

"가만히 있어!"

그가 고함을 질렀다.

그러자 일순간 정적이 감돌았다. 자연마저도 그에게 복종하
는 것 같았다. 포로들은 울부짖음을 멈추었고 금속이 부딪치는
소리도 그쳤으며 끔찍하고 섬뜩한 침묵만이 넓은 공터에 가득
드리워졌다.

제니퍼의 맥박은 빠르게 뛰었고 머리도 쿡쿡 쑤셨다. 그녀는

눈을 꼭 감은 채 자신을 죽음의 세계로 인도할 로이스의 강력한 일격을 기다렸다.

그러나 일격은 없었다.

두려움과 병적인 호기심에 사로잡힌 그녀는 그제야 천천히 눈을 뜨고 로이스를 제대로 바라보았다. 순간 그의 악마 같은 모습에 그녀는 비명을 지를 뻔했다. 그는 시야를 다 가릴 정도로 몸집이 컸으며 검은 머리카락을 휘날리고 있었다. 또 그가 걸친 검은 망토는 마치 살아 있는 것처럼 바람에 흔들렸다. 거무스레하고 매처럼 날카로운 모습에다 불빛까지 너울거리고 있어 더욱 사탄처럼 보였다. 수염이 난 험악한 얼굴에 불처럼 타오르는 눈빛은 보기만 해도 위협적이었다. 제니퍼는 비로소 자신이 들었던 늑대에 대한 이야기가 헛소문이 아님을 알 수 있었다. 늑대는 소문대로 온갖 나쁜 짓을 저지를 듯한 첫인상의 소유자였던 것이다.

'용감하게 죽어야 한다. 빨리 죽어야 한다!'

그녀는 재빨리 고개를 돌려 그의 두꺼운 손목을 물었다.

하지만 늑대는 순식간에 제니퍼의 뺨을 후려갈겼다. 그 엄청난 충격으로 그녀는 나동그라지고 말았다. 이제 몸을 웅크리고는 자신에게 가해질 치명적인 타격을 기다렸다. 그녀의 온몸에 공포가 파고들었다.

거인의 목소리는 참으로 무섭게 들렸다.

"도대체 무슨 빌어먹을 짓을 한 거냐?"

로이스는 동생을 향해 분통을 터뜨렸다.

"이런 일 말고도 해결해야 할 문제가 산더미처럼 쌓였다. 병사들은 지치고 허기져 있는데, 이런 보잘것없는 계집애들을 끌고 오다니 무슨 짓이냔 말이다."

로이스는 동생이 대꾸하기도 전에 다른 부하들에게 가보라고 명령했다. 그리고 다시 고개를 돌려 자신의 발 밑에 엎드려 있는 두 여자를 매섭게 바라보았다. 한 여자는 죽은 듯 기절해 있었고, 몸을 웅크리고 있는 다른 여자는 심하게 몸을 떨고 있었다. 그는 의식을 잃은 여자보다 떨고 있는 여자에게 더 화가 났다.

"일어나!"

로이스가 신발 끝으로 그녀를 툭 건드리면서 덧붙였다.

"조금 전에는 아주 용감했다. 이제 일어나라!"

제니퍼는 가까스로 몸을 일으켜 세웠다. 그 사이에 로이스는 다시 동생 쪽으로 몸을 돌렸다.

"대답을 기다리고 있다, 스테판."

"형님이 소리를 지르지 않으면 대답할게요. 이 여자들은 ……."

"이런, 수녀들이잖아?"

로이스가 제니퍼의 검은 목걸이와 거기에 매달린 묵직한 십자가를 바라보며 스테판의 말을 끊었다. 그는 비로소 그녀의 흙 묻은 두건과 비뚤어진 베일도 보았다.

"제기랄, 수녀들을 매춘부로 쓰려고 데려온 거냐?"

"수녀들이라고요?"

스테판도 경악을 했다.

그때 제니퍼가 분통을 터뜨리며 그들에게 소리쳤다.

"뭐, 매춘부로 쓴다고?"

그녀는 로이스가 아무리 잔인하다고 해도 자신들을 매춘부로 취급할 만큼 무신론에 빠져 있지는 않을 것이라 생각했다.

"이렇게 멍청한 짓을 하면 내 손에 죽을 수도 있다, 스테판. 그러니 나를 도와서……."

"하지만 형님이 이 여자들의 정체를 알면 생각이 달라질 거예요."

제니퍼의 수녀복과 십자가를 보며 겁을 먹었던 스테판이 황급히 변명을 했다.

"형님 앞에 있는 여자는 바로 메릭 영주의 장녀 제니퍼입니다."

그 말을 듣고 난 로이스는 두 손을 허리에 올린 채 제니퍼의 꾀죄죄한 얼굴을 경멸하듯 바라보았다. 그리고 고개를 돌려 이번엔 동생을 노려보았다.

"스테판, 네가 속았거나 헛된 소문이 돌고 있는 모양이구나. 메릭의 딸은 보기 드문 미인이라고 하던데."

"아니, 절대 속지 않았어요. 이 여자들은 정말 메릭의 딸이라니까요. 내가 직접 보고 들었다고요."

로이스는 제니퍼의 턱을 치켜들면서 불빛에 비친 그녀의 얼굴을 자세히 살펴보았다. 그러더니 미간을 찌푸리면서 비웃었다.

"네가 어떻게 미녀라는 소리를 듣게 되었지? 네가 스코틀랜드의 보석이란 말이지?"

제니퍼의 얼굴은 순식간에 일그러졌다. 그녀는 로이스의 손아귀에서 빠져나오려고 몸부림쳤다. 하지만 그는 메릭이라는 이름을 듣자 복수심이 활활 타올랐다. 로이스는 제니퍼의 창백하고 더러워진 얼굴을 움켜잡고 다시 다그쳤다.

"어서 대답해!"

그때 겨우 정신을 차린 브렌나는 언니가 자신이 받아야 할 놀림을 대신 받고 있는 것으로 생각했다. 가까스로 몸을 일으킨 그녀는 제니퍼의 오른쪽에 찰싹 달라붙으며 말했다.

"그건 제니퍼 언니를 두고 하는 소리가 아니에요 사람들이 저를 그렇게 불러요."

브렌나는 제니퍼가 계속 입을 열지 않을 경우 늑대에게 날벼락을 맞을 것 같아 서둘러 대답했다.

"그럼 넌 정체가 뭐야?"

로이스가 브렌나에게 다그쳤다. 하지만 제니퍼가 재빨리 끼어들었다.

"얘는 벨커크 수녀원의 브렌나 수녀일 뿐이에요!"

제니퍼는 브렌나의 정체를 숨기기 위해 거짓말을 했다. 거짓말을 하는 건 수녀원의 계율을 어기는 것이었지만 어쩔 수 없었다.

"정말인가?"

로이스가 브렌나에게 물었다.

"그렇다고요."

제니퍼가 소리쳤다.

"아뇨. 제니퍼 언니의 말은 사실이 아니에요."

브렌나가 기어드는 소리로 말했다.

로이스는 두 손을 불끈 움켜쥐고 잠시 눈을 감았다. 악몽 같다는 생각이 들었다. 말도 안 되는 악몽이었다. 그의 부하들은 무리한 행군을 한 뒤라 식량도 떨어져가고 쉴 곳도 없었으며 인내심도 바닥이 났다. 게다가 자신에게는 이런 어처구니없는 일까지 벌어졌다. 게다가 겁에 잔뜩 질린 두 여자로부터 솔직한 대답조차 듣지 못하고 있었던 것이다. 그는 사흘 동안 한숨도 못 잔 상태라 기진맥진했다. 로이스가 수척한 얼굴로 브렌나를 노려보았다.

"조금이라도 더 살고 싶으면, 지금부터 사실대로 대답해."

그는 두 여자 중 브렌나가 겁이 많고 거짓말도 못 하리라는 걸 짐작하고는 그녀를 날카롭게 노려보았다.

"네가 정말 메릭의 딸이냐?"

브렌나는 침을 꿀꺽 삼켰다. 그녀는 늑대의 물음에 대답하려 했으나 한마디도 나오지 않았다. 하지만 그런 상황을 더 이상 견디지 못한 그녀는 힘없이 고개를 끄덕였다. 이윽고 흡족해진 로이스가 수녀복 차림의 두 자매를 매섭게 노려본 뒤 자신의 동생에게 명령했다.

"이 여자들을 묶어서 막사 안에 가둬라. 애릭을 보초로 세워 다른 병사들이 덤비지 못하게 해. 내일 심문할 때까지 살려둬야 하니까."

브렌나와 함께 임시로 만들어진 막사 안에 갇힌 제니퍼는 로이스의 말을 천천히 되새겨보았다.

'내일 심문할 때까지 살려둬야 하니까…….'

손과 발을 가죽끈으로 묶인 그녀는 막사 천정에 뚫린 구멍으로 하늘을 보았다. 별들이 총총 빛을 내고 있었다. 늑대가 어떤 질문을 하려는 것인지 궁금해하던 그녀는 곧 기진맥진해졌다. 어느새 두려움도 사라졌다.

'그는 어떤 고문을 할까? 그는 도대체 무얼 알고 싶은 것일까?'

"제니퍼?"

그때 브렌나가 불안한 목소리로 속삭였다.

"내일 그 사람이 우리를 죽이진 않겠지?"

"그럼, 우릴 죽이진 못할 거야."

제니퍼는 동생을 안심시키기 위해 거짓말을 했다.

3

하늘에서 샛별이 채 사라지기도 전에 늑대의 막사는 생기를
띠며 술렁거리기 시작했다. 하지만 제니퍼는 밤새 잠을 이루지
못했다. 그녀는 얇은 망토 하나로 추위를 견디며 밤새도록 기
도했다. 하나는 자신의 어리석은 행동을 주님께서 용서해 달라
는 것이었고, 다른 하나는 자신의 충동적인 결심 때문에 목숨
을 잃을지도 모를 브렌나의 생명을 구해 달라는 내용이었다.

"브렌나."

제니퍼가 작은 목소리로 동생을 불렀다. 바깥에서는 병사들
이 움직이는 소리가 점점 커지면서 캠프가 완전히 생기를 되찾
았음을 알려주었다.

"응."

"늑대가 심문할 때는 내가 대답할 테니까 넌 가만히 있어."

"알았어, 언니."

브렌나가 떨리는 목소리로 대꾸했다.

"그 사람이 뭘 알고 싶은지 모르겠지만, 발설하면 안 되는 내용일 거야. 묻는 이유가 짚이면 언제 어떤 거짓말을 해야 할지 알게 되겠지."

어둠이 채 가시기도 전에 두 병사가 제니퍼 자매를 늑대에게 끌고 가려 했다. 그때 제니퍼가 다급하게 말했다.

"잠깐만요. 나 혼자 가겠어요. 동생은…… 몸이 성치 않아요."

병사 중 한 명은 애릭이라고 불리는 전설적인 거인이었다. 키가 7척도 넘는 그는 제니퍼를 소름 끼치는 표정으로 바라보다가 곧 사라졌다. 곧 다른 감시병이 나타나더니 제니퍼를 놓아둔 채 오히려 브렌나를 끌고 가버렸다. 제니퍼는 끌려가는 브렌나의 모습을 막사 틈으로 훔쳐보았다. 그곳에 있던 병사들이 브렌나를 음흉한 눈으로 보고 있었다.

브렌나가 끌려가 있던 시간이 제니퍼에게는 한없이 길게만 느껴졌다. 하지만 브렌나는 아무렇지도 않게 돌아왔다. 제니퍼가 보기엔 브렌나가 고문을 당한 흔적은 어디에도 없었다.

"너, 괜찮니?"

제니퍼가 감시병이 사라진 뒤 걱정스럽게 물었다.

"그놈이 네게 나쁜 짓을 하진 않았겠지?"

브렌나는 곧 울음을 터뜨렸다.

"그러진 않았어. 내, 내가 계속 울고 있으니까 점점 더 **화를**

냈는데 너무 무서웠어. 언니, 그 사람은 너무 크고 난폭해. 그래서 계속 우니까 그 사람은 점점 더 화를 내더라고."

"울지 마. 이젠 다 끝났어."

제니퍼가 달래주었다. 그녀는 또 거짓말을 했다. 이제 거짓말하는 게 식은 죽 먹는 일처럼 쉬워졌다는 생각이 들자 씁쓸해졌다.

한편 스테판이 로이스의 막사로 들어갔을 때, 브렌나는 조사를 받고 막 돌아가려는 참이었다. 그녀의 뒷모습을 보며 스테판이 말했다.

"세상에! 다시 보니까 정말 예쁘군. 그런데 수녀라니 참 유감이야."

"아냐."

로이스가 신경질적으로 대꾸했다.

"줄곧 징징 짜다가 자신이 '수련 수녀'라고 겨우 말하더군."

"수련 수녀가 뭐죠?"

로이스 웨스트모어랜드는 전쟁터에서만 지냈기에 종교에 대해서는 잘 모르고 있었다.

"내가 보기에 수련 수녀라는 건 훈련을 마치지 못했거나 아직 군주에게 충성 서약을 하지 않은 기사 후보 같은 거야."

"형님은 그 여자의 말이 사실이라고 생각해요?"

로이스는 얼굴을 찌푸리며 술병을 기울였다.

"거짓말을 하기엔 너무 겁을 먹었어. 무서워서 말도 제대로 못 하더군."

그때 스테판의 눈이 가늘어졌다. 브렌나를 두고 질투심이 일기도 했고 또 그녀의 정체를 제대로 파악하지 못한 형에게 화가 났기 때문이다.

"그리고 거칠게 다루기엔 너무 예쁘기도 하고요?"

그 말에 로이스는 동생을 차갑게 바라보았다. 하지만 그의 마음은 눈앞에 당면한 문제에 쏠려 있었다.

"난 지금 메릭 성을 생각하고 있다. 그 성이 얼마나 단단한 요새인지, 지형은 어떤지, 도움이 될 만한 건 무엇이든지 알고 싶단 말이야. 넌 어제처럼 쓸데없는 여자들이나 잡아오지 말고 메릭 성을 다녀와야 했어. 지금이라도 서둘러!"

그는 접이식 탁자 위에 술병을 쾅 내려놓았다.

"다른 여자를 데려와!"

로이스는 거인 애릭에게 명령했다.

곧 제니퍼 자매가 갇힌 막사로 애릭이 들어서자 브렌나는 겁에 질려 뒷걸음쳤다. 거인이 한 걸음씩 뗄 때마다 땅까지 울리는 것 같았다. 마침내 브렌나는 필사적으로 애원했다.

"안 돼요. 제발 그 사람에게 다시 데려가지 말아요."

하지만 애릭은 브렌나 쪽은 쳐다보지도 않고 제니퍼에게 성큼성큼 다가가 무지막지한 손으로 그녀를 일으켜 세웠다. 제니퍼는 그때 애릭의 전쟁 도끼에 대한 소문이 결코 과장이 아니라는 것을 깨달았다. 애릭이 쓰는 도끼 손잡이는 억센 나뭇가지만큼 두껍다고 했다.

로이스는 넓은 막사 안에서 서성이다가 제니퍼가 끌려오자 갑자기 동작을 멈추었다. 그러고는 등 뒤로 손목이 묶인 채 꼿꼿이 서 있는 제니퍼를 유심히 바라보았다. 그녀는 일부러 무표정한 얼굴을 하고 있었지만 그를 도전적이며 경멸에 가득 찬 시선으로 노려보았다. 로이스는 그것을 알아채고 흠칫 놀랐다. 제니퍼의 얼굴에는 눈물은커녕 경멸만 가득 담겨 있었다.

그는 문득 메릭의 장녀에 대한 소문이 떠올랐다. 메릭의 차녀가 스코틀랜드의 보석이라고 불리는 반면, 장녀는 차갑고 도도한 성격에다 많은 재산을 물려받은 상속녀라고 했다. 또 그 혈통이 너무나 고귀해서 남자들이 그녀에게 접근조차 하지 못한다는 소문을 들었다. 그녀는 얼굴이 못난 탓으로 쉽사리 청혼을 받아들일 것으로 생각했으나 그것을 거절하자 아버지 메릭 공이 수녀원으로 보내버렸다는 것이다. 로이스는 제니퍼의 얼굴이 온통 흙으로 얼룩져 있어서, 얼마나 못생겼는지 자세히 확인할 수는 없었지만 브렌나처럼 천사 같은 용모와 성품을 타고나지 않은 건 확실하다고 생각했다.

"네 동생은 애처롭게 눈물을 흘렸는데, 너는 날 똑바로 노려보는구나. 제길, 너희들이 자매가 맞긴 맞는 거냐?"

그 말에 제니퍼는 턱을 좀더 치켜들었다.

"그래요."

"그거 놀랍군. 정말 피를 나눈 자매가 맞아?"

하지만 제니퍼는 고집스럽게 입을 다물고 있었다. 참다 못한 로이스가 벌컥 화를 내면서 소리쳤다.

"대답해!"

그때 제니퍼는 슬그머니 겁을 먹고 있었다. 그녀는 언뜻 늑대가 고문을 하려는 것인지, 아니면 자신의 혈통을 캐묻고 난 뒤 죽이려는 것인지 궁금해졌다.

"그 아인 내 이복 동생이에요."

제니퍼는 막상 사실대로 털어놓고 나자 갑자기 용기가 솟구치는 것 같은 느낌이 들었다.

"하지만 난 손목이 뒤로 묶여 있으면 어떤 질문에도 대답할 수가 없어요. 이건 아프기만 하고 쓸데없는 일이죠."

그녀에게 사타구니를 걷어차인 일을 떠올린 로이스가 거칠게 대꾸했다.

"그렇군. 묶어야 할 건 팔이 아니라 발이겠지."

그 말에 제니퍼는 입술을 실룩거렸다. 반면 로이스는 그런 상황을 믿을 수가 없었다.

'성숙한 남자들과 전사들도 내 앞에선 기가 죽기 마련인데, 이 계집애는 고집스럽게 턱을 쳐들고 나에게 맞서고 있구나. 이런 괘씸한······.'

곧 로이스는 본래의 태도로 돌아갔다.

"인사치레는 이쯤 해두지."

그가 천천히 제니퍼에게 다가서자 그녀도 뒤로 슬금슬금 물러섰다.

"몇 가지 알고 싶은 게 있다. 메릭 성에 있는 네 아비는 무장 병력을 몇이나 거느리고 있지?"

"몰라요."

제니퍼는 딱 잘라 대답한 뒤 다시 뒷걸음질을 쳤다. 그 때문에 그녀의 도도했던 모습은 슬그머니 사라지고 말았다.

"네 아버지는 내가 쳐들어갈 거라고 생각하고 있겠지?"

"몰라요."

그러자 로이스가 음침한 목소리로 경고했다.

"내 인내심을 시험하지 않는 게 좋을 거야. 자꾸 그런 식으로 대답하면 네 동생에게 물어볼 수도 있어."

그의 협박은 그런대로 효과가 있었다. 제니퍼의 반항적인 태도가 많이 수그러들었던 것이다.

"당신의 공격을 예상하는 게 당연하지 않겠어요? 지난 몇 년 동안 당신이 침략할 거라는 소문이 돌았어요. 이제 답을 얻었군요! 굳이 답이 필요치도 않았으면서……."

어느새 로이스는 제니퍼에게 바짝 다가섰다. 그녀는 코앞에 서 있는 그에게 소리를 질렀다.

"당신은 짐승이야! 죄 없는 사람들을 죽이는 걸 즐기고 있잖아!"

하지만 그가 아무 대꾸도 하지 않자 제니퍼는 더욱더 겁이 났다.

로이스가 나긋나긋한 목소리로 대꾸했다.

"그렇게 많이 알고 있다면 네 아비가 가진 병력이 얼마나 되는지도 말해줄 수 있겠지?"

제니퍼는 서둘러 메릭 성의 병력을 따져보았다. 적어도 500명은 남아 있을 것 같았다.

"200명쯤 남았어요."

"이런 어리석고 겁 없는 꼬마 같으니!"

제니퍼의 말에 화가 치민 로이스가 그녀의 두 팔을 잡고 흔들었다.

"너 같은 건 단숨에 반 토막을 낼 수도 있다. 그래도 계속 거짓말을 할 거야?"

"그럼 나보고 어쩌란 말이죠? 아버지를 배반하란 말인가요?"

제니퍼가 울부짖었다. 그녀는 온몸을 심하게 떨고 있었지만 여전히 완강했다.

로이스가 다짐하듯 말했다.

"넌, 이 막사에서 나가기 전에 네 아비의 계획에 대해서 모두 털어놓게 될 거야. 그렇게 하지 못하겠다면 네가 싫어하는 방법으로 내가 좀 도와주지."

마침내 제니퍼는 힘없이 항변했다.

"난 아버지가 얼마나 많은 병사를 모았는지 몰라요. 정말이에요. 어제 아버지를 2년 만에 만났어요. 그전에는 내게 그런 말을 전혀 하지 않으셨고요."

그 대답에 로이스는 속으로 놀랐다.

"왜 말을 안 했다는 거지?"

"제가 아버지를 화나게 했거든요."

그녀가 대꾸했다.

"알 것 같군."

이제 로이스는 제니퍼가 세상에서 가장 다루기 힘든 여자라고 생각했다. 하지만 부드럽고 탐스러운 입술을 지녔으며 더할 수 없이 푸른 눈동자를 가진 그녀에게 깊은 인상을 받았다.

"너한테 말도 안 하고 몇 년 동안 조금의 관심도 보이지 않았는데도 아비를 보호하기 위해 네 목숨을 걸겠단 말이지?"

"그래요."

"왜지?"

제니퍼는 아무 생각도 나지 않았다. 그녀의 머릿속은 로이스에 대한 분노와 고통으로 가득 차 있었다. 이윽고 그녀가 소리쳤다.

"왜냐하면 당신을 경멸하니까. 당신의 모든 것을 경멸해요."

로이스는 그녀의 당돌한 용기에 대한 경탄과 분노, 놀라운 감정에 사로잡혔다. 당장 그녀를 죽인다 해도 시원치 않을 것 같았다. 하지만 죽인다면 원하는 대답을 얻을 수 없었고 살려둔다면 어떻게 다루어야 할지 대책이 서지 않았다. 언뜻 그녀의 목을 졸라 생명을 위협하는 게 좋을 것 같았지만 그건 말도 안 되는 생각이었다. 마침내 그는 메릭의 딸들을 살려두기로 했다. 두 자매를 포로로 잡아두면 메릭이 싸우지도 않고 항복할 게 분명하기 때문이다.

"나가."

그가 짧게 말했다.

제니퍼는 잠시도 그곳에 머물고 싶은 마음이 없었기에 냉큼 막사 밖으로 나가려다가 걸음을 멈췄다. 막사 가리개 때문이었다.

"나가라고 했을 텐데?"

로이스가 험악하게 경고하자 그녀도 휙 돌아서며 대꾸했다.

"나도 너무나 그러고 싶지만, 이 가리개 때문에 나갈 수가 없잖아요."

로이스는 말없이 팔을 뻗어 가리개를 들어 올렸다. 그리고 제니퍼에게 몸을 숙여 말했다.

"마님, 머무시는 동안 편안히 모실 수 있도록 최선을 다할 것이니, 무엇이든 주저 말고 말씀만 하시지요."

그러자 제니퍼도 지지 않고 대꾸했다.

"그래요? 그럼 손이나 풀어주시지요?"

"그건 안 돼."

로이스가 날카롭게 말했다. 곧이어 가리개가 아래로 떨어지며 그녀의 엉덩이를 때리자 제니퍼는 화들짝 놀라 앞으로 튀어나갔다. 다음 순간 누군가의 손이 별안간 그녀의 팔을 잡아챘다. 제니퍼는 깜짝 놀라서 비명을 질렀으나 그것은 단지 늑대의 막사를 지키고 있던 보초의 손이었다.

제니퍼가 막사로 돌아갔을 때 브렌나는 하얗게 겁에 질려 있었다.

"난 정말 괜찮아."

제니퍼는 바닥에 엉거주춤 앉으며 그녀를 안심시켰다.

4

그날 밤에도 검은 늑대의 병사들이 여전히 진을 치고 있는 계곡에서는 이따금 불이 타올랐다. 제니퍼는 손목이 뒤로 묶인 채, 막사 틈으로 병사들의 모든 움직임을 유심히 살폈다.

"브렌나, 우리가 탈출하려면……."

"탈출?"

브렌나가 흠칫 놀라며 되물었다.

"성모님이 돕는다 해도 우린 탈출할 수 없을 거야. 도대체 어떻게 도망친다는 거야?"

"확실하지는 않지만 어떤 방법이 되었든 빨리 달아나야 해. 밖에서 병사들이 하는 소리를 들어보니까 늑대는 우리를 인질로 삼아 아버지를 항복시킬 생각이 분명해."

"아버지가 그렇게 하실까?"

제니퍼는 입술을 깨물었다.

"나도 몰라. 알렉산더가 메릭 성에 들어오기 전까지만 해도 영민들은 내가 다칠까 봐 무기를 내려놓던 시절도 있었지. 이제 그들은 나를 중요하게 생각하지 않아."

브렌나는 언니의 서글픔을 위로하고 싶었다. 하지만 알렉산더가 메릭 가문 사람들과 그들의 '어린 아가씨'였던 제니퍼 사이를 너무도 이간질시켜 놓아 더 이상 제니퍼를 걱정하지 않는다는 말은 사실이었다.

"그렇지만 영민들은 언니를 사랑해. 그들이 어떤 결정을 내릴지, 또 아버지가 그들에게 얼마나 큰 영향력을 행사하실지는 모르는 일이잖아. 우리가 바로 탈출할 수 있다면, 어떤 결정이 내려지기 전에 메릭에 당도할 수 있을 거야. 꼭 그렇게 돼야 하는데."

그들 자매가 탈출하는 데 있어 가장 큰 문제는 메릭까지 이르는 기나긴 여정이었다. 제니퍼는 말을 타고서도 이틀이나 걸리는 그 먼 거리가 걱정이었다. 그런데다 길 위에는 곳곳에 위험이 도사리고 있을 것이다. 여기저기 강도들이 돌아다닐 것이고, 착한 남자들이라 해도 여자만 둘이 다니는 걸 보면 생각이 달라질 것이다. 돌아가는 길은 절대로 안전하지 않았다. 묵을 곳도 마찬가지였다. 유일하게 안전한 숙소로는 점잖은 여행자들이 주로 머무는 성당이나 작은 수녀원뿐이었다.

"그런데 이렇게 손이 묶여서는 어떤 짓도 못 하잖아."

제니퍼는 분주한 바깥의 동정을 살피면서 계속 말했다.

"그러니까 저들이 우리를 믿고 손목을 풀어주도록 만들든지, 아니면 식사 시간에 풀어주면 그때 숲으로 도망쳐야 할 거야. 하지만 그렇게 하면 우리가 멀리 가기도 전에 금세 탄로 나겠지? 그래도 내일이나 모레까지 그런 방법밖에 없다면 기회를 놓쳐선 안 돼."

"일단 숲 속으로 들어가면 어떻게 해야 돼?"

브렌나는 언니와 탈출하여 숲 속에서 어떻게 밤을 보낼 것인지부터가 겁났다. 하지만 그런 공포감을 씩씩하게 물리치며 제니퍼에게 물었다.

"잘은 몰라도 그들이 수색을 포기할 때까지 어딘가에 숨어 있어야겠지. 아니면 북쪽이 아니라 동쪽으로 간 것처럼 그들을 속이는 거야. 말 두 마리를 훔칠 수 있으면, 그들을 앞서 갈 수 있을 텐데. 비록 숨기는 힘들어지겠지만 말이야. 두 가지를 다 할 수 있는 방법을 찾아야 해. 몸을 숨긴 채 저들을 앞질러 가야 하니까."

"어떻게?"

브렌나는 벌써부터 걱정으로 이마에 깊은 주름이 잡혔다.

"나도 몰라. 하지만 무슨 일이든 해야만 해."

제니퍼는 깊은 생각에 잠겼다. 그 때문에 멀리서 수염을 기른 키 큰 남자가 기사와 이야기를 나누다 말고 자신을 유심히 관찰하고 있는 것도 보지 못했다.

모닥불이 점점 기세를 잃어가고, 호위병들이 다 먹은 접시를 거두어 가면서 그들의 손목을 다시 묶을 때까지도 자매는 마땅한 계획이 떠오르지 않았다. 몇 가지 별난 생각이 나긴 했지만 별 뾰족한 수가 없었다.

"여기 남아서 저 사람들의 볼모로 이용당할 수는 없어."

그날 밤 브렌나와 나란히 누운 제니퍼가 다시 말했다.

"우린 탈출해야 돼."

"언니, 그러다 그 사람한테 잡히면……."

브렌나는 재빨리 고쳐 물었다.

"아니, 만약에 우릴 잡는다면, 어떻게 할 것 같아?"

제니퍼는 잠시 생각하다가 동생을 안심시켰다. 그녀는 검은 늑대보다는 클레이모어 백작으로 생각하는 편이 덜 무섭겠다고 판단하여 늑대를 백작으로 표현했다.

"우리를 죽이진 않을 거야. 우리를 죽이면 인질로 쓸 수가 없잖아. 아버지가 항복하기 전에 우리를 보겠다고 하시면 백작은 살아 숨 쉬고 있는 우리를 내놓아야 하겠지? 그렇지 않으면, 아버지는 백작을 요절내고 말 거야."

"맞아."

브렌나는 이렇게 대꾸한 뒤 곧 잠이 들었다.

하지만 제니퍼는 몇 시간이 지난 뒤에야 비로소 잠이 들 수 있었다. 겉으로는 용감하고 자신감에 넘쳐 보였지만 그 어느 때보다 두려움에 시달리고 있었기 때문이다. 제니퍼는 브렌나와 자신을 위해, 그리고 영민들을 위해 탈출해야 한다는 생각만 있을 뿐, 막상 어떻게 해야 할지 두렵고 막막할 뿐이었다.

만일 탈출하다 붙잡혀도 백작이 우릴 죽이진 않을 거야. 하지만 우리들에게 보복할 기회를 잡으면 즉시 죽이려고 덤빌 사내들은 얼마든지 있어. 그때 제니퍼는 적어도 몇 주 동안 면도를 하지 않은 듯 검은 턱수염이 얼굴을 뒤덮은 사내의 음침한 얼굴이 떠올랐다. 지난밤 불꽃처럼 타오르던 그의 기묘한 은색 눈동자를 생각하자 온몸이 오싹해졌다. 오늘 그의 눈빛은 폭풍 우를 일으킬 듯한 하늘처럼 성난 회색이었다. 그러나 그의 시 선이 제니퍼의 입술로 옮겨갔을 때는 표정이 언뜻 달라졌는데 그녀는 그 말로 표현할 수 없는, 미세한 변화가 더욱 두려웠다.

그녀는 용기를 얻기 위해 자신에게 말했다.

"그 사람이 무서워 보이는 건 얼굴을 덮고 있는 검은 수염 때문이야. 만약 그에게 수염이 없다면 서른다섯이나 마흔 살쯤 된 나이 지긋한 여느 남자들처럼 보일 거야."

그녀는 서너 살 때부터 그에 대한 전설 같은 이야기를 들었 기 때문에 그의 나이가 분명히 많을 것이라고 여겼다. 그러자 한결 마음이 놓였다. 그가 오싹하게 보이는 건 그의 턱수염과 큰 몸집 때문이지. 그리고 그의 기묘한 회색 눈동자도 위협적 이야. 그녀는 다시 한 번 속으로 되뇌며 두려움을 떨쳐내려고 했다.

하지만 제니퍼는 아침이 될 때까지도 탈출 방법은 물론, 탈 출한 뒤 더욱 나쁜 상황에 부딪히지 않고 목숨을 건질 만한 뾰 족한 수가 떠오르지 않았다.

그러던 제니퍼가 브렌나에게 입을 열었다.

"만약 여기서 남자 옷을 구할 수만 있다면 탈출해 목적지까 지 무사히 달아날 수 있을 텐데……."

그것은 처음 꺼내는 이야기가 아니었다.

"그렇다고 호위병한테 옷을 빌려 달라고 할 수는 없잖아."

브렌나가 약간 절망적으로 대꾸했다. 그녀는 너무 두려운 나머지 차분했던 본래의 성격을 잃고 말았다.

브렌나가 다시 말했다.

"바느질거리가 있었으면 좋겠어. 난 좀이 쑤셔서 가만히 앉아 있지를 못하겠어. 게다가 난 손에 바늘을 들고 있어야 항상 무슨 생각이든지 잘 떠오른다고. 내가 바느질을 하게 해 달라고 부탁하면 경비병이 순순히 바늘을 내줄까?"

"아마 안 줄걸."

제니퍼가 무심히 대답했다. 바로 그때 전투 중에 찢어진, 너덜너덜한 옷을 입고 바삐 오가는 남자들의 모습이 그녀의 눈에 들어왔다. '누군가 바늘과 실이 필요하다면 바로 저 사람들일 것이다.'라고 제니퍼는 생각했다.

"게다가 그걸 가지고 뭘……."

제니퍼는 갑자기 말을 멈추고 브렌나에게 의미심장한 눈길을 던졌다. 그때 그녀의 얼굴은 하늘을 날아갈 듯 기쁜 표정이었다. 하지만 제니퍼는 그런 감정을 숨기며 브렌나에게 다시 말했다.

"브렌나! 저 경비병에게 실과 바늘을 달라고 해보는 것도 괜찮겠구나. 꽤 친절해 보이고 너를 좋아하는 눈치야. 불러서 바늘 두 개를 달라고 해봐."

브렌나가 막사 입구에서 경비병을 부르는 동안 제니퍼는 속으로 웃으며 기다렸다. 곧 브렌나에게 자신의 계획을 알려줄 생각이지만 당장은 아니었다. 브렌나는 거짓말을 할 때 그 속마음이 얼굴에 고스란히 드러나기 때문이었다.

"다른 경비병이네. 전혀 모르는 사람이야."

남자가 다가오자, 브렌나는 실망한 듯 속삭였다.

"언니, 저 사람한테 그 친절한 병사를 불러 달라고 할까?"

"그렇게 하렴."

제니퍼가 생긋 웃으며 대답했다.

한편 유스테이스는 로이스, 스테판과 함께 지도를 들여다보고 있다가 두 여자들이 자신을 찾고 있다는 전갈을 들었다.

"거만하기가 이를 데 없군."

로이스가 제니퍼를 입에 올리며 투덜거렸다.

"경비병한테 심부름까지 시키는 포로들이나 그 명령을 받들어 예까지 뛰어오는 꼴이라니."

한바탕 떠들고 난 그가 경비병에게 물었다.

"지저분한 얼굴을 한 푸른 눈동자의 여자가 보냈나?"

경비병이 설레설레 고개를 저었다.

"둘 다 깨끗한 얼굴이던데요. 하지만 제게 말한 아가씨는 푸른 눈동자가 아니라 담갈색 눈동자를 가졌습니다."

로이스가 투덜거렸다.

"자네가 자리를 벗어나 이렇게 뛰어오도록 심부름을 보낸 건 작은 계집애였어. 그런데 뭘 원하는 거지?"

"저에게 그런 말은 없었고 다만 유스테이스 경을 보게 해 달라더군요."

"당장 자네 위치로 가 있게. 그리고 그 애한테는 기다리라고 전해."

그의 딱딱한 어투에도 경비병은 로이스를 일깨우듯 말했다.

"그들은 힘없는 여자들일 뿐입니다. 그것도 조그만 소녀들이죠. 그런데도 백작님은 애릭이나 우리들 중 하나가 아니면 누구에게도 호위를 맡기지 않고 있습니다."

그들은 로이스의 최정예 친위대이자 신뢰할 수 있는 친구들로 구성된 기사들이었다.

"백작님은 그들을 계속 묶어서 감시하고 있습니다. 꼭 당장이라도 탈출할 위험이 있는 사내들처럼 말입니다."

"그 여자들의 호위를 아무에게나 맡길 수 없기 때문이야."

멍하게 목덜미를 문지르던 로이스가 갑자기 자리에서 일어섰다.

"막사 안에만 있는 것도 진력이 나는군. 함께 가서 원하는 게 뭔지 알아봐야겠어."

"저도요."

스테판도 일어섰다.

잠시 후 백작은 동생과 두 명의 호위병을 거느리고 제니퍼의 막사에 나타났다. 로이스가 세 남자와 함께 막사로 들어서면서 물었다.

"이번엔 무슨 일이지?"

브렌나가 가슴에 손을 얹은 채 몸을 돌렸다. 로이스를 귀찮게 한 일에 대해 자신이 비난을 받겠다는 듯한 표정이었다.

"부탁한 사람은 저예요."

그녀는 자신이 부르려던 호위병에게 눈길을 던졌다.

"유스테이스 경을 불러 달라고 했어요."

제니퍼를 바라보던 로이스는 한숨을 내쉬며 이번엔 브렌나에게로 시선을 돌렸다.

"왜 불렀는지 말할 수 있나?"

"네."

그녀가 짤막하게 대꾸했다.

"좋아. 어서 말해봐."

브렌나는 고통스런 표정으로 제니퍼를 바라본 뒤 다시 입을 열었다.

"저어, 우리는 실하고 바늘이 필요해요. 좀 가져다주세요."

로이스는 제니퍼가 바늘로 자신을 괴롭힐 작정이 아닌지 의심하면서 그녀를 바라보았다. 하지만 웬일인지 그녀의 표정은 전날과 달리 부드러워 보였다. 로이스는 그만 제니퍼의 기세가 너무 쉽게 꺾인 것이 허전해졌다.

"바늘을 달라구?"

로이스가 얼굴을 찌푸리며 되물었다.

"그래요."

제니퍼가 목소리를 가다듬어 대답했다. 당찬 것도 아니고 그렇다고 고분고분한 말투도 아니었다. 마치 자신의 운명을 받아들인 것처럼 차분하고 예의 바른 목소리였다.

"날마다 이곳에 가만히 갇혀 있으려니 지루해서 그래요. 그래서 브렌나가 바느질을 하면서 시간을 보내자는 생각을 했어요."

"바느질을 한다?"

로이스는 문득 여자들을 묶어놓고 삼엄하게 경비시킨 자신의 행동이 부끄러워졌다. 따지고 보면 라이오넬의 말이 옳았다.

제니퍼와 브렌나는 그저 연약한 여자들일 뿐이었다. 이성적이기보다는 허세 부리기를 좋아하는 어리고 분별없는, 고집불통의 소녀. 하지만 자신에게 불려왔던 어떤 죄수들도 감히 자신을 때리거나 반항한 적이 없었기 때문에 그는 제니퍼를 과대평가했을 뿐이다.

그럼에도 로이스는 큰 소리로 되물었다.

"여기가 무슨 여왕의 접견실이라도 되는 줄 아나? 우리한텐…… 그런 게……."

그는 궁중에서 여자들이 매일 같이 자수를 하며 시간을 보낼 때 쓰던 그 괴상한 도구의 이름을 생각해내느라 머리에서 쥐가 날 지경이었다.

"수틀 말인가요?"

제니퍼가 무슨 대단한 도움이라도 주는 듯한 표정으로 말하자 로이스는 정나미가 떨어진다는 듯 그녀를 훑어보았다.

"미안하지만 수틀은 아니야."

"그럼 작은 퀼트용 수틀이요?"

그녀는 천진난만한 척 눈을 동그랗게 뜨고 다시 물었다.

"아니야! 아니라구!"

제니퍼는 로이스가 돌아서서 막사 밖으로 나가려고 하자 재빨리 말했다.

"실과 바늘을 사용해서 할 일이 틀림없이 있을 거예요. 할 일이 없어서 미칠 것 같아요. 뭐라도 상관없어요. 꿰매야 할 게 무엇이든지 분명히 있을 거예요."

그러자 로이스는 다시 몸을 돌리면서 제니퍼에게 물었다.

"지금 우리를 위해 수선을 하겠다는 말인가?"

그때 브렌나는 로이스의 질문에 충격을 받은 모습이었다. 제니퍼는 동생의 표정을 흉내 내려고 애쓰며 대답했다.

"수선을 하겠다는 게 아니라……."

로이스가 그 틈을 놓치지 않고 말했다.

"여기엔 100명의 침모들이 1년 동안 바쁘게 일해야 할 만큼 수선해야 할 게 얼마든지 있지."

로이스는 제니퍼 자매가 병사들의 옷을 수선하는 것이 그녀들에게 숙식을 제공하는 데 따르는 적절한 대가라는 생각이 들었다. 그는 곧 고드프리에게 명령했다.

"실과 바늘을 가지고 와라."

그때 브렌나는 자신의 제안으로 적들에게 힘을 더해주는 결과가 되었다는 사실이 무척 괴롭다는 표정을 짓고 있었다. 제니퍼도 내키지 않는 표정을 짓느라 애쓰다가 로이스 일행이 멀리 사라지자 브렌나를 힘껏 안으며 속삭였다.

"우리는 탈출을 막는 세 개의 장애물 중 두 개를 넘은 거야. 이제 우린 손목의 밧줄이 풀릴 테고 남장을 할 수 있게 됐어."

"남장을 한다구?"

브렌나가 대답이 필요 없는 질문을 했다. 그녀는 비로소 언니의 말뜻을 알겠다는 듯 키득거렸다.

"남자들 옷, 그것도 그들이 우리에게 가져다준 옷으로……."

얼마 지나지 않아 브렌나 자매의 막사 안에는 옷 두 무더기를 비롯해 병사들의 찢어진 모포와 망토 한 무더기가 산더미처럼 쌓였다. 한 무더기는 주로 로이스와 스테판이 입던 것이고 나머지는 기사들 것이었다. 그런데 그들 중 두 명은 몸집이 그리 크지 않은 것을 보고 제니퍼는 안심이 되었다.

제니퍼와 브렌나는 깜박거리는 불빛 아래서 눈을 혹사시키며 밤늦게까지 일했다. 이미 그들은 탈출할 때 입을 만한 옷을 골라 수선을 마친 뒤, 눈에 띄지 않게 잘 숨겨두었다.

"몇 시쯤 된 것 같아?"

제니퍼는 꼼꼼하게 로이스의 셔츠 손목 부분을 완전히 꿰매어 틀어막으면서 물었다. 그 막사 안에는 로이스의 옷이 여러 벌 있었는데, 그 중 바지 몇 벌은 다리를 넣을 수 없도록 무릎 부분을 기술적으로 줄여버리기도 했다.

"10시쯤 되었을 거야."

브렌나가 바느질하던 실을 이로 끊으며 대답했다.

그녀는 백작의 셔츠 하나를 집어들고 말했다. 셔츠의 등판에는 해골과 교차된 뼈가 검은색 실로 수놓아져 있었다.

"언니 말이 맞아. 백작은 이 옷을 입기 전엔 전혀 눈치 못 챌 거야."

제니퍼가 웃고 있을 때 브렌나가 갑자기 심각하게 입을 열었다.

"언니, 맥퍼슨과 결혼하는 문제 말이야. 꼭 그래야 할 필요가 있을까."

브렌나의 말에 제니퍼는 귀를 기울였다. 겁에 질리지 않았을 때의 브렌나는 무척 똑똑한 동생이었기 때문이다.

"왜 그런 말을 하니?"

"아버지는 틀림없이 제임스 왕과 교황님께 우리가 수녀원에서 납치되었다는 걸 보고하실 거야. 그러면 제임스 왕이 메릭성에 군대를 보낼지도 몰라. 그러면 아버지에겐 맥퍼슨 영민들의 도움이 필요 없을 거야. 그렇지 않아?"

제니퍼의 눈에 희망의 불꽃이 일었다가 금방 사라졌다.

"하지만 우리가 실제로 수녀원에서 납치된 건 아니잖아."

"아버지는 자세하게 모르시니까, 우리가 당연히 그곳에서 납치되었다고 생각하시겠지. 다른 사람들도 마찬가지일 거고."

그 시간, 로이스는 자신의 막사 밖에 서서 제니퍼 자매가 인질로 잡혀 있는, 야영지 끝 쪽의 작은 막사를 바라보고 있었다. 유스테이스가 라이오넬과 교대해 그 막사를 지키고 있었다.

막사 틈새로 비치는 흐릿한 불빛은 여자들이 여전히 깨어 있다는 것을 말해주고 있었다. 그는 평화롭고 은은한 달빛을 받고 서서, 그날 아침 그녀들이 있는 막사로 갔던 것은 자신의 호기심 때문이었다는 것을 인정했다. 그는 제니퍼의 얼굴이 깨끗해졌다는 말을 듣자 그녀의 얼굴을 직접 보고 싶었던 것이다. 이제는 그녀의 머리색에 대해 상당한 호기심이 생겼다. 날렵한 모양의 눈썹으로 미루어보건대 그녀의 머리카락은 적갈색이거나 갈색이었다. 반면 금발임이 분명한 브렌나의 머리카락은 그의 관심을 끌지 못했다.

문제는 제니퍼였다.

그녀는 시간을 들여 모두 짜 맞춰야 한번에 볼 수 있는 퍼즐 조각 같았다. 그리고 각 조각들은 매번 그 이전보다 더 놀라운 모습으로 등장했다.

그녀는 틀림없이 로이스 자신에 대한 잔인한 소문들을 들었을 텐데도 보통 사람들의 반만큼도 자신을 무서워하지 않았다. 그런 사실은 로이스에게 그 여자 전체로 이루어진 퍼즐의 첫 조각이자 가장 흥미를 돋우는 부분이기도 했다. 두려움을 모르는 그녀의 용기!

게다가 그녀의 벨벳처럼 짙은 푸른 색 눈동자는 커다랗고 매혹적이었다. 굉장한 눈이었다. 긴 적갈색 속눈썹으로 둘러싸인, 진솔하고도 표정이 풍부한 눈이었다. 그는 그녀의 눈을 보았을 때, 얼굴을 제대로 보고 싶다는 생각을 했었다. 그리고 그녀의 얼굴을 자세히 보고는 제니퍼가 못생겼다고 하던 말은 헛소문이었다는 결론을 내렸다.

냉정하게 말해 그녀는 아름답지는 않았다. '예쁘다'라는 말도 어울리지 않았다. 하지만 그녀가 있던 막사에서 그녀와 눈이 마주쳤을 때는 머리가 멍해지는 느낌이었다. 섬세하게 빚은 듯한 그녀의 광대뼈는 두드러졌고, 엷은 장밋빛이 감도는 피부는 매끄러웠으며, 코는 자그마했다. 섬세한 외모와는 대조적으로, 그녀의 작은 턱에는 분명히 고집스러운 완고함이 서려 있었다. 그래도 웃을 땐 보조개가 살짝 들어가는 것을 그는 똑똑히 보았다.

전체적으로 관심을 끄는, 매혹적인 얼굴이라고 그는 생각했다. 확실히 매혹적이었다. 그런데다 그녀의 보드랍고 도톰한 입술이라니…….

그는 제니퍼의 입술에 대한 생각을 그쯤에서 떨쳐버리고 이번엔 유스테이스를 향해 궁금하다는 표정을 지어 보였다. 로이스의 의도를 알아차린 유스테이스는 약간 몸을 돌려 모닥불이 자신의 모습을 비추도록 하고는 손을 위아래로 움직이며 바느질하는 흉내를 냈다.

로이스는 그토록 늦은 시간까지 여자들이 바느질을 하고 있는 이유를 전혀 알 수가 없었다. 귀족 가문의 여자들은 특별한 경우가 아니면 밤늦도록 바느질을 하지도 않을 뿐더러 옷을 수선하는 일은 하녀들의 몫으로 알고 있었다. 그는 막사에 비친 제니퍼 자매의 그림자를 보며 귀족 가문의 여인들도 지루함을 잊기 위해서라면 바느질을 할 수도 있는 모양이라고 애써 생각했다. 어쨌거나 그토록 늦은 시간까지 흐릿한 촛불에 의지해 바느질을 한다는 건 아무래도 이해하기 힘들었다.

그런 가운데서도 로이스는 메릭 가의 여자들이 그토록 부지런하고 갸륵한 여자들인지 반신반의했다. 자신들을 납치한 사람들을 위해 열심히 옷을 수선한다는 건 무척 관대하고 아량이 넓은 일이었다. 하지만 그것은 말도 안 되는 일이기도 했다.

특히 처음 제니퍼를 보았을 때 그녀는 완강하게 저항했었다.

로이스는 느닷없이 막사를 벗어나 전장(戰場)에서 다치고 지친 병사들이 외투를 뒤집어쓴 채 잠들어 있는 맨바닥을 걸어갔다. 이윽고 제니퍼 자매가 있는 막사 근처까지 다가갔을 때 그는 비로소 그녀들이 왜 실과 바늘을 달라고 했는지 그 까닭을 알 수 있었다. 순간 그는 욕설이 터져 나오려는 걸 간신히 참으며 걸음을 재촉했다. 제니퍼 자매가 자신들의 옷을 망가뜨리고 있다는 것을 짐작했던 것이다.

로이스가 갑자기 막사 안으로 들어서자 브렌나가 소스라치게 놀랐다. 그러나 제니퍼는 조금 움찔했을 뿐, 침착한 표정으로 자리에서 일어섰다.

"뭘 하고 있는지 좀 볼까?"

로이스가 무뚝뚝하게 말하며 손을 내밀었다.

"보세요. 지금 이 셔츠를 수선하려는 참이었어요."

그녀는 진동을 꿰매 막아버린 로이스의 셔츠를 조심스레 옆에 내려놓으며, 천연덕스럽게 말했다. 그녀는 자신이 입기로 했던 옷더미에 손을 뻗어 두꺼운 모직 바지를 집었다. 그리고 2인치 정도로 단정하게 수선된 부분을 로이스에게 보여주었다.

그런 태도에 당황하던 로이스는 슬그머니 그녀가 단단히 꿰매놓은 부분을 살펴보았다. 그는 제니퍼가 자존심이 강한데다 거만하고 고집도 세지만 바느질 솜씨만큼은 훌륭하다고 생각했다.

"합격인가요, 백작님? 계속해도 될까요?"

그녀는 재미있다는 듯이 재촉했다.

로이스는 만일 그녀가 인질이거나 적의 딸이 아니었다면 뜨겁게 안아줄 만큼 그녀의 헌신적인 도움이 고마웠다.

"훌륭하군."

비로소 제니퍼 자매에 대한 의심을 누그러뜨리고 밖으로 나가려던 그가 고개를 돌리며 말했다.

"병사들은 옷이 찢어진데다 두껍지도 않아 추위에 떨었을 거야. 그런데 겨울옷이 도착하기 전까지 입고 견딜 만한 옷이 있다는 걸 알면 모두들 좋아하겠군."

제니퍼는 백작이 자신들의 행동거지를 확인하기 위해 막사 안으로 들어올 것이라는 걸 예상하고 있었다. 그 때문에 백작이 의심하지 않도록 바지를 미리 준비해두었던 것이다. 그러나 그가 진심으로 고마워할 것이라고는 생각한 적이 없었기 때문에 다소 께름칙한 기분마저 들었다. 백작이 터럭만큼의 인간미 정도는 가지고 있다는 것을 직접 확인했기 때문이다.

그가 나가자, 자매는 모포 위에 털썩 주저앉았다.

브렌나가 갈기갈기 찢겨진 모포들을 바라보며 입을 열었다.

"맙소사! 난 여기에 있는 남자들을 사람으로 생각한 적은 없었어."

제니퍼는 자신도 똑같은 생각을 하고 있었다는 것을 내색하지 않았다.

"그들은 우리의 적이야."

그녀는 자신과 브렌나에게 그 사실을 한 번 더 상기시켰다.

"우리의 적이고 아버지의 적이며 제임스 왕의 적이야."

그러면서도 제니퍼는 가위를 집으려던 손을 움찔했다. 그녀는 냉정하게 이튿날 새벽에 탈출할 방법을 골똘히 생각했다.

몸과 마음이 지친 브렌나가 잠이 든 지 한참이 지난 뒤에도 제니퍼는 오로지 탈출에 성공할 방법을 찾기 위해 골몰했다. 물론 만약의 경우 실패할 수 있는 가능성에 대해서도 생각했다.

5

서리를 맞은 잔디가 떠오르는 햇빛을 받아 반짝이고 있었다. 제니퍼는 브렌나가 깨지 않도록 주의하면서 몸을 일으켰다. 그녀는 모든 가능성을 체계적으로 검토한 뒤 가장 그럴듯한 계획을 세울 수 있었다. 이제 탈출의 기회를 노리기만 하면 되는 것이다.

"때가 된 거야?"

브렌나가 깜짝 놀라며 속삭였다. 그녀는 자리에 누운 채 벌써 두꺼운 모직 바지에 남자용 셔츠와 조끼를 입은 제니퍼의 모습을 바라보았다. 매일 아침 용변을 해결하기 위해 경비병이 그들을 몇 분 정도 숲 속으로 데려갈 때 수녀복 밑에 각자 입기로 했던 차림이었다.

"지금이야."

제니퍼는 격려가 담긴 웃음을 보이며 대꾸했다.

브렌나는 창백한 얼굴로 일어나 옷을 입기 시작했다. 그녀는 떨리는 마음을 달랠 수가 없었다.

"난 토끼들처럼 겁쟁이가 아니었으면 좋겠어."

브렌나가 한 손으로는 쿵쾅대는 가슴을 누르고, 다른 손으로는 가죽 조끼를 집으면서 중얼거렸다.

"넌 겁쟁이가 아냐."

제니퍼가 작은 목소리로 동생을 안심시켰다.

"넌 네가 하는 일에 대한 결과를 미리 걱정하는 것뿐이야."

제니퍼가 셔츠를 입는 브렌나를 거들어주며 말했다.

"사실 넌 나보다 용감해. 내가 너만큼 신중했다면, 난 아주 작은 일도 절대로 해낼 엄두를 내지 못했을 거야."

브렌나는 언니의 칭찬을 듣고는 살며시 웃어 보였다. 하지만 아무 말도 하지 않았다.

"모자 있어?"

제니퍼가 묻자 브렌나는 고개를 끄덕였다. 제니퍼는 곧 자신의 긴 머리를 감추기 위해 쓰게 될 검은 모자를 집어들어 바지 허리춤에 쑤셔 넣었다. 해가 좀더 솟아오르자 제니퍼 자매는 속에 입고 있는 남자 옷을 헐렁한 수녀복으로 가린 채, 숲으로 데려다 줄 거인이 나타나기를 기다렸다.

그 순간이 다가오자 제니퍼는 목소리를 낮추어 브렌나에게 자신의 계획을 상기시켰다.

"내 말을 꼭 기억해. 여기서 탈출하면 신속하게 움직여야 하지만, 그렇다고 너무 빨리 움직이면 안 돼. 금방 눈에 띌 테니까. 그리고 수녀복을 벗으면 덤불 속에다 잘 숨겨야 해. 우리가 탈출에 성공하느냐 마느냐는 그 수녀복에 달려 있어. 병사들이 우리가 벗어놓은 수녀복을 발견한다면, 우리는 이곳을 벗어나기도 전에 잡히고 말 거야.”

브렌나가 고개를 끄덕이며 침을 꿀꺽 삼켰다. 제니퍼가 덧붙여 말했다.

“일단 옷을 벗으면 나를 쫓아 수풀 속에서 조용히 움직여야 해. 다른 건 보지도 듣지도 마. 우리를 추격하는 병사들이 고함을 쳐도 전혀 신경 쓰지 마. 소동이 일어나도 겁낼 건 없어.”

“알았어.”

브렌나가 대답했다. 하지만 그녀의 눈은 벌써 두려움에 휩싸인 듯했다.

“우리는 숲 속에 가만히 있다가 야영지의 남쪽 경계선으로 움직일 거야. 병사들은 우리가 설마 야영지 쪽으로 거슬러갔을 것이라고는 생각 못하고 반대쪽을 열심히 뒤지겠지. 숲 속으로 들어가서 말이야. 넌, 말이 있는 곳에 가까이 가면 숲 속에 그대로 있어. 내가 말을 끌고 올 테니까. 그들은 그저 두 수녀를 찾으려 하지 말을 탄 사내들을 찾지는 않을 거야. 우리에게 행운이 따른다면 말야.”

브렌나는 조용히 고개를 끄덕였다. 이제 제니퍼는 나머지 일을 어떻게 설명해야 좋을지 고민했다. 그녀는 만일 자신들이 달아나다가 발각된다면 동생 혼자서라도 잘 도망갈 수 있도록 주위를 딴 데로 돌릴 작정이었다. 그러나 브렌나를 혼자서라도 도망치도록 설득하는 것은 그리 쉽지가 않았다. 제니퍼는 자신도 모르게 떨리는 목소리로 말했다.

"만약 우리가 헤어지게 될 경우엔……."

제니퍼가 말을 맺기도 전에 브렌나가 소리쳤다.

"안 돼! 헤어지지 않을 거야. 그럴 순 없어."

"내 말 들어!"

제니퍼가 너무나 단호하게 말하는 바람에 브렌나는 그만 입을 다물고 말았다.

"만약 우리가 헤어지게 될 때를 대비해서 나머지 계획도 알고 있어야 돼. 그래야 나중에 내가 널 따라잡지."

브렌나가 마지못해 고개를 끄덕이자 제니퍼는 동생의 차가운 두 손을 꽉 쥐어 용기를 주었다.

"저기 높은 언덕 방향이 북쪽이야. 알겠지?"

"응."

"좋아. 우리가 말을 타고 여길 빠져나가면 언덕 꼭대기에 도착할 때까지 숲 속으로만 움직여 북쪽으로 갈 거야. 거기까지 가면 서쪽으로 방향을 틀어 언덕 밑으로 내려갈 거야. 그곳에서도 역시 숲 속으로만 움직여야 해. 그러다가 길이 보이면 그 길을 따라 옆으로 가는 거야. 계속 숲 속에서만 움직이면서 말이지. 늑대는 아마 사람을 보내 길목마다 지키도록 하겠지만 수녀복을 입은 두 여자만 찾을 거야. 그때 우리에게 행운이 찾아온다면 다른 여행자들과 뒤섞일 수도 있어. 그렇게 된다면 몸을 숨기기가 훨씬 쉬울 테고 우린 좀더 쉽게 탈출할 수 있을 거야. 그리고 만약 그들이 우리를 발견하고 쫓아오거든 내가 말했던 곳으로 최대한 빨리 달아나. 난 다른 쪽으로 방향을 돌려 그들의 시선을 끌 테니까. 그때 넌 몸을 숨기며 수녀원으로 달려가야 해. 여기서 수녀원까지는 대여섯 시간밖에 안 걸릴 거야. 여기가 정확히 어딘지는 나도 잘 모르겠어. 잉글랜드 국경을 넘어온 것 같아. 북서쪽으로 가서 마을이 나오면 벨커크로 가는 길을 물어보면 될 거야."

"하지만 언니 없이는 갈 수 없어."

브렌나가 절망적으로 외쳤다.

"아니, 가야 돼. 그래야 아버지와 영민들이 날 구하러 올 수 있잖니?"

브렌나는 자신이 혼자 탈출하더라도 언니를 버리는 게 아니라 오히려 돕는 길임을 알고는 얼굴이 조금 밝아졌다. 제니퍼도 밝게 웃으며 동생을 안심시켰다.

"계획대로 된다면 이번 토요일에 우리는 메릭 성에서 파티를 열고 있을 거야."

"메릭 성?"

브렌나가 불쑥 물었다.

"우린 수녀원에 그냥 남아 있고, 아버지께 사람을 보내서 자초지종을 말하면 안 될까?"

"네가 원한다면 수녀원에 남아 있어도 돼. 하지만 난 암브로스 수녀님과 메릭 성으로 갈 거야. 아버지는 틀림없이 우리가 인질로 잡혀 있다고 생각하실 테니까 늑대의 요구를 받아들이기 전에 우리가 탈출한 것을 알려야 해. 게다가 아버지는 이곳에 대한 정보가 궁금하실 거야. 그건 직접 보고 들었던 우리가 가장 정확히 알려드릴 수 있는 것들이잖아."

브렌나는 고개를 끄덕였다. 하지만 제니퍼가 메릭 성으로 직접 가고 싶어하는 건 그 때문만은 아니었다. 무엇보다 아버지와 영민들에게 공을 세우고 싶어했던 제니퍼에게 이번 일은 절호의 기회가 될 수도 있었다. 제니퍼는 탈출에 성공하여 아버지와 가문 사람들이 자신을 자랑스러워하는 모습을 하루빨리 보고 싶었다.

이윽고 경비병의 발자국 소리가 들려오자 제니퍼는 예의 바르고 호의적인 태도로 자리에서 일어섰다. 하지만 브렌나는 죽을상이 되어 마지못해 몸을 일으켰다.

고드프리를 따라 숲으로 들어가면서 제니퍼가 말했다.

"잘 잤어요? 저는 한숨도 못 잔 것 같아요."

서른쯤 되어 보이는 고드프리는 미심쩍다는 표정으로 제니퍼를 바라보았다. 제니퍼가 한번도 예의 바르게 인사를 건넨 적이 없었기 때문이다. 그녀는 그가 여전히 못마땅한 눈으로 자신의 옷을 훑어보자 속으로 움찔했다. 수녀복 안으로 숨겨 입은 남자 옷에 자꾸 신경이 쓰였던 것이다.

"거의 잠을 자지 못했으니까."

그녀들이 밤늦게까지 바느질을 한 것으로 알고 있던 그가 마지못해 대꾸를 했다.

고드프리의 왼편으로 제니퍼 자매가 따라가는 동안 이슬에 젖은 풀잎에 그들의 발자국이 찍히고 있었다.

제니퍼는 하품을 하는 척하며 슬그머니 고드프리를 살폈다.

"내 동생은 밤늦도록 잠을 못 자서 그런지 좀 수척해진 것 같아요. 냇가에 가서 잠깐 씻을 수 있으면 정말 좋겠어요."

고드프리는 제니퍼를 미심쩍다는 듯 바라보다가 고개를 끄덕였다. 그는 주름이 깊이 파이고 햇볕에 그을린 얼굴을 찡그렸다.

"15분 내에 해결하시오."

고드프리의 말에 제니퍼는 날아갈 듯 기뻤다.

"단, 두 사람 중 한 사람의 머리는 내가 볼 수 있도록 하시오."

고드프리는 이런 조건을 제시한 뒤 숲의 가장자리에서 제니퍼 자매를 감시했다. 하지만 제니퍼는 그가 고개를 옆으로 돌리고 있는데다 그의 시선이 자신들의 머리 밑 부분으로는 내려가지 못한다는 사실을 알고 있었다. 고맙게도 그녀들이 갇혀 있는 동안 음란한 시선을 던지는 병사들은 없었다. 제니퍼는 그 점에 대해서만큼은 그들에게 고마움을 느꼈다.

"조용히 해!"

제니퍼가 브렌나를 냇가로 안내하면서 힘주어 말했다. 마침내 냇가에 다다른 제니퍼 자매는 고드프리가 자신들을 쫓아 숲으로 들어오는 일이 없도록 조심스럽게 움직였다. 제니퍼는 키 작은 나뭇가지가 있는 곳에서 걸음을 멈추었다. 그 나무 밑엔 수풀이 우거져 있었다.

"물이 차가워 보인다, 브렌나!"

제니퍼는 고드프리가 들을 수 있도록 큰 소리로 말했다. 그가 직접 확인하지 않고도 자신들의 상황을 짐작할 수 있게 하자는 생각에서였다. 제니퍼는 곧 쓰고 있던 베일과 두건을 조심스럽게 풀었다. 브렌나도 언니를 따라했다. 두 개의 짧은 베일이 모두 벗겨지자 제니퍼는 여전히 베일을 쓰고 있는 것처럼 나뭇가지에 조심스럽게 걸어놓고 브렌나의 베일도 수풀에다 자연스럽게 걸어놓았다.

얼마 후 제니퍼 자매는 입고 있던 수녀복을 모두 벗어 수풀 속에 숨겼다. 그리고 수녀복의 회색 천이 보이지 않도록 나뭇잎과 나뭇가지들을 긁어모아 그 위에 흩어놓았다. 그때 제니퍼에게 좋은 생각이 떠올랐다. 그녀는 곧 옷을 숨겨둔 수풀 속에서 손수건을 꺼냈다. 그리고 자신들이 가려던 방향에서 15미터쯤 하류로 내려가 손수건을 가시덤불에 걸어놓았다. 마치 그쪽으로 도망가다가 손수건을 놓친 것처럼 보이기 위해서였다.

"경비병들이 저 수건을 따라 하류 쪽을 수색한다면 우리는 좀더 많은 시간을 벌게 될 거야."

제니퍼의 말에 브렌나는 반신반의하는 표정이었다.

곧 제니퍼 자매는 서로 상대방의 옷매무새를 살펴주었다. 브렌나는 제니퍼의 모자를 깊이 눌러 씌우면서 비어져 나온 머리카락을 모자 속으로 집어넣었다.

제니퍼는 브렌나에게 고맙다는 듯, 힘을 내라는 듯 웃어 보인 뒤 재빨리 숲 속으로 몸을 숨겼다. 그리고 빠른 걸음으로 말 우리가 있는 북쪽을 향해 나아갔다. 고드프리가 약속한 15분이나 그 이상을 몽땅 내어주기를 기도하면서.

몇 분 후 야영지의 마구간에 도착한 그들은 수풀 속에서 몸을 낮추고 주위를 살폈다. 제니퍼가 조심스럽게 입을 열었다.

"여기 꼼짝 말고 있어."

제니퍼는 마구간에서 약간 떨어진 곳에서 경비를 서던 호위병이 졸고 있는 걸 발견했다.

"저 호위병은 졸고 있거나 잠이 든 게 분명해."

제니퍼는 그런 상황을 다행스럽게 여기면서 한마디 덧붙였다.

"만약 내가 말을 훔치다가 저 사람에게 잡히면 걸어서 가면 돼. 숲 속에 숨었다가 저 높은 언덕으로 가는 거야. 알겠지?"

제니퍼는 브렌나의 대꾸가 있기도 전에 앞으로 기어갔다. 얼마 후 숲이 끝나는 곳에 도착한 그녀는 걸음을 멈추고 주위를 살폈다. 병사들 모두가 꿈나라에 가 있었다. 구름이 잔뜩 끼어 있어 아직도 새벽인 줄로 착각하는 듯싶었다. 그녀는 어느새 손만 뻗으면 말고삐를 쥘 수 있는 곳까지 다가갔다.

제니퍼가 살금살금 걸음을 옮겨 말 두 마리의 고삐를 잡았을 때 잠에 빠졌던 호위병이 몸을 뒤척였다. 하지만 그녀는 병사가 잠꼬대를 하며 몸을 뒤척인 것임을 바로 알아채고는 안도의 한숨을 내쉬었다. 그리고 마구간에 쳐놓은 밧줄을 높이 들어 올려 두 마리의 말이 그 밑으로 빠져나갈 수 있도록 했다. 그리고 한 마리의 말을 브렌나에게 넘긴 뒤 재빨리 숲 속으로 끌고 들어갔다. 두텁게 쌓인 나뭇잎들이 이슬에 젖어 발자국 소리를 흡수했다.

그들은 한참 걷다가 밑동이 잘린 나무를 발판 삼아 각자의 말에 올라탔다. 제니퍼는 그제야 회심의 미소를 지었다. 곧 야영지 쪽에서 몇몇 병사들이 바쁘게 움직이는 소리가 들렸다. 하지만 제니퍼 자매는 벌써 목표로 삼고 있는 산등성이를 향해 속력을 내고 있었다.

더 이상 조심할 필요가 없어진 제니퍼 자매는 박차를 가해 쏜살같이 숲을 뚫고 달려나갔다. 그들은 어렸을 때부터 말 타기에 익숙해 있던 터라 빠른 움직임에 잘 적응했다. 하지만 안장이 없어 무릎을 꼭 조여야 했고 그렇게 되자 말들은 더욱 빨리 달렸다. 그 때문에 말고삐를 놓치지 않도록 신경을 기울였다.

얼마 후 그들은 높은 산등성이에 도착했다. 제니퍼는 방향을 가늠해보았다. 자신의 판단에 따르면 반대쪽에 수녀원으로 향하는 길이 있으며 수녀원을 지나 그대로 달려간다면 이윽고 메릭 성에 다다를 것이었다. 하지만 숲 속은 아직도 어둑했기 때문에 방향을 쉽게 짐작할 수가 없었다. 제니퍼는 모든 것을 운명에 맡긴 채 직감에 따라 방향을 잡았다.

"브렌나!"

한창 말을 달리던 제니퍼가 마침내 유쾌한 듯 브렌나를 불렀다.

"늑대가 타는 말에 대한 소문을 들은 적 있니? 그 말의 이름이 토르(북유럽 신화에 등장하는 신으로 벼락과 비, 농사에 관한 일을 관장한다.)이며 세상에서 가장 빠르고 사납다고 했지?"

"응."

브렌나가 짧게 대답했다. 그녀는 울창한 숲으로 접어들자 차가운 새벽 날씨 때문에 몸을 떨고 있었다.

제니퍼는 다시 물었다.

"그리고 그 말은 온통 검은색이지만 이마에는 하얀 별이 새

84

겨져 있다고 했지?"

"응!"

"그런데 이 말을 보렴. 그 별이 있지?"

브렌나는 제니퍼가 탄 말을 살펴본 뒤 고개를 끄덕였다.

제니퍼가 싱긋 웃으며 말했다.

"브렌나, 이건 우연이지만 내가 검은 늑대의 말을 훔친 셈이구나. 검은 늑대의 명마, 토르를 훔친 거라고."

그때 토르는 자신의 이름을 듣고 귀를 쫑긋 움직였다. 언니의 말을 듣고 난 브렌나는 추위도 잊은 채 웃음을 터뜨렸다.

"지금 생각해보니 이 말이 따로 묶였던 것도 그 때문이었어."

제니퍼는 자신이 탄 명마를 감상하듯 자세히 살펴보았다.

"사실은 이 말이 네가 타고 있는 말보다 굉장히 빨랐거든. 그래서 속도를 조절하느라 애를 먹었던 거야."

제니퍼는 몸을 앞으로 기울여 말갈기를 쓰다듬었다.

"너무나 멋져!"

그녀는 토르를 칭찬하는 데 인색함이 없었다.

"로이스!"

여자들을 감시하다 놓친 고드프리는 로이스가 쉬고 있는 막사 앞에서 소리를 질렀다. 그는 너무 분하고 당황한 나머지 목소리가 꽉 잠겼고 두꺼운 목덜미는 붉게 물들었다.

"여자들이, 도, 도망을 쳤습니다. 45분쯤 되었습니다. 지금 애릭과 유스테이스, 라이오넬이 숲 속을 수색 중입니다."

로이스는 셔츠를 집으려던 손을 멈췄다. 그는 자신의 부하 중 가장 영리하고 용감한 고드프리의 말이 믿어지지 않는 듯, 우습다는 표정을 짓고 있었다.

"여자들이 어쨌다구?"

그는 지난밤 여자들이 수선한 옷 더미에서 셔츠를 집어들면서 되물었다.

"그러니까…… 자네가 순진하고 연약한 계집애들에게 당했단 말인가?"

로이스는 팔을 소맷자락에 밀어 넣었다. 하지만 중간쯤이 꿰매진 소매 속으로 팔이 들어갈 리가 없었다. 믿을 수 없다는 표정으로 소매를 살피던 그는 그 셔츠를 집어던지고 다른 셔츠를 입으려고 했다. 하지만 그 셔츠는 소매 전체가 떨어져 나가 있었다.

머리끝까지 화가 뻗친 로이스는 이를 뿌드득 갈았다.

"이, 이런 고약한 계집애들! 맹세하건대 내가 기필코 그 푸른 눈동자의 계집애를 잡아서……."

그는 궤짝에서 새 셔츠를 꺼내 입은 뒤 허리춤에 단검을 찼다.

"그 애들을 마지막으로 본 곳이 어디지?"

로이스의 물음에 고드프리가 대답했다.

"저쪽 숲 속의 개울가입니다."

고드프리는 나뭇가지에 제니퍼 자매의 베일이 걸려 있는 시냇가로 로이스를 안내하였다.

"그런데 로이스, 이 일을 병사들에게 알릴 필요는 없겠지요?"

거구의 부하를 쏘아보던 로이스가 언뜻 미소를 보였다. 그는 자존심에 큰 상처를 입은 고드프리가 더 이상 일이 커지지 않기를 바라는 마음을 이해했다.

"굳이 경보를 울릴 필요는 없겠지."

로이스는 냇가의 둑을 따라 성큼성큼 걸어가면서 주위의 나무와 수풀을 매서운 눈으로 살펴보았다.

"그 애들 찾는 거야 누워서 떡 먹기보다 쉬울 거야."

하지만 아무런 성과도 없이 한 시간쯤 지나자 그의 자신감은 사라졌고 여유롭던 마음도 분노로 바뀌었다. 그는 여자들을 인질로 잡아둘 필요가 있었다. 그 여자들은 피를 흘리거나 귀중한 목숨들을 희생시키지 않고 메릭 성의 문을 열어줄 열쇠였던 것이다.

탈출한 제니퍼 자매를 찾기 위해 다섯 명의 사내들이 숲 속을 샅샅이 뒤졌다. 그들은 자매 중 한 명이 도망가다 잃어버린 듯한 손수건을 발견하고 그쪽으로 갔지만, 아무리 뒤져도 탈출한 흔적은 보이지 않았다. 마침내 로이스는 제니퍼가 일부러 그 손수건으로 수색 방향을 흩트려놓았다는 결론을 내렸다. 그야말로 말도 안 되는, 믿을 수 없는 일이었다. 하지만 그것은 명백한 사실이었다.

로이스는 고드프리와 애릭을 양쪽에 대동해 숲을 뒤져나갔다. 차츰 신경질을 부리던 그는 마침내 두 기사에게 명령을 내렸다.

"경보를 울려라. 병사들을 모아서 숲을 이 잡듯이 뒤지도록 해. 그것들은 틀림없이 덤불 안에 숨어 있을 거야. 숲이 너무 울창해서 우리가 못 보고 지나쳐 왔을지도 몰라."

그 명령에 따라 병사 마흔 명이 한 줄로 서서 숲 속을 뒤지기 시작했다. 그들은 냇가 끄트머리에서 출발하여, 모든 수풀과 쓰러진 나무 밑까지 샅샅이 뒤지며 천천히 앞으로 이동했다. 한 시간, 두 시간이 지나고 점심때가 지나 어느새 오후가 되었다.

로이스는 제니퍼 자매가 사라졌다는 시냇가 둑에 서서 눈을 가늘게 뜨고 북쪽 언덕을 바라보았다. 포로들을 잡기는커녕 흔적조차 발견하지 못하자 그의 표정은 차츰 험악해졌다.

그때 스테판이 로이스에게 다가왔다. 그는 지난밤에 사냥을 나갔다가 돌아오는 길이었다.

"형님, 여자들이 도망쳤다고요?"

그는 북쪽 언덕을 물끄러미 바라보고 있는 로이스의 표정을 살피며 걱정스러운 듯 물었다.

"그것들이 정말 산등성이를 넘어갔다고 생각하십니까?"

"걸어간다면 아직 도착하지 못했을 거야. 하지만 산등성이를 에워싼 길을 돌아갈 경우를 대비하여 병사들을 배치했지. 그들에게 만나는 사람마다 심문하라고 했는데, 젊은 여자들은 본적이 없다는 거야. 어떤 마을 사람이 말을 타고 산등성이를 올라가는 소년 둘을 본 적이 있다고는 하더라."

로이스가 거칠게 대답했다.

"그들이 어디에 있든지 저 언덕으로 방향을 잡았다면 틀림없이 길을 잃었을 겁니다. 숲이 무성하여 방향을 잡지 못했을게 분명합니다."

스테판은 먼 언덕을 바라보다가 로이스에게 질문을 던졌다.

"혹시 형님도 지난밤에 사냥을 하러 가셨습니까?"

"그건 왜?"

로이스가 되물었다.

스테판은 형 로이스가 명마 토르를 무척 아낀다는 사실을 잘 알고 있었다. 로이스는 자신이 아끼는 사람들보다도 슬기롭고 충성스러우며 큰 용기를 가진 토르를 훨씬 자랑스럽게 여겼다. 그동안 여러 마상 경기와 전쟁터에서 토르가 거둔 수훈은 로이스만큼이나 전설적이었다. 그래서 궁중의 어떤 숙녀가 친구에게 '만일 로이스 웨스트모어랜드가 그 빌어먹을 말에게 주는 애정의 반만이라도 나한테 보여준다면 더 바랄 것도 없겠다.'라고 불평한 적이 있을 정도였다. 그때 로이스도 특유의 신랄한 말투로 대꾸했다. 그 여자가 토르의 절반만큼이라도 충절과 진심을 가졌다면 당장 그녀와 결혼하겠노라고.

헨리의 군사들 중에는 감히 로이스의 명마를 부릴 만한 용기를 가진 자가 아무도 없었다. 그런데 지금 스테판의 말은 누군가가 그렇게 했다는 뜻이었다.

"로이스……."

로이스는 동생 쪽으로 몸을 돌렸다가 그 옆으로 눈길을 던졌다. 나뭇잎과 작은 나뭇가지들이 수풀 위로 부자연스럽게 쌓여 있었던 것이다. 그는 직감적으로 그곳을 쑤셨다. 의심할 여지없이 옅은 회색 수녀복이 눈에 들어왔다. 로이스가 몸을 굽혀 그 옷을 잡아채기가 무섭게, 스테판이 말을 이었다.

"토르가 없어졌다고요. 여자들이 호위병 몰래 끌고 간 게 틀림없습니다."

로이스는 버려진 옷들을 보면서 천천히 몸을 일으켰다. 그러고는 이를 악물고 말했다.

"우리는 걸어가는 수녀 둘을 찾고 있었어. 내 말을 타고 있는 키 작은 사내아이들을 찾았어야 했는데."

로이스는 곧 발길을 돌려 야영지의 마구간으로 향했다. 그는 제니퍼 자매가 있던 막사를 지나다가 분노와 역겨움을 가득 담은 동작으로 막사 속으로 수녀복을 내팽개쳤다. 그리고 자신의 뒤를 바짝 따라오던 스테판과 함께 갑자기 뛰기 시작했다.

거대한 마구간에서 보초를 서고 있던 경비병은 로이스를 보자 황급히 경례를 붙이고 뒷걸음질을 쳤다. 로이스가 손을 뻗어 그의 멱살을 잡아 흔들었다.

"오늘 새벽에 보초를 선 자가 누구지?"

"저, 접니다. 백작님."

"자리를 비웠었나?"

"아, 아닙니다! 이 자릴 지키고 있었습니다."

경비병은 사색이 되어 대답했다.

로이스는 그를 옆으로 내동댕이쳤다. 얼마 지나지 않아 로이스와 스테판을 선두로 한 열두 명의 기사들이 북쪽 언덕을 향해 말을 몰았다. 그들이 야영지와 북쪽 언덕 길 사이에 놓인 가파른 언덕에 이르렀을 때, 로이스가 급히 말을 세웠다. 그는 여자들이 사고를 당했거나 길을 잃지 않았다면 벌써 산등성이로 올라갔을 것이라고 생각했다. 그렇지만 그는 네 명의 병사들에게 언덕길을 샅샅이 뒤지도록 지시했다.

로이스는 스테판과 애릭, 그리고 나머지 다섯 명의 병사와 함께 타고 있는 말에 박차를 가하여 밑으로 쏜살같이 내려갔다. 두 시간 후 그들은 언덕을 넘어 북쪽으로 난 길에 이르렀다. 그 길은 북동쪽과 북서쪽으로 뚫려 있었다. 로이스는 그곳에서 멈춰 제니퍼 자매가 어느 쪽으로 갔을지 추측해보았다. 그녀들은 손수건을 떨어뜨려 병사들을 엉뚱한 방향으로 유도할 만큼 용의주도했다.

그렇다면 그녀들은 일부러 반나절은 더 걸릴 길을 택할 수도 있었다. 로이스는, 여자들이 시간은 훨씬 많이 걸리지만 안전한 곳으로 달아났으리라 짐작했다. 여자들이 메릭 성으로 가는 방향을 알고 있는지는 여전히 분명치 않았다. 그는 하늘을 흘끗 올려다보았다. 해가 지려면 두 시간밖에 남지 않았다. 멀리서 보니 북서쪽의 길은 가파르게 보였다. 그곳이 지름길이긴 하지만 젊은 여자들이 밤에 지나가기에는 무척 힘든 곳이었다. 아무리 남장을 했다고는 하지만 쫓기는 상태였으므로 멀지만 안전하고 쉬운 길로 갔으리라 짐작되었다. 로이스는 마침내 그렇게 결론을 내리고 애릭과 남은 병사들을 북동쪽으로 보내 수색하도록 했다.

한편 로이스 자신은 말을 북서쪽으로 돌리며 스테판에게 따라오라는 신호를 보냈다. 그러면서 달아난 제니퍼 자매를 머리에 떠올렸다. 거만한데다 잔머리를 곧잘 굴리는 푸른 눈동자의 그 마녀는 혼자서 야밤에 산을 오를 만큼 용감할 것이다. 그녀는 무슨 짓이라도 저지를 수 있었다. 그는 그녀가 옷을 수선해준 데 대해 정중하게 고마움을 표시했던 자신의 모습을 생각하자 화가 치밀었다. 그때 그녀는 얼마나 상냥하고 품위 있게 내 감사를 받아들였던가. 그녀는 아직 두려운 게 뭔지 몰랐다. 하지만 내 손에 잡히기만 하면, 두려움이 무엇인지 알게 되리라. 로이스는 제니퍼가 자신을 두려워하도록 만들 작정이었다.

그 무렵 제니퍼는 콧노래를 흥얼거리며 모닥불에 나뭇가지를 더 얹었다. 지난밤 바느질할 때 촛불을 밝히라고 받았던 부싯돌을 이용해 피운 불이다. 울창한 숲 속 어디에선가 짐승들이 울부짖는 소리가 그녀를 섬뜩하게 만들었다. 그 소리에 제니퍼는 더욱 목소리를 높여 흥얼거렸다. 그녀는 불안한 마음을 숨기기 위해 씩씩하게 웃으며 브렌나를 안심시키려고 했다. 한동안 비가 올 것처럼 짙게 끼었던 구름이 걷히고 달과 별이 총총히 떠오르자 제니퍼는 저도 모르게 신께 감사를 드렸다. 결코 비가 와선 안 될 터였다.

이때 짐승들의 울부짖음에 겁먹은 브렌나는 말이 덮어야 할 모포를 어깨 위로 끌어당겨 단단히 여몄다.

브렌나가 언니에게 속삭였다.

"언니, 저 소리는 내가 말했던 그 짐승 소리가 맞지?"

브렌나는 '늑대'라는 말을 차마 입 밖으로 꺼낼 수 없다는 듯, 입술을 움직여 늑대라는 단어를 만들어 보였다.

제니퍼는 그것이 여러 마리의 늑대일 것이라 확신했다. 하지만 살며시 웃으면서 되물었다.

"올빼미 소리 말이야?"

"아냐, 저건 올빼미 울음이 아니잖아."

브렌나가 대꾸했다. 그때 제니퍼는 동생이 심하게 기침을 하자 가슴이 철렁 내려앉는 기분이었다. 습하고 차가운 밤 공기 때문에 브렌나를 어렸을 때부터 괴롭히던 폐병이 다시 도지는 게 아닌가 싶었다.

제니퍼가 부드럽게 대꾸했다.

"올빼미 소리가 아니라 해도 육식동물은 불 근처에 오지 않아."

순간, 제니퍼는 모닥불을 피우는 것도 늑대만큼이나 위험하다는 생각을 했다. 그곳이 숲 속이긴 하지만 모닥불은 멀리 떨어진 곳에서도 쉽게 눈에 띌 수 있었다. 또 자신들이 추적자들과 몇 킬로미터쯤 거리를 두고 있을지라도 추적당할지 모른다는 염려를 쉽사리 떨쳐내기 힘들었다.

제니퍼는 그런 걱정을 잊으려고 애쓰며 무릎을 바짝 끌어당겨 턱을 괴고 토르 쪽으로 고개를 끄덕였다.

"이 말보다 훌륭한 동물을 본 적 있니? 오늘 아침에 이 말을 처음 탔을 때는 내팽개쳐지는 줄 알았어. 하지만 토르는 우리가 쫓기는 사정을 아는지 금세 차분해졌어. 그런데다 오늘 하루 종일 내 마음을 잘 알고 있다는 듯 내 말귀를 척척 알아든더라니까. 우리가 돌아가면 아버지가 무척 기뻐하실 거야. 상상해봐. 우리가 검은 늑대의 손아귀에서 빠져나온데다 토르 같은 명마를 덤으로 얻게 되었으니 얼마나 기뻐하실까?"

"하지만 이 말이 백작의 말인지 확실하지는 않잖아."

브렌나가 고개를 갸우뚱했다. 그녀는 언니가 과연 엄청난 가치와 대단한 명성을 자랑하는 명마를 훔쳐낸 게 확실한지 반신반의하는 중이었다.

"확실하다니까!"

제니퍼는 자신의 판단에 확신을 가지고 말했다.

"이 말을 두고 음유시인들이 노래했던 모습 그대로야. 더군다나 내가 제 이름을 부를 때마다 나를 쳐다본다고."

제니퍼가 자신의 말을 증명하려는 듯 "토르." 하고 부르자 그 말이 귀를 쫑긋 세우며 그녀에게 고개를 돌렸다.

"이것 봐! 애가 토르가 아니면 무슨 말이겠니?"

제니퍼가 환호성을 질렀지만 브렌나는 여전히 생각에 잠긴 듯했다. 언니의 용감하고 단호한 미소를 지켜보는 그녀의 커다란 담갈색 눈동자에는 서글픈 기색이 짙게 배어 있었다.

"언니는 남자들처럼 용감한데 나는 그렇지 않은 이유가 뭘까?"

제니퍼는 여전히 유쾌한 목소리로 대답했다.

"그건 말이지, 이 세상이 공평하기 때문이야. 네가 아름다움을 몽땅 차지했으니 대신 내게는 다른 것을 주고 싶으셨던 게지."

"하지만……."

브렌나가 입을 열려는 순간 토르가 갑자기 머리를 쳐들며 크게 울어댔다. 브렌나는 하던 말을 멈추고 주위를 둘러보았다.

제니퍼도 재빨리 일어나 토르의 코에 손을 얹으며 조용히 하도록 달랬다.

"브렌나, 빨리 불을 꺼! 모포를 사용해."

제니퍼는 가슴이 뛰는 소리가 귀에 들리는 듯했다. 그녀는 가까스로 가슴을 진정시키며 멀리서 들리는 소리에 귀를 기울였다. 소리를 알아들을 수는 없었지만 추적자들이 차츰 거리를 좁히고 있다는 것만은 분명히 느낄 수 있었다.

제니퍼가 브렌나에게 다급하게 속삭였다.

"브렌나, 내 말 잘 들어! 내가 토르에 올라타면 너는 곧 네 말을 풀어 저 숲 쪽으로 달아나게 해. 그리고 재빨리 이곳으로 되돌아와 이 고목 밑에 숨는 거야. 내가 이곳으로 되돌아올 때까지는 숨소리도 내지 말고 가만히 숨어 있어."

제니퍼는 말을 마치기도 전에 통나무를 받침 삼아 토르 위에 몸을 얹었다.

"난 이 말을 몰고 오솔길을 마구 달릴 거야. 만약 백작이 날 쫓고 있다면 잡힐지도 몰라. 하지만 그런 일이 생기더라도 원래 계획대로 여길 벗어나도록 해. 아버지한테 이 일을 알려서 날 구해 달라고. 알겠지?"

제니퍼는 숨 돌릴 겨를도 없이 토르를 길 쪽으로 몰아댔다.

"하지만 언니……."

브렌나는 온몸을 덜덜 떨면서 제니퍼에게 말했다.

"그렇게 해! 꼭!"

제니퍼는 다시 당부한 뒤 길 쪽으로 말을 몰았다. 그녀는 추적자들을 유인하기 위해 일부러 큰 소리를 내며 달렸다.

"저기다!"

이윽고 산등성이 쪽으로 달아나는 작고 검은 그림자를 발견한 로이스가 스테판에게 소리쳤다. 숨 가쁘게 제니퍼를 추격하던 그들은 얼마 후 제니퍼 자매가 야영을 하던 곳을 지나치게 되었다. 금방 꺼진 게 분명한 모닥불이 열기와 냄새를 내뿜고 있었다.

"이 근처를 샅샅이 뒤져. 아마 그 악마 같은 여자의 동생을 찾을 수 있을 거야."

로이스는 가던 길을 재촉하며 스테판에게 명령했다. 그러고는 말에 박차를 가해 달리면서 소리쳤다.

"제기랄, 말을 탈 수 있었다니!"

로이스는 탄식을 하며, 300미터쯤 앞에서 필사적으로 토르를 몰고 있는 작은 형체에서 눈을 떼지 않았다. 그는 달리고 있는 말이 토르이며 그 말에 올라탄 여자가 제니퍼라는 것을 확신했다. 토르는 전력을 다해 뛰고 있었지만, 아무리 빠르고 용감한 말이라고 해도 제니퍼가 장애물을 돌아가게 하면서 지체했던 시간을 메울 수는 없었다. 안장이 없는 상태에서 토르가 너무 높이 뛰어오르게 놓아둔다면 그녀는 말에서 떨어질 것이 분명했다.

로이스가 빠르게 추적하여 제니퍼와의 거리를 50미터 정도로 좁혔을 때, 토르는 갑자기 방향을 틀었다. 앞에 쓰러져 있는 고목을 뛰어넘지 않고 돌아가기 위해서였다. 그것은 토르가 위험을 감지하고 자신과 기수를 보호하려는 확실한 신호였다. 로이스는 곧 쓰러진 나무 너머로 경사가 급한 낭떠러지가 있다는 사실을 알고 큰 소리로 외쳤다.

"제니퍼! 안 돼!"

하지만 제니퍼는 그의 경고를 귀담아듣지 않았다.

공포에 질려 제정신이 아니었던 제니퍼는 말을 후퇴시켰다가 윤기 나는 옆구리에 발꿈치를 쿡 박았다.

"가자!"

잠시 머뭇거리던 토르는 그 소리가 떨어지기 무섭게 뒷다리를 모았다가 힘차게 뛰어올랐다. 제니퍼는 갑자기 균형을 잃으면서 말에서 굴러떨어졌다. 그녀의 외마디 비명이 고요한 밤하늘에 메아리쳤다. 그녀는 토르의 말갈기에 한순간 매달렸다가 나뭇가지에 부딪치며 떨어지고 말았다. 그녀의 비명에 이어 또 다른 소리가 땅을 흔들었다. 토르가 가파른 낭떠러지로 곤두박질치면서 쿵 하는 소름 끼치는 소리를 내고 말았던 것이다.

로이스가 부리나케 벼랑 끝으로 달려갔을 때 제니퍼는 뒤엉킨 나뭇가지에 위태롭게 매달려 있었다. 그녀는 간신히 정신을 차리고 시야를 가리고 있던 머리카락을 젖혔다. 맙소사! 그녀의 발 밑에는 암흑뿐이었다. 제니퍼는 바짝 다가선 로이스를 올려다보았다. 하지만 그는 그녀의 시선에도 아랑곳없이 바위처럼 선 채 가파른 낭떠러지 아래만을 살피고 있었다. 제니퍼는 너무도 급박한 상태였다. 때문에 그가 가파른 언덕 밑으로 내려가면서 자신의 팔을 움켜쥐고 힘껏 끌어내릴 때도 어떤 저항조차 할 수 없었다.

한동안 그녀는 로이스가 무슨 짓을 하려는 것인지 감을 잡지 못했다. 그러다가 비로소 정신이 들었다. 그는 자신의 애마 토르를 찾고 있었던 것이다. 제니퍼도 비로소 조금 전의 일을 떠올리며 토르가 무사하기를 기도했다. 하지만 제니퍼와 로이스는 동시에 토르가 목이 부러진 채 쓰러져 있는 것을 보고야 말았다. 토르는 바위 기슭에서 10여 미터쯤 밑으로 떨어져 조용히 숨을 거둔 상태였다.

제니퍼는 두 다리가 못 박힌 채 자신의 부질없는 짓 때문에 목숨을 잃은 그 영리한 동물을 물끄러미 바라보았다. 그리고 잉글랜드에서 가장 용맹한 전사가 한쪽 무릎을 꿇은 채 그 용 마에게 말을 건네는 모습도 지켜보았다. 마치 꿈속의 일인 듯 했다.

제니퍼는 자신도 모르게 눈물이 앞을 가렸지만, 로이스가 차 가운 눈으로 자신의 얼굴을 노려볼 때는 그 슬픔에 못지않은 두려움이 엄습했다. 그녀는 본능적으로 달아나기 위해 몸을 돌 렸다. 하지만 로이스의 재빠른 몸놀림을 피하지는 못했다. 그 는 제니퍼의 머리채를 붙잡아 돌려세웠다. 그의 손가락이 제니 퍼의 머리 가죽을 무참히 파고들었다. 사납게 쏘아보는 그의 두 눈에는 분노가 생생히 어려 있었다.

"제기랄! 네가 죽인 저 짐승이 어떤 말인 줄 알기나 해? 토 르는 이 세상의 어떤 사람보다 용맹하고 충성스러웠어. 그 빌 어먹을 충성심 때문에 네가 토르를 죽음의 길로 내몰았어도 그 명령을 따랐던 거야!"

제니퍼의 얼굴에는 슬픔과 두려움이 가득했지만 그것으로 로이스의 분노를 누그러뜨릴 수는 없었다. 그는 제니퍼의 머리 채를 힘껏 움켜쥔 채 바짝 잡아챘다.

"토르는 저 나무 밑에 낭떠러지밖에 없다는 것을 알고 너한 테 경고를 했어. 하지만 멍청한 네가 토르를 죽음으로 내몰았 단 말이야!"

로이스는 무슨 일을 저지를지 모를 만큼 격앙되어 있었다.

하지만 곧 제니퍼의 머리채를 풀어주는 대신 그녀의 팔목을 잡고 낭떠러지를 거슬러 산등성이 끝까지 다시 올라갔다. 제니퍼는 비로소 그가 자신을 벼랑 밑으로 끌고 내려갔던 이유를 알수 있었다. 그녀가 두 번 다시 다른 말을 훔치지 못하도록 하려는 경고가 분명했다. 아직 극도의 긴장감을 떨쳐내지 못한 그녀는 기회가 다시 찾아온다 해도 말을 훔쳐 달아나지는 않겠다고 다짐했다. 하지만 로이스가 세워두었던 말 위에 그녀를 태웠을 때 그녀는 조금 전의 다짐을 쉽게 떨쳐버렸다. 로이스가 말을 타기 위해 긴 다리를 들어 올리는 순간 그녀는 재빨리 말고삐를 잡아챘다. 하지만 그녀의 시도는 물거품이 되고 말았다. 막 속력을 내려던 말 위에 쉽사리 올라탄 로이스가 그녀의 허리를 숨통이 조일 만큼 끌어안았기 때문이다.

그는 기가 죽을 만큼 성난 목소리로 제니퍼에게 경고했다.

"한 번만 더 잔꾀를 부리고 나를 귀찮게 하면 평생 동안 뉘우치도록 만들겠다. 알겠어?"

로이스는 그녀의 허리를 감고 있던 팔에 더욱 힘을 가하며 다시 강조했다.

"알겠어?"

"네!"

제니퍼가 숨도 못 쉬며 가까스로 대답하자 로이스는 비로소 그녀의 허리를 누르던 팔을 풀었다.

한편 브렌나는 언니의 당부에 따라 쓰러진 나무 밑에 웅크린 채 스테판이 그녀가 탔던 말을 이끌고 공터로 달려오는 것을 지켜보았다. 그녀가 숨어 있는 곳에서는 말 두 마리와 스테판의 다리만이 보일 뿐이었다. 브렌나는 더 깊은 숲 속으로 도망치지 못한 게 아쉬웠다. 하지만 만일 그랬다면 길을 잃었을 것이었다. 더구나 제니퍼가 꼼짝 말고 숨어 있다가 달아나라고 하지 않았던가. 브렌나는 포로가 된 이후 줄곧 모든 문제에 대해 언니의 말을 충실하고도 완벽하게 따랐다.

스테판은 브렌나에게 더욱 바짝 다가왔다. 그는 제니퍼 자매가 황급히 껐던 모닥불 가에 멈춰 부츠로 장작을 쿡쿡 쑤셨다. 그 순간 그녀는 스테판이 자신이 숨은 수풀 속을 구석구석 살피고 있음을 본능적으로 느꼈다. 그는 곧 그녀 쪽으로 다가섰다. 브렌나는 공포에 질린 나머지 숨을 쉬기조차 어려웠다. 걷잡을 수 없이 가슴이 뛰는 걸 느꼈다. 더욱이 발작적으로 기침이 터져 나올 것만 같아 손으로 입을 틀어막은 채 간신히 참아 냈다. 스테판의 다리는 이제 몇십 센티미터 앞으로 다가와 있었다.

"이제 됐어."

스테판의 낮은 목소리가 바로 위에서 울려 퍼졌다.

"꼬마 아가씨, 거기서 나오지 그래? 아가씨를 추적하는 게 즐거웠지만 이젠 끝났다고."

하지만 브렌나는 그것이 스테판의 계략이길 바랄 뿐이었다. 그녀는 스테판이 자신의 모습을 발견하지 못하기를 바라며 몸을 좀더 뒤로 숨겼다.

그가 한숨을 쉬며 다시 말했다.

"좋아! 정 그렇다면 내 손으로 직접 끌어낼 수밖에……."

스테판은 말을 끝맺기도 전에 몸을 숙여 나뭇가지 사이로 손을 뻗었다. 그의 손이 브렌나의 가슴에 거의 닿을 듯 가까워졌다.

스테판이 브렌나를 꼭 움켜잡았을 때 그녀는 비명조차 지를 수 없었다. 스테판도 자신이 잡은 게 브렌나라는 걸 확인하는 순간 움찔 놀랐다. 하지만 다시 손을 뻗어 그녀를 밖으로 끌어냈다.

"이런, 이런!"

스테판이 군은 표정으로 말했다.

"내가 지금 숲 속의 요정을 발견한 것인가?"

브렌나는 제니퍼가 로이스에게 했듯이 스테판을 때리고 물어뜯을 용기가 없었다. 다만 자신을 말에 태운 뒤 다른 말에 재빨리 올라탄 그를 무섭게 노려볼 뿐이었다.

브렌나는 스테판에게 끌려 길가로 나왔을 때 언니만큼은 무사히 탈출했기를 기도했다. 하지만 언니가 달아난 산등성이 쪽에서 내려오고 있는 언니와 로이스의 모습을 보자 가슴이 덜컥 내려앉았다. 스테판이 제니퍼를 같은 말에 태우고 내려오던 로이스에게 다가섰다.

"형님, 토르는 어디 있어요?"

그가 묻자 로이스는 분노가 가득 담긴 표정으로 대답했다.

"죽었다!"

로이스가 짧게 대답하고는 타고 있던 말을 재촉했다. 그는 시간이 지날수록 토르의 죽음에 대해 화가 났다. 그리고 토르를 잃은 상실감 때문에 침묵을 지켰다. 너무 지치고 허기가 졌다. 생각해보면 붉은 머리의 계집애 하나가 자신의 노련하고 잘 훈련받은 기사들을 감쪽같이 속인 것도 모자라 병사들의 절반가량을 수색하는 데 몰아넣은 것이다. 그런데다 자신도 꼬박 하루 밤낮 동안 그녀를 찾기 위해 갖은 고생을 하도록 만들었다. 로이스가 무엇보다 제니퍼를 괘씸하게 여기는 이유는 그녀의 굽히지 않는 의지와 반항적인 태도 때문이었다. 그녀는 마구 울어대면서도 자신의 잘못은 결코 인정하지 않으려는, 버릇없는 아이 같았다.

그들이 다시 막사로 되돌아왔을 때 병사들은 저마다 안도의 한숨을 내쉬었다. 하지만 환호성을 울리며 좋아할 만큼 어리석은 병사는 없었다. 갈대처럼 연약한 여자들이 자신들을 속이고 도망쳤던 것은 그들에게 치욕적인 일이었기 때문이다.

이윽고 마구간에 도착한 로이스와 스테판이 먼저 말에서 내린 뒤 제니퍼를 아무렇게나 끌어내렸다. 제니퍼는 브렌나와 함께 아무렇지도 않은 듯 자신이 머물던 막사로 가려고 했다. 하지만 로이스의 억센 손길에 붙잡히고 말았다. 그녀는 그에게 잡힌 팔목이 무척 아팠지만 터져 나오려는 비명만은 간신히 참았다.

"어떻게 들키지 않고 말을 빼냈지?"

주위에 있던 병사들이 일제히 제니퍼를 주목했다. 그녀는 그제야 마구간 주변에 수많은 병사들이 있다는 것을 알았다.

"대답해!"

"우리는 말을 몰래 데리고 나올 필요도 없었어요."

제니퍼는 귀족 가문의 품위를 유지하면서도 경멸에 가득 찬 말투로 대꾸했다.

"보초가 자고 있었으니까……."

로이스는 화가 나면서도 어이없다는 표정으로 곁에 있던 애릭을 슬쩍 바라보았다. 애릭은 무뚝뚝한 얼굴로 마구간을 지켰던 호위병에게 다가갔다. 그리고 금발을 휘날리며 허리에 차고 있던 도끼를 집어들었다. 그때 제니퍼는 마구간을 지켰던 불쌍한 병사가 형벌을 받을까 봐 미안하고 두려웠다. 의심할 여지없이 그는 직무태만에 대한 벌을 받을 것이다. 그런데 대체 그는 무슨 벌을 어떻게 받을까? 제니퍼는 로이스에게 팔을 붙잡혀 막사 쪽으로 이끌려갔기 때문에 그 병사에게 일어난 일을 알 수가 없었다.

제니퍼는 야영지를 가로질러 끌려가는 동안 모든 병사들과 기사들의 적개심과 분노로 이글거리는 눈빛을 느낄 수 있었다. 그녀는 병사들의 눈을 속여 그들 모두를 바보로 만들었다. 그 때문에 그들의 증오에 가득 찬 눈빛은 제니퍼의 살갗을 따끔거리게 할 만큼 노골적이었다. 그녀는 로이스가 팔을 잡아 마구 끌고 가는 바람에 어깨가 빠질 만큼 고통스러웠다. 그 때문에 로이스와 발걸음을 맞추기 위해 뛰다시피 걸어야 했다. 제니퍼가 생각하기에 로이스 백작은 전보다 훨씬 화난 듯했다.

제니퍼는 자신이 백작의 막사로 끌려가는 것을 알고는 소리를 질러 완강하게 저항했다.

"거긴 안 가요!"

그러자 백작은 그녀를 번쩍 들어 어깨에 둘러멨다. 제니퍼는 엉덩이를 하늘로 향한 채 긴 머리카락을 로이스의 장딴지까지

103

드리웠다. 마치 밀가루 포대처럼 볼품없이 구겨진 그녀는 있는 힘껏 발버둥을 쳤다. 곧 야영지 곳곳에서 병사들의 환호가 울려 퍼졌다. 제니퍼는 공개적으로 모욕을 당하는 스스로에게 화난 것은 물론 굴욕감 때문에 구토를 할 지경이었다.

이윽고 로이스는 막사 안으로 들어가 깔려진 모포 위에다 제니퍼를 던져놓았다. 그녀는 비명을 지르면서도 급히 몸을 일으켜 궁지에 몰린 작은 동물처럼 그를 노려보았다.

"나를 더럽히면 맹세코 가만두지 않겠어요. 당신을 죽여버릴 거예요."

하지만 그녀는 로이스가 서슬 퍼렇게 자신을 마주 보자 속으로 기가 죽었다.

"너를 더럽힌다구?"

그는 경멸하는 말투로 되물었다.

"너 같은 여자한텐 털끝만큼도 욕정이 일지 않아. 널 이 막사에 가두는 건 이 주변이 철통같이 경호되고 있기 때문이야. 게다가 넌 야영지 한가운데 있으니까 다시 도망칠 생각을 한다면 내 부하들이 사방에서 요절을 낼 거야. 알아들었나?"

제니퍼는 그를 매섭게 노려보기만 했다. 그러자 로이스는 자신의 뜻에 순순히 따르려 하지 않는 그녀의 오만한 태도에 더욱 화가 치밀었다. 그는 주먹 쥔 손을 폈다가 접으며 으드득 소리를 냈다. 그리고 다시 한 번 경고했다.

"만약에 한 번만 더 나를 귀찮게 한다면 지옥에 떨어지는 게 어떤 맛인지 보여주도록 하지. 알겠나?"

제니퍼는 거칠고 음험한 로이스의 표정을 보면서, 그는 얼마든지 자신의 말을 실천할 수 있을 것이라 생각했다.

"대답해!"

로이스가 다시 그녀를 윽박질렀다.

제니퍼는 로이스가 이성을 잃었다는 판단이 들자 자신도 모르게 고개를 끄덕였다.

"그리고……."

그는 뒷말을 잇지 않고 돌아서서 탁자 위에 놓인 술병을 집어들었다. 가윈이 막사 안으로 불쑥 들어온 것은 그가 술잔을 기울일 때쯤이었다. 가윈은 제니퍼 자매가 있던 막사에서 모포를 한아름 들고 왔다. 그 소년은 너무나 어처구니없다는 표정으로 제니퍼와 로이스를 번갈아 바라보았다.

"가윈, 대체 무슨 일이냐?"

로이스가 다그쳤다.

아직까지 씩씩거리던 가윈이 애송이 같은 얼굴로 백작을 바라보았다. 그리고 원망스럽다는 듯 제니퍼를 쏘아보면서 대답했다.

"이 여잔 모포들을 수선하기는커녕 이렇게 난도질을 해놓았습니다. 병사들이 이 모포를 덮는다 해도 추울 판인데, 이젠……."

백작은 아주 천천히 술병을 탁자 위에 내려놓았다. 그러자 제니퍼의 심장은 극심한 공포로 터질 것만 같았다. 로이스가 노여움이 담긴 거친 목소리로 말했다.

"이리 와."

제니퍼는 고개를 저으며 한 걸음 뒤로 물러섰다.

"그래봤자 소용없지. 어서 이리 오란 말이야."

하지만 그녀는 계속 뒷걸음질을 쳤다.

제니퍼는 로이스에게 다가서느니 벼랑이라도 있으면 뛰어내리고 싶었다. 막사는 열려 있었지만, 도망칠 방법은 없었다. 그가 그녀를 막사 안으로 옮긴 뒤부터 병사들은 막사 주위로 계속 몰려들고 있었다. 그들은 제니퍼가 잘못을 뉘우치면서 로이스에게 자비를 구하는 비명을 듣고 싶어했다.

그런 가운데 로이스는 가윈에게 명령을 내리면서도 제니퍼에게서 눈을 떼지 않았다.

"가윈, 바늘과 실을 가져오너라."

"예, 백작님!"

가윈은 즉시 막사 구석에 있던 실과 바늘을 로이스 곁에 있는 탁자 위에 올려놓았다. 로이스는 곧 갈가리 찢어진 모포를 집어 제니퍼에게 내밀었다. 가윈은 백작이 빨강 머리 마녀를 대하는 태도를 이해할 수가 없었다.

"네가 찢어놓았으니 본래의 모습대로 모두 기워놓도록!"

그의 목소리는 이상할 정도로 차분했지만 제니퍼에겐 더할 나위 없이 위협적이었다.

그 순간 제니퍼는 저절로 긴장이 풀어지는 걸 느꼈다. 그녀조차 늑대의 뜻하지 않은 명령을 이해할 수가 없었다. 로이스는 그녀를 뒤쫓느라 하루 밤낮을 헤맸다. 그런데다 자신의 충성스런 애마가 죽었고 또 자신의 옷과 병사들의 모포도 못 쓰게 되었다. 그런데도 그가 그 정도의 처벌만 내린다는 게 이상했다. '이까짓 처벌이 내 삶을 지옥으로 만들어놓는 일이란 말인가?' 하고 제니퍼는 궁금하게 여겼다.

"이것들을 모두 고쳐놓기 전에는 모포를 덮고 잠잘 생각은 하지 마. 알겠어?"

로이스가 강철처럼 단호하게 명령했다.

"내 병사들이 따뜻하게 지낼 때까지, 네가 춥게 지내는 건 당연하지."

"아, 알았어요."

제니퍼는 떨리는 목소리로 대꾸했다. 그러나 너무나 절제되고 성숙한 그의 태도에 더 이상 어떤 가혹한 일도 일어나지 않을 것이라고 생각했다. 그녀는 늑대에게 너덜너덜한 모포를 받으면서 그에 대한 소문이 지나치게 과장된 건 아닐까 싶었다. 하지만 그런 생각은 곧 물거품처럼 사라졌다.

"아얏!"

로이스가 커다란 손으로 그녀의 팔목을 낚아챈 뒤 숨을 못 쉴 정도로 고개를 꺾어 끌어당겼기 때문이다. 그가 여전히 화난 목소리로 내뱉었다.

"이 망나니 같은 계집! 네가 좀더 어렸을 때 누군가 네 고집과 자존심을 꺾어놓았어야 했어. 그런데 누구도 그렇게 하질 못했지. 그러니 나라도 네 오만 방자한 버릇을 꺾어야겠지."

로이스가 손을 번쩍 치켜들자 제니퍼는 재빨리 두 손으로 머리를 감쌌다. 그러나 그는 곧 그녀의 팔을 잡아 내렸다.

"내가 성질대로 널 때린다면 목이 부러질 테니까 다른 방법으로 버릇을 고쳐주지."

로이스는 제니퍼가 피하기도 전에 그녀를 끌어당겨 자신의 무릎 위에 엎어놓았다.

"싫어요!"

그녀는 숨을 헐떡이며 무서운 일이 벌어질 것이라고 상상했다. 로이스에게 처벌을 받는 것도 무서웠지만 막사 밖에 모여든 병사들에게 그런 모습을 보이는 것이 더 끔찍했다.

"내게 감히 이럴 수는……."

그녀는 로이스의 무릎에서 빠져나오려고 버둥대며 소리를 질렀다. 하지만 그는 어느새 다리 하나를 들어, 자신의 허벅지 사이로 그녀의 두 다리를 꼼짝 못하게 끼웠다.

이윽고 그가 제니퍼의 엉덩이를 철썩 내리치면서 말했다.

"이건 내 말을 죽인 대가야."

제니퍼는 눈을 감은 채 숫자를 헤아렸다. 그가 손바닥으로 내려칠 때마다 쓰라린 고통과 서글픔을 참느라 피가 나도록 입술을 깨물었다. 철썩, 철썩, 철썩!

"고집불통의 못된 성격에다…… 멍청한 탈출에…… 모포까지 망쳐놓고……."

로이스는 그녀가 흐느끼면서 제발 그만 때리라고 빌 때까지 때려줄 작정이었다. 하지만 제니퍼는 오히려 그의 손바닥이 아프도록 맞으며 필사적으로 피하려고 몸부림치면서도 비명은 지르지 않았다. 만약 로이스가 엉덩이를 내리칠 때마다 그녀가 반사적으로 경련을 일으키지 않았다면, 그녀가 아무 고통도 느끼지 않는 것으로 착각할 정도였다.

로이스는 다시 손을 들어 올렸다가 망설였다. 그녀는 내리치는 그의 손길을 예상하고 온몸을 긴장시키면서도 여전히 소리를 내거나 울지 않았다. 이윽고 그는 자신의 행위가 더 이상 효과적이지도 않은데다 스스로 역겹다고 느껴졌다. 제니퍼에게 체벌을 가해 잘못을 빌게 하려는 생각을 단념하고 그녀를 밀쳐 냈다. 하지만 그는 가쁜 숨을 몰아쉬면서도 그녀에 대한 분노의 시선을 거두지 않았다.

그녀는 로이스의 포기에도 아랑곳없이 완고한 자존심을 드러냈다. 로이스의 발밑에 쓰러졌던 제니퍼는 언제 그랬냐는 듯 몸을 일으킨 뒤 바지의 허리춤을 꽉 움켜쥐었다. 그때 로이스는 그녀가 흔들리는 어깨를 바로 가누려고 애쓰는 것을 보았다. 그러자 제니퍼가 너무 작고 가냘프게 여겨져 양심의 가책을 느끼기 시작했다.

"제니퍼……."

로이스가 침울하게 말했다.

그러나 그는 그녀가 고개를 들었을 때, 그만 심장이 얼어붙는 듯했다. 아무리 짓밟아도 굴하지 않는 집시처럼 그녀의 눈은 분노와 증오로 타오르고 있었던 것이다. 머리카락을 불꽃처럼 헝클어뜨린 채 원망과 저주의 눈물이 가득 고인 눈을 번득이고 있었다. 그런데다 어느새 단검을 들고 있었다. 로이스에게 엉덩이를 맞는 동안 그의 부츠에서 낚아챈 칼이었다.

그녀는 단검을 높이 치켜들어 로이스에게 휘두르려고 했다. 바로 그 순간 그는 제니퍼가 세상에서 가장 놀라운 피조물이라고 생각했다. 야성적이면서도 아름답고, 또 분노에 가득 찬 복수의 천사였다. 그녀는 자신을 압도하는 적을 향해 용감하게 마주 섰다. 로이스는 그녀에게 고통을 주고 모욕을 줄 수는 있었지만 타고난 불굴의 기개는 꺾지 못했음을 깨달았다. 갑자기 그는 자신이 그녀를 무너뜨리고 싶어했는지조차 확신이 서지 않았다. 자신의 잘못된 선택을 후회하던 로이스는 손을 내밀며 부드럽게 말했다.

"단검을 이리 내."

하지만 그녀는 단검을 더 높이 치켜들었다. 로이스는 그 칼 끝이 자신의 심장을 똑바로 겨누고 있음을 알았다.

"좋아. 이젠 널 때리지 않겠다."

바로 그때 제니퍼의 뒤쪽에서는 견습생인 가윈이 은밀하게 움직이고 있었다. 백작의 안전을 지키려는 가윈의 얼굴에서는 살의마저 느껴졌다.

로이스는 가윈 쪽으로 고개를 돌리며 덧붙였다.

"물론 지나치게 충성하는 나의 시종도 널 해치진 않을 거야. 하지만 네가 그 칼을 쓰기도 전에 가윈이 네 목을 벨 것이라는 건 알아둬."

제니퍼는 너무 화난 나머지 막사 안에 가윈이 있었다는 사실을 깜빡 잊었다. 내가 모욕당하는 걸 모두 보았던 아이! 제니퍼는 그 사실을 생각하자 더욱 분노가 솟구쳤다.

"그 칼을 내놔."

로이스가 다시 그녀에게 손을 내밀었다. 그는 제니퍼가 칼을 줄 것이라고 확신했다. 하지만 그녀는 칼을 돌려주는 체하면서 번개처럼 그의 심장을 겨눴다. 그는 재빨리 칼을 피하면서 길게 뻗은 손으로 그녀의 손목을 비틀어 칼을 떨어뜨렸다. 제니퍼는 단검을 떨어뜨리기 전까지도 완강하게 칼을 휘둘렀다. 그

어설픈 공격으로 로이스는 귓가에서 뺨까지 상처가 났다. 곧 그의 얼굴에서는 시뻘건 피가 배어나오기 시작했다.

"이 못된 계집 같으니!"

로이스는 거친 숨을 몰아쉬면서 자신도 모르게 욕설을 내뱉었다. 그는 자신의 얼굴에서 뚝뚝 떨어지는 피를 보면서 조금 전 그녀의 용기를 높이 샀던 마음이 흔적도 없이 사라지는 걸 느꼈다.

"만일 네가 남자였다면, 이 자리에서 죽었을 거야."

가윈이 로이스보다 훨씬 더 화를 내며 백작의 상처를 살펴보았다. 제니퍼를 노려보는 가윈의 눈은 살기로 이글거렸다.

"호위병을 데려오겠습니다."

가윈이 말하자 로이스가 버럭 소리를 질렀다.

"바보 같은 짓 하지 마! 내가 연약한 계집애한테 망신당한 걸 사방에 퍼뜨릴 참이냐? 적들이 무기를 들기도 전에 기가 꺾이는 건 바로 내가 만든 백전백승의 전설 때문이란 말이다."

그제야 말귀를 알아들은 가윈이 대답했다.

"죄송합니다. 하지만 이 여자를 풀어준다면 금세 소문이 퍼질 텐데요?"

"우릴 풀어줄 계획인가요?"

로이스가 흘리는 피를 두렵게 바라보던 제니퍼가 비로소 정신을 차리면서 물었다.

"내가 널 죽이는 일이 생기지 않는다면 결국엔 풀어줘야겠지……."

로이스는 말을 끝내기도 전에 제니퍼를 막사 구석의 모포

위로 밀쳐냈다. 그리고 먼저처럼 술병을 집어들고는 꿀꺽꿀꺽 들이켰다. 탁자 위에 놓인 실과 바늘을 물끄러미 바라보던 로이스가 가원에게 명령을 했다.

"가원, 이것보다 더 작은 바늘을 찾아와라."

제니퍼는 어쩔 줄 모르며 그가 하는 말과 행동을 지켜보았다. 그녀는 문득 자신이 로이스를 해치려고 했음에도 그가 보복을 하지 않는다는 사실이 믿어지지 않았다.

제니퍼는 방금 전 그가 했던 말을 떠올려보았다.

'적들이 무기를 들기도 전에 기가 꺾이는 건 바로 내가 만든 백전백승의 전설 때문이란 말이다.'

그녀는 자신이 로이스와 직접 부딪친 경험으로 보아 그가 소문처럼 잔혹한 인물은 아닐지도 모른다는 생각이 들었다. 만약 그가 소문의 반만큼이라도 잔인했다면, 그녀는 벌써 목숨을 잃었거나 적어도 가혹한 고문이나 성적인 희롱을 당했을 것이다. 그런데 로이스의 말에 따르면 그는 틀림없이 제니퍼 자매를 석방시킬 마음을 가지고 있었다.

가원이 작은 바늘을 찾아 돌아올 때쯤, 제니퍼는 불과 몇 분 전까지만 해도 자신이 죽이려고 했던 로이스에 대한 증오가 봄눈 녹듯이 풀려 있었다. 로이스가 자신을 가혹하게 다룬 것은 용서할 수도 없고 용서하지도 않을 것이지만, 그의 얼굴에 상처를 입힌 것으로 서로 공평해진 셈이었다. 그가 그녀의 몸과 자존심에 상처를 주었듯이 그녀도 똑같이 갚아준 셈이니까……

로이스가 다시 술병을 기울이는 걸 지켜보던 그녀는 생각을 고쳐먹었다. 자신들을 수녀원이나 고향으로 돌려보낼 생각을 하고 있는 로이스를 더 이상 자극하지 않는 게 가장 현명한 처사였다.

"백작님, 상처를 꿰매려면 수염을 깎아야겠습니다."

가윈이 말했다.

그러자 로이스가 투덜거렸다.

"그렇게 하는 게 좋겠다만 네 손에 맡기는 게 불안하다. 넌 바느질이 서툴잖아."

"죄송합니다, 백작님! 베인 곳이 얼굴이라 더욱 큰일입니다."

가윈이 머리를 숙이자 제니퍼는 그 순간 어디론가 숨고 싶은 심정이었다.

"백작님 얼굴엔 벌써 이렇게 흉터가 많으신데……."

가윈이 백작의 수염을 깎기 위해 예리한 면도칼을 집어들면서 덧붙였다.

제니퍼는 로이스의 수염을 깎고 있는 가윈의 뒷모습 때문에 그의 얼굴을 제대로 볼 수가 없었다. 그녀는 어떻게 해서든 로이스의 얼굴을 보기 위해 슬그머니 몸을 좌우로 움직였다. 무성한 검은 수염 속에 어떤 흉악한 얼굴을 감추고 있을까, 아니면 그저 빈약한 턱을 가지고 있을까. 그녀는 너무 궁금한 나머지 몸을 한쪽으로 지나치게 기울이다가 그만 균형을 잃고 말았다.

그때 로이스가 그녀의 우스꽝스러운 모습을 조롱하듯 가윈에게 말했다.

"옆으로 비켜라, 가윈. 저 여자가 내 얼굴을 볼 수 있게 말이다. 나를 훔쳐보다가 술병 넘어지듯 쓰러질 것만 같구나."

제니퍼는 여전히 몸의 균형을 잡지 못한 채 로이스와 마주쳤던 눈길을 황급히 돌렸다. 하지만 바로 그 순간 그녀는 늑대가 생각했던 것보다 훨씬 젊다는 사실에 깜짝 놀랐다. 더욱이 그의 턱은 빈약하지도 않은데다 한가운데 작은 홈이 파여 있는, 강인하게 각이 진 모양이었다.

"부끄러워 말고 이리 와보시지."

로이스가 그녀에게 빈정거렸다. 그는 독한 술을 마시고 난 뒤라 성질이 한결 누그러져 있었다. 그런데다 당돌하게 저항하던 제니퍼가 이젠 호기심 많은 숙녀의 모습으로 되돌아간 것을 알게 되었다.

"네가 이름을 새기려고 했던 이 얼굴이 어떻게 생겼는지 자세히 보라고."

로이스는 그녀의 새침한 옆모습을 보며 한 번 더 다그쳤다.

그때 가윈이 얼굴을 찌푸리며 말했다.

"상처를 꿰매야 합니다. 백작님! 상처가 너무 깊어서 이대로 두면 흉터가 심하게 남을 겁니다."

로이스가 빈정대며 대꾸했다.

"좋아! 하지만 제니퍼 양이 내 얼굴을 무서워하도록 만들지는 말라고."

"장군님, 전 견습생이지 침모는 아닙니다."

가윈은 곧 로이스가 상처를 입은 관자놀이 쪽으로 바늘을 가져갔다.

그때 로이스는 '침모'라는 말을 듣자 모직 바지를 눈에 띄지 않을 정도로 깔끔하게 꿰맸던 제니퍼의 바느질 솜씨가 떠올랐다. 그는 손을 뻗어 가위를 물러서게 한 뒤 제니퍼를 물끄러미 바라보았다.

"이리 와."

그의 목소리는 낮았지만 거역할 수 없는 힘과 권위가 담겨 있었다.

제니퍼는 그를 자극하여 자신들을 풀어주기로 했던 결심을 바꾸게 해서는 안 되겠기에 곧 자리에서 일어섰다. 그리고 조심스레 로이스 앞으로 다가섰다. 그녀는 다리가 떨려왔고 등이 욱신거리는 걸 느꼈다.

"좀더 가까이."

제니퍼가 그의 손끝이 미치지 못할 부분에서 멈추자 그가 다시 명령했다.

"네가 망친 것이면 옷이든 얼굴이든 네 손으로 수선하는 게 이치에 맞겠지? 자, 내 얼굴을 꿰매!"

제니퍼는 가까스로 두 개의 촛불 밑으로 드러난 로이스의 상처를 바라보았다. 살이 찢어진 것을 가까운 곳에서 본데다 그것을 꿰맬 생각까지 하자 금방이라도 기절할 것만 같았다. 그녀는 입술이 타들어가는 걸 느끼며 간신히 대꾸했다.

"모, 못해요."

"넌 할 수 있고, 마땅히 해야만 해."

로이스가 제니퍼의 말을 자르면서 말했다. 그는 방금 전, 제니퍼에게 자신의 얼굴을 꿰매게 한 일이 잘한 짓인지 헷갈렸다. 하지만 그녀가 눈을 크게 뜬 채 달달 떨고 있는 모습을 보면서 마음을 놓았다. 차라리 그녀로 하여금 계속 상처를 들여다보게 하는 것이 정당한 보복이라는 생각마저 들었다.

제니퍼는 한참 만에야 실과 바늘을 받아 로이스에게 다가갔다. 그런 자신이 못마땅했지만 그의 말을 거부할 경우 일어날 수 있는 불이익을 생각한다면 로이스의 말을 따르는 게 현명할 듯했다. 제니퍼는 마침내 관자놀이 쪽으로 바늘을 가져갔다. 그때 그가 낮은 목소리로 경고했다.

"쓸데없이 아프게 할 만큼 바보는 아니겠지?"

"그, 그러진 않을 거예요."

제니퍼는 기어드는 목소리로 대답했다. 로이스가 그 대답에 만족했다는 듯 술병을 건넸다.

"몇 모금 마셔둬. 훨씬 진정이 될 거야."

제니퍼는 그때 마음을 진정시킬 수만 있다면 독약이라도 받아 마셨을 것이다. 술병을 들어 연거푸 세 번이나 들이켰다. 그렇게 하고도 잠시 숨을 고른 뒤 조금 더 마셨다. 그때 만약 백작이 술병을 단호하게 빼앗지 않았다면 계속 마셨을 것이다.

"그만 마셔. 너무 많이 마시면 눈앞이 흐릿해질 거야. 귀까지 몽땅 꿰매지는 꼴을 당하고 싶진 않군. 자, 이제 시작하도록!"

그는 고개를 돌려 제니퍼에게 얼굴을 맡겼다. 그때 가윈은 제니퍼에게 바짝 다가서서 그녀가 허튼짓을 하지 못하도록 세심하게 지켜봤다.

제니퍼는 한번도 사람의 피부를 바늘로 찔러본 적이 없었다. 때문에 겨우 백작의 부어오른 살갗에 바늘을 찔러넣을 땐 자신도 모르게 신음이 새어나왔다. 그녀는 로이스가 정신을 잃지나 않을지 걱정스러웠다.

"암살자치고는 너무 배짱이 없군."

로이스가 자신과 제니퍼의 고통을 한꺼번에 잊게 하려는 듯 말했다.

얼마 후 제니퍼는 입술을 깨물며 다시 한 번 그의 살갗에 바늘을 찔러 넣었다. 로이스는 그녀의 얼굴이 창백해지는 걸 보면서 말을 걸었다.

"왜 수녀가 되어야 한다고 생각했지?"

"난 수녀가 되고 싶지 않아요."

그녀는 숨도 제대로 못 쉬며 대꾸했다.

"그럼 벨커크 수녀원에서 뭘 하고 있었지?"

"아버지의 명령을 따른 것뿐이에요."

제니퍼는 메스꺼워지는 속을 가까스로 달래면서 말했다.

"아버진 네가 수녀가 되어야 한다고 생각했나?"

로이스는 그녀의 말을 믿을 수 없다는 듯이 되물었다.

"메릭은 네가 내게 보여주었던 성격과는 전혀 다른 면을 알고 있는 게 틀림없군."

그는 제니퍼가 슬그머니 웃고 있다는 것을 알아차렸다. 술기운에 젖은 그녀의 얼굴은 발그레하게 화색이 돌았다.

그녀가 부드럽고 감칠맛 나는 목소리로 대답했다.

"사실, 당신이 보았던 것과 똑같은 면을 아버지가 아셨기 때문에 저를 수녀원으로 보낸 거예요."

"그게 정말인가?"

로이스가 격의 없이 물었다.

"그럼 아버지도 죽이려고 했단 말이야? 왜 그랬지?"

제니퍼는 그만 웃음을 터뜨리고 말았다. 더욱이 그녀는 전날부터 아무것도 먹지 않은 빈속에 독주를 마셨기 때문에 온몸에 취기가 도는 듯했고 로이스를 경계하던 긴장감도 풀어진 뒤였다.

"왜 아버지를 죽이려고 했냐고."

로이스가 그녀의 볼에 살며시 파인 보조개를 바라보며 다시 물었다.

"아버지를 죽이려고 한 게 아니에요."

그녀는 분명하게 대답한 뒤, 다음 한 땀을 더 떴다.

"그렇다면 네가 무슨 짓을 했기에 수녀원으로 보낸 거지?"

"내가 어떤 사람의 청혼을 거절했기 때문이지요."

"그랬나?"

로이스는 지난번 헨리 왕의 궁에 갔을 때 들었던 메릭 가의 장녀에 대한 소문을 떠올렸다. 그 소문에 따르면 메릭의 장녀는 못생긴데다 냉정하고 새침떼기이며 아직 독신으로 지낸다고 했다. 그는 제니퍼에 대해 실제로 이렇게 말했던 사람이 누구였는지를 기억해내려고 머리를 쥐어짰다. 에드워드 발더! 이제야 기억이 났다. 로클로어돈의 백작이며 제임스 왕의 밀사인 그가 했던 말이었다. 발더의 이야기뿐만 아니라 그녀에 대한 다른 사람들의 이야기도 거의 비슷했다. 못생겼으며 새침하고 냉정한 노처녀.

"지금 몇 살이지?"

그가 불쑥 물었다.

제니퍼는 어리둥절한 표정으로 로이스를 바라보았다. 그러면서 대답하기가 다소 께름칙한 듯 입을 열었다.

"열일곱이요. 아니 열일곱에 2주일이 더 지났어요."

"나이를 그렇게 많이 먹었단 말야?"

그는 호기심과 측은한 마음이 뒤섞여 입술을 씰룩거렸다. 비록 대부분의 여자들이 열네 살에서 열여섯 살쯤에 결혼을 하던 때였으나, 열일곱 살이라 해도 그리 많은 나이라고는 할 수 없었다. 하지만 어찌 보면 노처녀라는 말이 어울리는 나이이기도 했다.

"일부러 독신으로 살 생각이었나?"

로이스의 물음에 그녀의 푸른 눈동자에는 당황한 기색이 역력했다. 그는 그녀에 대한 다른 소문이 무엇이었는지를 떠올리기 위해 안간힘을 썼다. 하지만 여동생 브렌나의 미모 때문에 그녀가 빛을 보지 못한다는 이야기를 빼고는 별다르게 생각나는 건 없었다. 소문에 따르면, 브렌나는 해와 별까지 무색할 만큼의 미모를 지녔다고 했다. 문득 로이스는 왜 사내들이 불꽃 같은 정열을 가진 제니퍼보다 여리고 창백한 금발을 더 좋아하는지 이해할 수가 없었다. 하기는 로이스 자신도 천사 같은 미모를 가진 그 처녀를 상대적으로 편하게 여겼던 게 사실이다.

"독신으로 지낼 작정이냐고."

그는 제니퍼가 바늘땀을 한 번 더 뜰 때까지 기다렸다가 다시 물었다.

그때 제니퍼는 좁은 간격으로 바늘땀을 떠나가면서 그가 뜻밖에도 잘생긴데다 씩씩한 사내라는 걸 느꼈다. 그녀는 자신의 그런 감정을 억지로 떨쳐내려고 했지만 아무래도 로이스가 무척 잘생겼다는 사실만은 인정할 수밖에 없었다. 더욱이 말끔하게 면도를 하고 나니 강인하고 남성적인 분위기까지 지니고 있다는 사실을 알게 되었다. 하지만 그녀가 로이스에 대해 마지막으로 발견한 건 그가 매우 짙은 속눈썹을 가지고 있다는 뜻밖의 사실이었다. 그것만으로 제니퍼는 로이스가 소문과는 전혀 다른 인물일지 모른다는 생각을 하게 되었다.

클레이모어 백작! 그 이름만으로도 적들의 심장을 얼어붙게 만드는 그가 이처럼 짙은 속눈썹을 가지고 있다니! 그녀가 메릭 성으로 돌아가 이 사실을 털어놓는다면 모두들 얼마나 재미있어 할까. 그녀는 저절로 웃음이 나왔다.

"일부러 결혼을 안 한 거야?"

로이스는 같은 질문을 세 번이나 반복했다.

"그런 셈이죠. 아버지는 내가 그처럼 좋은 조건을 가진 사람의 청혼을 거절할 경우엔 수녀원으로 보내겠다고 경고했거든요."

"그 청혼자가 누구였지?"

로이스가 흥미를 느끼며 물었다.

"로클로어든의 백작인 에드워드 발더였어요. 그는 자신의 청혼이 아직도 유효하대요."

로이스는 제니퍼의 당돌한 말에 그만 화들짝 놀라고 말았다. 그가 몸을 꿈틀거릴 만큼 놀라자 그녀가 날카롭게 소리쳤다.

"가만히 좀 있어요! 그렇게 움직여 일이 잘못된다 해도 날 책망할 생각은 말라고요."

키만 껑충한 소녀가, 그것도 포로인 주제에 자신을 꾸짖자 로이스는 어이가 없어 웃음이 나올 지경이었다.

"이 빌어먹을 바느질을 얼마나 더할 생각이지? 어쨌든 크게 찢어진 것도 아니잖아."

제니퍼는 자신의 대담했던 공격을 가벼운 상처쯤으로 여기는 로이스의 태도가 불쾌해졌다.

"이건 다루기 힘든 큰 상처라고요. 절대로 무시해선 안 돼요!"

그가 제니퍼의 말을 반박하기 위해 다시 입을 열 때였다. 로이스는 무심코 그녀가 입고 있는 셔츠가 팽팽하게 당겨지고 있음을 깨달았다. 제니퍼의 풍만한 가슴 때문이었다. 그는 그때까지 그녀가 그토록 풍만한 가슴과 잘록한 허리, 부드러운 곡선을 이루는 엉덩이를 가지고 있다는 걸 알아보지 못했던 게 이상했다. 하지만 가만히 생각해보면 그것도 무리는 아니라고 생각했다. 탈출하기 전까지 그녀는 펑퍼짐한 수녀복을 입고 있었고, 또 몇 분전만 해도 너무 화가 나 있어서 그녀가 무엇을 입었는지 전혀 관심을 두지 않았던 것이다.

제니퍼의 실체를 알게 되자 차라리 모르는 게 나을 뻔했다는 생각이 들었다. 로이스는 그녀의 모든 면모를 새삼스럽게 의식하기 시작했다. 그러자 그녀의 엉덩이가 얼마나 귀여운 곡선을 이루고 있는지도 실감이 났다. 그는 자신도 모르게 욕망이 꿈틀거리는 것을 느꼈다. 마냥 앉아 있는 게 불편해진 그가 몸을 들썩였다.

"이제 그만."

로이스가 차갑게 말했다.

제니퍼는 그가 갑자기 무뚝뚝해진 것을 느꼈다. 그리고 그의 태도가 바뀐 건 기분이 좋지 않은 탓으로 생각했다. 바로 그 기분이 때로는 그를 사악한 괴물처럼 보이게 했고, 때로는 자상한 오빠처럼 보이게도 했다. 그런데 그의 기분만큼이나 그녀의 몸도 예측불허였다. 불과 몇 분 전만 해도 제니퍼는 막사 안에서 화로가 열기를 내뿜고 있음에도 심한 추위를 느꼈다. 하지만 지금은 셔츠만 입고 있는데도 너무 더운 것 같았다. 그녀는 방금 전까지 그와 나누었던 우호적인 분위기를 회복하고 싶었다. 그것은 로이스와 친하게 지내고 싶어서가 아니라 그를 좀더 무섭지 않은 사람으로 느끼고 싶어서였다. 한참 망설이던 그녀가 말했다.

"제가 로클로어든의 백작이라고 말했을 때 놀라시더군요."

"그랬지."

로이스는 무표정한 얼굴로 대꾸했다.

"왜죠?"

그는 에드워드 발더가 제니퍼에 관한 부당한 소문을 런던 전역에 퍼뜨렸다는 사실을 밝히고 싶지 않았다. 발더의 오만함과 자만심으로 볼 때, 그는 자신의 청혼을 거절한 여성에 대한 악담을 퍼뜨리고 욕되게 하는 짓을 얼마든지 할 수 있었다.

"늙은이니까."

로이스는 애매한 대답을 하고 말았다.

"못생겼고요."

제니퍼가 그의 말을 거들었다.

"그런 이유도 있지."

로이스는 제니퍼의 아버지가 딸에게 그런 억지를 부렸다는 걸 이해할 수가 없었다. 늙은 호색한에게 딸을 떼밀어 시집보내려 하다니……. 그런데다 딸이 그 청혼을 거절했다는 이유로 수녀원에 가두려고 했던 일 역시 믿어지지가 않았다. 로이스는 메릭 백작이 딸의 반항적인 성격을 고치게 하느라 몇 주 정도 수녀원에 보낸 것이라 믿고 싶었다. 그래서 제니퍼에게 자신의 생각을 확인하기 위해 물었다.

"벨커크 수녀원에서는 얼마나 있었지?"

"2년이요."

제니퍼의 답변에 로이스는 그만 입이 딱 벌어졌다. 그녀가 꿰맨 상처 부위가 견딜 수 없을 만큼 아팠고 기분도 나빠졌다.

"메릭 백작은 틀림없이 네가 말도 안 듣는데다 고집만 부리고, 반항적이며 분별이 없다는 걸 알았던 모양이군. 내가 느꼈던 것처럼."

로이스는 괜히 화가 치밀었다. 그는 방금 전에 마셨던 술을 모두 비우고 싶어졌다.

"내가 당신의 딸이었다면 어떤 기분일까요?"

제니퍼도 화난 목소리로 물었다.

"너 같은 딸이 있다면 저주스러울 거야."

로이스는 제니퍼의 얼굴이 일그러진 것을 못 본 척하며 말을 이었다.

"넌 내가 근래에 두 개의 성을 무너뜨릴 때보다 더 지독하게 저항했어. 지난 이틀 동안 말이야."

하지만 제니퍼도 물러서지 않고 그의 말을 반박했다.

"내 말은, 만약 내가 당신의 딸인데 당신이 철천지원수로 생각하는 적에게 납치되었다면 당신이 어떻게 행동할 것인지를 묻는 거예요."

로이스는 순간적으로 대꾸할 말이 떠오르지 않았다. 그는 아무 생각 없이 제니퍼를 바라볼 뿐이었다. 그녀는 억지로 웃으려 하지도 않았으며 자비를 구하기 위해 빌지도 않았다. 대신 그와 그의 부하들을 교묘하게 속여 도망쳤으며, 심지어 칼을 휘둘러 죽이려고도 했다. 그에 대한 대가로 심한 매질을 당하면서도 눈물 한 방울 보이지 않았다. 매를 맞으면서도 단검을 빼어들 정도로 지독하게 저항했던 것이다. 그는 제니퍼가 아예 눈물을 흘릴 줄 모르는 여자가 틀림없다고 생각했다. 하지만 로이스는 그녀의 물음에 대해 잠시 생각해보았다. 만약 제니퍼가 자신의 딸인데 안전하다고 생각되었던 수녀원에서 아무런 이유 없이 납치되었다면, 과연 자신은 어떤 기분일까? 그는 순간 그녀가 가엾게 여겨졌다.

"이제 그만 해. 네가 무슨 말을 하려는지 알았으니까."

로이스는 일부러 퉁명스러운 말투로 대꾸했다.

그녀는 우아하게 머리를 숙여 자신의 승리를 확인했다. 로이스의 상상을 초월할 만큼 우아한 모습이었다.

로이스는 그때 비로소 그녀가 진심에서 우러나오는 미소를 짓는 것을 보았다. 그는 그녀의 미소가 놀랍다는 표현만으로는 부족할 정도로 아름답다고 느꼈다. 알 듯 모를 듯한 미소가 그녀의 눈가에 천천히 번지면서 두 눈동자가 또렷하게 반짝였다.

그녀는 도톰한 입술을 살그머니 벌리며 눈부실 만큼 하얀 치아를 드러냈다. 그때 그녀의 볼에 있는 작은 보조개가 그를 향해 모습을 드러냈다.

로이스는 하마터면 그녀를 향해 마주 웃을 뻔했다. 하지만 얼굴 가득 경멸을 담고 있는 가윈이 눈에 띄었다. 가윈은 로이스가 적군의 딸 앞에서 마치 속없는 한량처럼 행동하고 있다는 것을 일깨워주는 듯했다. 재빨리 가윈의 표정을 읽은 로이스는 무엇보다 그녀의 지독한 저항 때문에 병사들이 밤새 추위에 떨게 될 일에 화가 치밀었다. 병사들이 덮고 잘 모포를 갈가리 찢어놓은 그녀는 참으로 원수 같은 여자가 분명했다. 그는 모포 더미를 향해 고개를 돌렸다.

"이제 그만 자도록 해. 그리고 내일부터는 네가 망쳐놓은 모포를 모두 수선하도록!"

그가 다시 냉정하게 말하자 제니퍼의 얼굴에서 미소가 싹 가셨다. 그녀는 겁에 질린 듯 뒷걸음질을 쳤다. 로이스가 한마디 더 보탰다.

"내가 말한 대로 넌 찢어놓은 모포를 모두 고치기 전까지는 모포 없이 자야 한다."

제니퍼는 그가 익히 알고 있는 거만한 태도로 턱을 치켜 올리며 그가 침대로 사용하는 모포 쪽으로 다가섰다. 그녀의 모습을 지켜보던 로이스는 그녀가 수녀가 아닌 매춘부처럼 느껴졌다.

제니퍼는 그가 촛불을 끄는 사이에 모포 위에 누웠다. 잠시 후, 백작이 그녀 옆에 몸을 눕히고 모포를 확 끌어당겨 자신만

덮었다. 제니퍼는 차츰 술이 깨면서 온몸이 으슬으슬해졌다. 또 갑자기 피로가 밀려왔다. 그런 가운데서도 브렌나와 막사를 탈출하여 산등성이에서 로이스 형제에게 잡힐 때까지의 일들이 생생하게 떠올랐다.

그러자 제니퍼는 갑자기 가슴이 아파왔다. 잊으려고 해도 잊을 수 없는 장면 때문이었다. 토르! 그녀는 어둠 속에서도 토르의 기막히게 멋진 모습을 뚜렷이 볼 수 있었다. 녀석은 숲 속을 가뿐하게 뛰어다녔고, 산등성이든 장애물이든 능숙하게 넘고 또 넘었다. 그러던 토르는 윤기가 흐르는 털을 달빛 아래 반짝이면서 바위 위에 쓰러져 숨을 거두었다.

제니퍼의 눈에 자신도 모르게 눈물이 고였다. 눈물을 참으려고 꺼질 듯이 한숨을 쉬어보았지만 용감하고 충성스럽던 토르의 죽음은 영원히 가슴의 상처로 남을 것 같았다.

자리에 누운 로이스는 행여 그녀보다 먼저 잠이 들까 봐 정신을 바짝 차리고 있었다. 그러던 중 옆에 누운 제니퍼가 거칠게 숨을 몰아쉬며 훌쩍이는 소리를 들었다. 순간 그는 그녀가 자신의 동정심을 일으키기 위해 수작을 부리고 있다고 생각했다. 저렇게 훌쩍이면 내 마음이 약해져 모포 속으로 들어오게 해주리라고 믿는 것일까? 로이스는 마음을 다잡고 제니퍼를 향해 몸을 눕혀 그녀의 얼굴을 자신 쪽으로 돌렸다. 그녀의 눈이 가득 고인 눈물로 반짝이고 있었다.

"너무 추워서 눈물을 흘리나?"

그는 화로의 희미한 불빛에 비친 그녀의 얼굴을 가늠하면서 물었다.

"아니에요."

그녀가 목이 잠겨서 대꾸했다.

"그러면 왜 울지?"

그는 제니퍼의 완고한 자존심을 뭉개놓은 일이 무엇인지 전혀 짐작할 수가 없었다.

"내가 때린 것 때문에 그러나?"

"아뇨!"

"그럼 왜 울지?"

"당신의 말 때문이에요."

그녀는 가슴 아픈 듯 속삭이며 로이스와 눈을 마주쳤다.

로이스는 제니퍼가 설마 그렇게 대답하리라고는 기대하지도 않았다. 하지만 그 말은 그녀에게서 가장 듣고 싶었던 대답이기도 했다. 어쨌든 제니퍼가 너무나 어처구니없이 말을 잃게 된 것에 대해 안타까워한다는 사실을 알고 나자 토르를 잃은 아픔이 조금은 가시는 느낌이었다.

"그렇게 멋있는 말은 지금껏 본 적이 없었어요."

그녀가 여전히 목이 잠긴 채 말했다.

"우리에서 그 말을 끌고 나갈 땐 토르인 줄 몰랐어요. 그리고 토르를 잃게 될 줄 알았다면 그냥 여기에 남아서 다른 방법을 찾았을 거예요."

제니퍼는 백작이 흠칫 놀라면서 자신의 얼굴에서 손을 거둬들이는 것을 보았다.

"네가 말에서 떨어진 건 기적이야. 만약 그렇지 않았다면 너도 토르와 함께 죽었을 거야."

로이스가 무표정한 얼굴로 말했다.

그녀는 옆으로 돌아누웠다.

"전 떨어지지 않았어요."

그녀는 더듬거리며 말을 이었다.

"토르가 저를 내던진 거죠. 전 종일토록 그 말을 타고 더 높은 장애물도 뛰어넘었어요. 그래서 그런 나무쯤은 쉽게 넘을 수 있다고 믿었죠. 그런데 토르는 그곳에서 뛰어오를 때 아무런 이유도 없이 앞다리를 번쩍 들었던 거예요. 그래서 제가 떨어졌죠. 토르는 저를 일부러 떨어뜨린 거였어요."

"하지만 너무 슬퍼할 필요는 없어. 토르의 피를 이어받은 말이 두 마리나 있거든."

로이스가 부드럽게 제니퍼를 타일렀다.

"토르와 꼭 닮은 녀석들이지. 한 놈은 여기 있고, 다른 놈은 클레이모어에서 훈련을 받고 있어. 그러니까 토르가 내게서 완전히 떠난 건 아냐."

제니퍼는 그 말을 듣고 나서야 땅이 꺼질 듯 숨을 내쉬더니 입을 열었다.

"고마워요."

차가운 달빛이 비치고 있었다. 계곡으로 몰아치는 모진 바람이 얼어붙을 듯한 추위를 몰고 와 막사의 군인들은 이를 딱딱 소리가 날 정도로 부딪치며 떨고 있었다. 벌써 초겨울이 된 듯한 가을밤이었다. 그 시간 로이스는 따뜻한 모포를 덮은 채 몸을 뒤척이다가 제니퍼의 차가운 손이 스치는 것을 얼핏 느꼈다.

제니퍼는 무릎을 가슴까지 끌어당겨 가녀린 몸을 둥글게 말고 잠을 청하고 있었다. 사실 그때 로이스는 자신이 무슨 짓을 하는지 모를 만큼 잠에 취한 상태도 아니었고, 그녀에게 병사들의 모포를 제대로 고쳐놓으라고 했던 명령을 잊은 것도 아니었다. 그런데도 그는 훨씬 혹독한 추위를 견디고 있는 자신의 부하들보다는 바로 곁에서 떨고 있는 제니퍼에게 마음이 쏠렸다. 로이스는 슬그머니 두꺼운 모포 자락을 붙잡아 제니퍼에게 덮어주었다. 그러고는 다시 누워 눈을 감았다. 그는 자신의 행위가 정당하지 못한 것임을 알고 있었다. 하지만 악천후쯤은 얼마든지 헤쳐나갈 만큼 단련된 자신의 부하들과 제니퍼 메릭의 경우는 다르다고 스스로 위안을 삼았다.

제니퍼는 몸을 움직여 그가 덮어준 모포 속으로 파고들었다. 그때 그녀의 엉덩이가 한쪽 다리를 위로 세운 채 누워 있는 로이스의 무릎에 닿았다. 그는 순간, 모포를 사이에 두고 있었지만 자신이 마음만 먹으면 여자에게서 느낄 수 있는 온갖 즐거움을 누리게 되리란 생각이 들었다. 손만 뻗으면 제니퍼를 마음껏 희롱할 수 있는 조건이 갖춰진 셈이다.

하지만 로이스는 곧 그런 생각을 떨쳐버렸다. 그가 생각하기에 제니퍼는 순결한 소녀와 거룩한 여신의 모습을 동시에 갖춘 여자였다. 잔가지를 부러뜨리듯 그의 성질을 쉽게 건드리기도 하는 말썽꾸러기였다가 언제 그랬냐는 듯 '미안해요.'라고 속삭이며 아픔을 달래주는 여인이기도 했다. 어쨌든 로이스는 그녀를 건드릴 수 없었다. 어떤 방법으로든 그녀를 풀어줘야 하기 때문이다.

한 달 안에 그녀의 거취를 두고 어떤 식으로든 결론이 내려질 것이다. 그런데 지금 그녀와 어떤 관계를 가지게 된다면 그때 가서 로이스 자신이 계획했던 미래를 포기해야 할 상황이 올지도 모른다.

그는 제니퍼의 아버지가 항복할 것인지 아닌지에는 크게 신경 쓰지 않아도 되는 입장이었다. 일주일이나 2주일 안에 그녀의 아버지가 헨리 왕이 제시한 조건을 받아들여 항복한다면 그는 제니퍼를 헨리 왕에게 넘겨주기만 하면 된다. 그녀는 이제 헨리에게 바쳐야 할 여자일 뿐, 로이스의 것은 아니었다. 그는 제니퍼와 동침했을 때 일어날 수 있는 여러 가지 복잡한 상황을 결코 원하지 않았다.

한편 메릭 백작은 커다란 실내에서 서성거리고 있었다. 그는 두 아들을 비롯해 친척이자 측근인 네 사내들의 분분한 의견을 듣고 있었지만 좀체 마음을 안정시킬 수가 없었다.

그때 개릭 카마이클이 지친 듯이 말했다.

"먼저 늑대가 따님들을 포로로 잡고 있다는 사실을 제임스 왕에게 보고해야 합니다. 제임스 왕이 지원군을 보내주기 전에는 아무 소용이 없다고요. 제임스 왕의 지원군이 합세해야 그놈을 공격해 무찌를 수 있을 겁니다."

곧 메릭의 막내아들 말콤이 나섰다.

"놈은 지금 우리 국경 가까운 곳에 있습니다. 따라서 이번 전투에선 진이 빠지도록 긴 행군을 하지 않아도 될 것입니다. 콘월까지는 거리가 가깝기 때문에 그자가 중간에서 우리를 방해할 수도 없고요."

이 말에 대해 메릭의 차남 윌리엄이 반박했다.

"로이스가 얼마나 가까운 곳에 있든, 우리의 병력이 얼마가 되었든 별다른 관계는 없습니다. 문제는 브렌나와 제니퍼를 먼저 구출해야 한다는 겁니다. 그렇지 않고서 로이스를 공격하는 건 어리석은 짓입니다."

그러자 말콤이 목소리를 높여 대들었다.

"그러면 도대체 그 애들을 어떻게 구출한다는 겁니까? 그 아이들은 벌써 죽은 것이나 다름없어요. 우리가 로이스에게 처절하게 복수하는 것 말고는 달리 할 일이 없다고요."

양아버지나 동생보다 몸집이 훨씬 왜소한 윌리엄이 침착하게 황갈색 머리칼을 쓸어 올리면서 주위를 둘러보았다. 그리고 동생을 바라보면서 말했다.

"제임스 왕이 늑대를 짓밟아버릴 만큼 많은 병사들을 보내준다 해도 그 애들을 구출할 방법은 없어. 전투 도중에 죽을 수도 있고 전투가 시작되자마자 로이스가 죽일지도 모르지……."

"그만들 해라! 너희들은 고작 그런 생각밖에 못 하는 게냐?"
백작이 역정이 난 듯 소리를 질러댔다.

"아닙니다. 저한테 계획이 있습니다."
윌리엄이 차분하게 대꾸하자 모두들 그의 얼굴을 주목했다.

"그 아이들을 무력으로 빼낼 수는 없지만 몰래 빼내는 건 가능하죠. 로이스를 자극할 만큼의 군대를 보내는 대신 병사 몇 명을 제게 주십시오. 우리는 상인이나 수사 같은 차림을 하고 늑대의 군대에 잠입하여 그 아이들한테 접근할 겁니다. 제니퍼의 생각도 제 생각과 같을 겁니다. 혹시 우리를 기다리고 있는지도 모르고요."

제니퍼의 이름을 말할 때의 윌리엄은 약간 들뜬 듯이 보였다. 하지만 말콤이 버럭 성을 냈다.

"무조건 로이스를 공격해야 한다니까요!"

그는 늑대와 다시 한 번 대결하고 싶은 욕망이 너무 큰 나머지 포로로 잡힌 누이들에 대해선 아무 관심도 없었다.

서로 의견 충돌을 일으킨 윌리엄과 말콤 형제는 메릭 백작을 바라보며 의견을 구했다. 곧 백작이 말콤을 보며 입을 열었다.

"말콤, 너는 사나이다운 방법을 택하겠다는 것이구나. 결과가 어찌 됐든 복수를 하자는 거지? 물론 제임스 왕이 지원군을 보내주면 그런 기회를 갖게 될 것이다. 하지만 지금은……."

백작은 잠시 숨을 고른 뒤 이번엔 윌리엄을 보면서 말을 맺었다.

"네 형의 작전이 가장 좋을 것 같구나."

6

제니퍼는 그날 이후 닷새 동안 로이스 부대의 일과를 파악하면서 지냈다. 그들은 동튼 직후에 일어나 무기를 들고 몇 시간이고 훈련을 계속했다. 그럴 때면 창과 방패가 서로 부딪치는 소리가 들과 계곡을 가득 메웠다. 전설적인 솜씨를 가진 궁수들 역시 매일 같이 훈련을 거듭하여, 창과 방패가 부딪치는 금속성 소리에 활시위 당기는 소리도 함께 어우러졌다. 또 기수들은 매일 말을 타고 가상의 적을 향해 무서운 속도로 돌진하면서 공격하는 훈련을 했다. 병사들이 훈련하면서 지르는 함성과 무기들이 부딪치며 나는 소리들은 점심 식사 때가 되어야 잠시 멈추는데, 제니퍼는 한참이 지나도 그 소리가 귓전을 울리는 느낌이 들곤 했다.

제니퍼는 로이스의 막사 안에서 자신이 찢어놓은 모포를 부지런히 꿰매면서도 자꾸만 걱정스러웠다. 로이스의 부하들이 날마다 맹렬히 훈련을 거듭하는 데 비해 아버지의 군대는 무엇을 하고 있을지, 과연 저들과 맞서 살아남을 수 있을지, 그녀의 걱정은 꼬리에 꼬리를 물고 이어졌다. 그런데다 다른 막사에 갇혀 있는 브렌나도 늘 걱정이었다.

제니퍼는 탈출했다가 잡혀온 이후 브렌나를 단 한 번, 그것도 잠깐 동안 보았을 뿐이다. 그녀를 로이스가 맡은 반면 브렌나는 로이스의 동생인 스테판이 감시를 책임지고 있었다. 그런데다 그는 제니퍼 자매가 함께 지내는 걸 용납하지 않았다. 그래서 틈나는 대로 로이스에게 브렌나의 안부를 물었고, 그는 브렌나가 잘 지내고 있으며 스테판이 정중하게 대우하고 있다는 대답을 들려주곤 했다.

잠시 산책을 하고 싶었던 제니퍼는 바느질을 멈추고 막사 밖으로 나섰다. 9월 초의 쾌적한 날씨였다. 밤 공기가 차갑기는 했지만, 낮에는 따뜻했다. 제니퍼의 눈에 로이스의 정예 군사 열다섯 명이 들녘의 한쪽에서 기마 훈련을 하고 있는 모습이 들어왔다. 그 열다섯 명은 군대 조직에 소속되지 않고 오직 로이스에게만 충성을 바치는 근위병들이었다. 하지만 그녀는 그의 제지로 인해 더 이상 막사 바깥으로 나설 수가 없었다. 로이스는 그녀가 막사를 벗어나 잠시 바깥바람을 쐬는 것조차 허락하지 않았다.

그의 태도는 날이 갈수록 가혹해지는 듯했다. 더욱이 그녀를 정중하게 대해주었던 고드프리, 유스테이스와 같은 기사들도 지금은 그녀를 철천지원수처럼 대했다. 그들은 제니퍼 자매에게 감쪽같이 속은 일을 결코 잊지 않겠다는 듯한 표정이었다.

그날 밤 식사를 마친 제니퍼가 로이스에게 말했다.

"내 동생을 만나고 싶어요."

그것은 제니퍼가 늘 마음에 품고 있던 문제였다. 그녀는 나름대로 로이스의 차가운 마음을 돌려보기 위해 부드럽게 말을 꺼낸 것이었다.

하지만 로이스는 여전히 차갑게 비아냥거렸다.

"그럼, 요구를 하지 말고 애원을 해보시지."

제니퍼는 로이스의 대꾸에 그만 온몸이 굳어지는 기분이었다. 하지만 그런 상황에서도 자신의 처지를 생각하지 않을 수가 없었다. 무엇보다 동생을 만나는 일이 중요했다. 잠시 머뭇거리던 제니퍼는 그의 말을 알아들었다는 듯 고개를 끄덕인 뒤 훨씬 상냥한 말투로 부탁했다.

"좋아요. 백작님, 제 동생을 만나게 해주시겠어요?"

"그건 안 돼."

"도대체 왜 안 된다는 거죠?"

제니퍼는 순간 자신의 처지를 잊은 채 발끈 화를 냈다.

그런 제니퍼의 표정이 재미있다는 듯 로이스의 눈에 웃음이 번졌다.

"내가 벌써 말했을 텐데. 넌 여동생에게 나쁜 영향을 주고 있거든. 네가 유혹을 하지 않는다면 브렌나는 혼자 도망칠 만큼 용감하지도 않고, 탈출은 꿈도 꾸지 못했을 거야. 물론 너도 동생을 두고 혼자 도망갈 수는 없겠지만 말이야."

로이스는 그녀와 정신적으로나 육체적으로 일정한 거리를 두기로 했지만 그녀와의 말씨름까지 피할 이유는 없었다.

제니퍼는 그의 귀에 대고 욕이라도 해주고 싶은 마음이 간절했다. 하지만 그랬다가는 자신의 계획이 모두 물거품이 될 것이 분명했다.

"제가 탈출하지 않겠다고 약속해도 믿지 않겠죠?"

"정말?"

"네, 약속해요. 이젠 동생을 만날 수 있나요?"

"미안하지만 그래도 안 돼!"

로이스가 정색을 하며 대답했다.

그녀는 천천히 일어나 당당하고 거만한 태도로 말했다.

"그렇군요. 하지만 이렇게 많은 잉글랜드 정예 병사들이 힘 없는 여자 두 명조차 지킬 자신이 없다니 놀랍군요. 아니면 그 만한 부탁도 거절할 만큼 당신이 매정한 건가요?"

로이스는 입을 굳게 다문 채 아무 대꾸도 하지 않았다. 그리고 저녁 식사를 마친 뒤에는 막사 밖으로 나가 제니퍼가 잠이 든 이후로도 한동안 돌아오지 않았다.

이튿날 아침, 제니퍼는 막사 앞에 서 있는 브렌나를 보고 깜짝 놀랐다. 브렌나는 제니퍼처럼 로이스의 부하로부터 빌린 것이 틀림없는 짧은 셔츠와 몸에 달라붙는 바지, 무릎까지 올라오는 부츠를 신고 있었다.

제니퍼는 브렌나를 따뜻하게 안았다. 제니퍼가 재빨리 브렌나와 탈출 계획을 의논하려는 순간, 그녀는 막사 아랫부분에 남자의 신발이 있는 걸 발견했다. 그것은 금 박차가 달린 부츠로, 기사가 아니면 신을 수 없는 것이었다.

"언니, 그동안 어떻게 지냈어?"

브렌나가 걱정스러운 듯 물었다.

"잘 지내고 있어."

제니퍼는 밖에 있는 기사가 누구인지, 그리고 그 사람이 누구에게 어떤 명령을 받고 거기에 있는 것인지 신경을 쓰며 대답했다. 그녀는 그때 무언가를 생각해낸 듯한 표정으로 말을 이었다.

"사실 이렇게 좋은 대접을 받을 줄 알았더라면 바보처럼 도망칠 생각은 하지도 않았을 거야."

"뭐라구?"

브렌나가 놀란 듯 소리쳤다.

제니퍼는 동생에게 조용히 하라는 손짓을 한 뒤 그녀의 얼굴을 두 손으로 감싸 막사 밖에 서 있는 검은 부츠를 보여주었다. 그리고 조용히 속삭였다.

"우선 저 사람들을 안심시켜야 우리가 도망갈 수 있는 더 좋은 기회를 잡을 수 있을 거야. 우린 아버지가 항복하기 전에 떠나야만 해. 만약 아버지가 항복한다면 우린 아무것도 하지 못한 채 죽게 될지 몰라."

브렌나가 그제야 고개를 끄덕이자 제니퍼는 계속 말했다.

"처음 우리가 잡혀왔을 때의 상황과 많이 달라졌어. 솔직히 난 우리가 도망치려던 그날 밤 언덕에서 얼마나 무서웠는지 몰라. 늑대 울음소리를 들었을 때 말야."

"그게 늑대였다고?"

브렌나가 외쳤다.

"언니는 올빼미라고 했잖아!"

"그랬지. 그런데 가만히 생각해보니 그건 확실히 늑대였어! 하지만 중요한 건 우리가 여기에서 안전하게 지낸다는 거야. 처음 예상했던 것처럼 괴롭힘을 당하거나 목숨을 잃지는 않을 거야. 그러니까 우리가 위험을 무릅쓰고 도망칠 필요는 없는 거지. 곧 아버지가 어떻게든 우릴 구출할 방법을 찾으시겠지."

제니퍼가 큰 소리로 맞장구를 치라는 신호를 보내자 브렌나가 목청을 높였다.

"맞아. 나도 그렇게 생각해!"

제니퍼가 추측한 대로, 스테판은 막사 밖에 서서 엿들은 자매의 대화를 그대로 로이스에게 보고했다. 로이스는 동생의 보고를 듣고 상당히 놀랐지만 기꺼이 포로 상태로 지내겠다는 제니퍼의 말은 틀림없는 듯했다. 더군다나 자신이 포로로 지내면서 조용히 때를 기다리겠다는 것이나 그런 결심을 동생에게 알려준 것 역시 현명한 처사라고 보았다.

그때부터 로이스는 막사를 감시하는 병사를 네 명에서 한 명으로 줄였다. 물론 제니퍼의 맹랑하고 반항적인 기질을 생각하면 마음 한구석이 불안한 건 사실이었다. 하지만 막사를 지키는 임무를 맡은 사람이 애릭이라면 마음을 놓을 수 있었다. 그 막사에서 애릭은 포로를 제대로 감시하고 책임질 수 있는 유일한 사람이었다. 애릭은 과연 로이스의 명령이 떨어진 순간부터 제니퍼가 갇힌 로이스의 막사를 주도면밀하게 감시하고 있었다.

그러나 이틀 후 로이스는 생각을 바꾸었다. 제니퍼가 전과 다름없이 고분고분하게 막사 안에 남아 있자 그녀에게 매일 한 시간씩 동생과 함께 지내도 좋다고 허락했다. 그러면서도 그는 자신의 결정을 반신반의하고 있었다.

제니퍼는 로이스가 태도를 바꾼 이유를 잘 알고 있었다. 하지만 그녀는 그가 자신을 완전히 믿도록 하기 위한 기회를 잡아야겠다고 마음먹었다.

그런 제니퍼에게 운명과도 같은 기회가 찾아왔다. 그녀는 이튿날 밤에 찾아온 그 기회를 놓치지 않았다. 브렌나와 함께 막사 주위를 운동 삼아 산책할 수 있도록 해 달라는 부탁을 하기 위해 밖으로 나섰다. 그때 제니퍼는 두 가지 일이 한꺼번에 벌어진 것을 알아차렸다. 하나는 애릭과 로이스의 호위병들이 30미터쯤 떨어진 곳에서 일어난 병사들끼리의 싸움에 정신이 팔려 있다는 것이었고, 다른 하나는 로이스가 멀찌감치 서서 제니퍼 자매를 유심히 지켜보고 있다는 점이었다.

그때 제니퍼가 백작이 지켜보고 있다는 걸 눈치 채지 못했다면 브렌나와 함께 숲으로 달아났을지도 모른다. 하지만 금세 붙잡힐 것이 뻔했기 때문에 그런 어리석은 짓은 저지르지 않았다. 그 대신 로이스가 자신들을 지켜보고 있다는 사실을 전혀 모르는 척하면서, 딴 데 정신이 팔려 있는 애릭을 가리켰다. 그러고는 브렌나와 팔짱을 낀 채 막사 주위를 맴돌았다. 그렇게 하여 감시병이 없더라도 탈출할 생각이 전혀 없다는 걸 로이스가 느끼도록 했던 것이다.

제니퍼의 작전은 성공적이었다. 그날 밤, 로이스는 스테판과 애릭을 비롯한 기사들을 소집했다. 그 주둔지에서 철수하여 하던 성에서 북동쪽으로 50킬로미터쯤 이동할 계획을 짜기 위한 모임이었다. 그는 거기에 머물면서 런던에서 새로 파병될 원정대를 기다릴 예정이었다. 의논을 마치고 함께 식사를 하는 동안, 로이스는 그녀를 여느 숙녀들과 다름없이 정중하게 대했다. 이윽고 모든 부하들이 뿔뿔이 흩어지자 로이스가 제니퍼에게 말했다.

"이제부터는 동생을 아무 때나 마음껏 만나도록 해주지."

제니퍼는 깔개 위에 앉으려고 하다가 로이스의 말을 듣고 멈칫했다. 그의 부드러운 목소리가 왠지 낯설게 느껴졌다. 그녀는 로이스를 물끄러미 바라보았다. 당당한 그의 얼굴을 보자 무엇인지 모를 거북한 느낌이 온몸을 휘감는 듯했다. 로이스는 마치 자신을 더 이상 적으로 여기지 않는 것 같았고, 자신도 같은 생각을 해주길 바라는 표정이었다. 그 때문에 제니퍼는 어떤 반응을 보여야 할지 헷갈렸다.

제니퍼는 자신에게 화해를 요구하는 듯한 그의 태도가 자신을 더욱 위험하게 만들지도 모른다는 생각을 했다. 하지만 그것은 전혀 이치에 맞지 않는 판단인 것 같았다. 그녀는 로이스와 이루고 있는 표면상의 우호적인 관계에서 좋은 점만 취할 수도 있을 것이라 여겼다. 따지고 보면 그의 상처를 꿰매주던 날 밤 유쾌하게 이야기를 주고받은 일을 그녀도 웬만큼 즐기지 않았던가.

제니퍼는 그에게 고맙다는 인사를 하려다가 그만 입을 다물었다. 자신을 납치한 사람의 관대한 대접에 대해 고마워하고,

모든 것을 용서하며 서로 친한 사이처럼 지내는 일은 자신은
물론 브렌나와 가문 사람들 모두에 대한 배신이라고 여겼기 때
문이다. 게다가 자신이 로이스의 신임을 얻어 그곳을 탈출한다
해도 그 일을 위해 저질렀던 교묘한 속임수는 부끄러운 게 분
명했다. 제니퍼는 어렸을 때부터 직선적이고 당당한 행동 때문
에 아버지의 눈 밖에 나기도 했다. 또 그 타고난 성격 탓에 자
신을 괴롭혔던 이복 오빠와 정정당당하게 결투를 벌이곤 했다.
그런 솔직하고 저돌적인 성품 때문에 마침내 수녀원으로 쫓겨
나는 신세가 된 것이다. 하지만 포로가 된 그녀로서는 상대를
교묘하게 속이지 않고서는 뜻을 이루지 못할 상황이었다. 결국
그녀는 로이스를 속여 자신이 목적한 일을 어느 정도 이룰 수
있었다. 또 그런 일에 대한 동기가 나쁜 것이라고는 할 수 없
지만 결과적으로 제니퍼는 자신의 속임수에 부끄러움을 느꼈
다. 자존심과 정직, 좌절감이 마음속에서 서로 충돌하면서 그
녀는 양심의 가책에 시달렸다.

    암브로스 원장 수녀님이라면 이런 상황에서 어떻게 했을까?
제니퍼는 입장을 바꿔 생각해보기로 했다. 우선 어떤 악한이라
도 원장 수녀님처럼 덕이 높은 분을 납치할 엄두를 내지 못했
을 게 분명했다. 만약 납치되더라도 자신과 같이 보릿자루처럼
말 위에 내동댕이쳐지거나 막사 안에서 자신이 겪었던 것과 같
은 험한 일을 당하지는 않았을 것이다. 분명한 것은 원장 수녀
님의 경우, 어떤 상황이 닥치더라도 모든 사람들에게 정당하게
대할 것이라는 점이었다.

    로이스는 제니퍼에게 따뜻한 신뢰를 표시하고 있었다. 그녀

는 그의 따스한 눈빛과 깊고 부드러운 목소리에서 그것을 확실히 느낄 수 있었다. 그녀는 감히 그런 신뢰를 저버릴 수도 없었고 그럴 정도로 대담하지도 못했다.

제니퍼는 자신과 가족의 미래는 브렌나와 함께 탈출하거나 아니면 쉽사리 구출되는 것에 달려 있음을 알고 있다. 그렇다면 메릭 백작은 로이스에게 항복하기 전에 포로인 제니퍼 자매를 먼저 구출할 게 분명했다. 따라서 제니퍼는 막사 안에서 될 수 있는 대로 많은 자유가 필요한 상황이었다. 당장의 자존심이나 수치스러움보다는 백작의 굳은 신뢰가 필요했고 백작이 호의적으로 나올 때 그것을 무시할 입장이 아니었다.

그녀는 이윽고 결심한 듯 로이스에게 고개를 끄덕였다. 그의 말을 받아들이겠다는 표시였다. 마침내 제니퍼는 로이스와 휴전 협정을 맺은 셈이었다.

로이스는 자신의 관대함을 받아들이겠다는 제니퍼의 귀족적인 반응을 보면서 재미있다는 듯한 표정을 지었다. 그리고 탁자에 기대어 팔짱을 낀 채 그녀에게 말했다.

"제니퍼, 수녀원에 있을 때 일곱 가지 악덕에 대해 들은 적이 있겠지?"

"물론이죠."

"교만함도 포함해서?"

그는 제니퍼의 어깨 위로 폭포처럼 드리워진 적갈색 머리칼에 눈길을 준 채 다시 물었다. 윤기 있는 그녀의 머리칼이 전에 없이 아름답게 보였다.

"전 절대 교만한 게 아니에요."

제니퍼가 매혹적으로 웃으며 대답했다. 그녀는 로이스가 교만 운운하는 것이 그의 제의를 마지못한 듯이 받아들인 자신의 태도를 두고 하는 말이라는 걸 알았다.

"당신이 보았던 것처럼 전 천방지축이죠. 뭐, 고집이 센 것일 수도 있고. 하지만 교만을 부릴 생각은 털끝만치도 없다고요."

"하지만 들리는 소문과 내 경험으로 보면 그렇지 않아."

그러자 제니퍼가 까르르 웃음을 터뜨렸다. 로이스는 그녀의 아름다움과 유쾌함에 전염이라도 된 듯했다. 그녀가 그처럼 마음껏 웃는 것을 들어본 적도 없었고 아름답게 눈을 빛내는 모습도 처음 보았다. 포근한 모포에 앉아 그를 향해 웃고 있는 제니퍼의 모습은 평생 잊지 못할 것 같았다. 그녀에게 마음을 빼앗긴 로이스는 당장이라도 그녀 옆으로 다가가 앉고 싶었다. 그렇게 한다면 그녀의 매력에 좀더 흠뻑 빠져들 수 있을 것 같았다. 로이스는 망설였다. 이성적으로 행동한다면 지금처럼 거리를 두어야 마땅했지만 그는 이성을 따르기 전에 본능에 따라 행동했다.

그는 탁자 위에서 술잔 두 개와 술병을 집어들고 모포 위로 자리를 옮겼다. 그리고 잔 하나에 술을 채워 그녀에게 건넸다.

"사람들이 널 '거만한 제니퍼'라고 부르는 걸 알고 있나?"

그녀의 매혹적인 얼굴을 보며 로이스가 물었다.

제니퍼는 어깨를 으쓱했다. 그녀는 자신이 위험하고 알 수 없는 영역으로 뛰어들고 있다는 사실도 깨닫지 못한 채, 더욱 유쾌하게 말했다.

"그저 소문일 뿐이에요. 발더 경의 청혼을 거절하고 난 뒤에

생긴 소문이 아닐까 생각해요. 당신에 대한 소문도 있죠. 사람들은 당신을 '스코틀랜드의 재앙'이라고 불러요. 당신이 아기들을 죽이고 그 피를 마신다는 얘기도 있어요."

"그런가?"

로이스는 어깨를 크게 으쓱하며 그녀의 옆으로 바짝 다가앉았다. 그리고 농담 섞인 목소리로 덧붙였다.

"내가 잉글랜드에서조차 환영받지 못하는 것도 당연한 일이군."

"왜 그럴까요? 정말 그런가요?"

그녀는 당황한 표정으로 물었다. 로이스의 대답은 뜻밖이었다. 그는 스코틀랜드인들에게는 적일지 모르지만 잉글랜드인들을 위해 싸웠던 영웅이었다. 그런데도 잉글랜드인들이 그를 배척한다면 뭔가 잘못된 게 분명했다.

제니퍼는 마음을 진정시키기 위해 술을 몇 모금 마셨다. 막사 한구석에서 타고 있는 촛불에 백작의 모습이 비쳤다. 백작의 견습생인 가원은 모래와 식초를 이용해 백작의 갑옷을 닦는데 열중하고 있었다.

제니퍼는 잉글랜드 귀족들은 확실히 이상하다고 결론지었다. 스코틀랜드였다면 로이스와 같은 사나이는 위대하고 멋진 영웅으로 대접받을 뿐만 아니라 미혼의 딸을 가진 성주라면 누구든지 그를 환영할 것이다. 로이스에게 정체를 알 수 없는 오만함이 있는 건 사실이었다. 단단하고 울퉁불퉁한 턱의 윤곽은 그가 확고한 결단력과 냉철한 권력의 소유자임을 드러내고 있었다. 하지만 전체적으로 봤을 때, 그는 뚜렷하게 남성적이고 잘생긴 얼굴이었다. 그의 나이를 가늠하기는 힘들었다. 눈언저리와 입가에 새겨진 주름은 모진 비바람을 견딘 세월을 보여주는 듯했다. 제니퍼는 그의 나이가 보이는 것보다는 더 많을 거라고 생각했다. 늑대에 대한 무용담을 아주 어릴 적부터 들어왔기 때문이었다. 갑자기 그가 살아온 지난 세월 동안 오로지 정복에만 몰두했다는 사실이 아주 이상하게 여겨졌다. 그는 결혼할 생각도 없는 듯했고, 여태껏 모아온 재산을 물려줄 후계자도 없어 보였다. 그녀는 느닷없이 그가 왜 결혼을 안 했는지 궁금해졌다.

"결혼은 왜 안 하는 거죠?"

제니퍼는 자신이 어떻게 그런 질문을 던질 용기가 생겼는지 알지 못했다.

로이스는 흠칫 놀라는 듯했다. 그는 제니퍼가 이제 스물아홉 살인 자신을 결혼 적령기를 훨씬 넘긴 것으로 생각한다고 믿었다. 하지만 그는 곧 마음을 가라앉히고 재미있다는 듯 되물었다.

"왜 내가 결혼을 안 했다고 생각하는 거지?"

"마땅한 숙녀가 당신 앞에 나서지 않았을 것 같아서요."

그녀는 로이스가 완전히 홀릴 만한 미소를 지으며 대답했다.

사실 로이스에게는 여러 곳에서 청혼이 들어왔지만 그는 그저 웃기만 했을 뿐이었다.

"내가 결혼하기에 너무 늦었다고 생각하나?"

그녀는 웃으며 고개를 끄덕였다.

"우리는 평생 혼자 살아야 할 운명인가 봐요."

"아! 독신을 선택한 건 당신이지, 나는 아니야. 그 점에서 우린 다르지."

로이스는 재미있다는 듯 팔꿈치를 세워 몸을 뒤로 기울였다. 술기운에 붉게 달아오른 제니퍼의 얼굴을 보며 그가 다시 말했다.

"나한테 무슨 문제가 있다고 생각하지?"

"물론 그건 알 수 없죠. 그렇지만……."

그녀는 잠시 뜸을 들인 뒤 말을 이었다.

"전쟁터에서는 배우자가 될 만한 여성을 만날 기회가 없잖아요?"

"그건 맞아. 난 평화를 지키기 위해 전쟁터에서 살다시피 했으니까."

"하지만 평화가 지켜지지 않는 유일한 이유는 바로 당신이 악명 높은 포위 공격과 끝없는 전투를 벌이기 때문이지요."

그녀가 험악하게 말했다.

"아무튼 잉글랜드인들은 누구와도 잘 지내지 못하죠."

"그런가?"

그가 무표정한 얼굴로 대꾸했다. 그는 얼마 전 그녀의 웃음소리를 즐겼던 만큼이나 그녀의 기백을 즐기고 있었다.

"그렇잖아요. 당신과 당신의 부하들은 얼마 전 콘월에서 우리 아버지의 군대와 전쟁을 한 뒤 이곳으로 왔잖아요?"

"그랬지. 난 잉글랜드 영토에 있는 콘월에서 전투를 했지."

로이스가 친절하게 그 전쟁에 대해 설명했다.

"당신네 스코틀랜드의 제임스 왕은 솔직히 말해 턱이 아주 빈약하더군. 어쨌든 제임스 왕이 자기 사촌 동생의 남편을 왕위에 앉히려고 우릴 먼저 공격했기 때문에 전쟁이 일어난 거야."

그 말에 제니퍼는 쏘아붙이듯 응수했다.

"글쎄요. 퍼킨 워벡은 잉글랜드 왕가의 혈통을 받아 왕위에 오르기에 손색이 없어요. 제임스 왕도 그걸 알고 계셨죠. 퍼킨 워벡은 에드워드 4세가 오래전에 잃어버린 아들이라고요."

"아니, 퍼킨 워벡은 플랑드르의 뱃사공이 오래전에 잃어버린 아들이야."

로이스가 단호하게 반박했다.

"그건 당신 생각일 뿐이죠."

그가 더 이상 논쟁을 벌이고 싶지 않다는 기색을 보이자, 제니퍼는 선이 굵은 그의 얼굴과 눈빛을 슬그머니 바라보았다.

"그런데 제임스 왕은 정말 턱이 빈약한가요?"

그녀가 불쑥 물었다.

"맞아."

로이스는 웃으면서 대꾸했다.

"그건 그렇고…… 처음에 우린 왕의 외모에 대해 이야기하던 중이 아니었잖아요."

그녀는 완벽한 미남이라고 소문난 왕에 대해 새로운 사실을 전해 듣고는 새침하게 말했다.

"우리는 지금 당신의 쉴 새 없는 전쟁에 대해 말하는 거라고요. 우리 스코틀랜드와 싸우기 전에는 아일랜드와 싸웠고 그전엔……"

로이스는 그녀의 말을 자르며 빈정거리듯 대꾸했다.

"내가 아일랜드와 전쟁을 한 건 그들이 램버트 심넬을 왕위에 앉힌 뒤 그를 다시 헨리 왕의 자리에 앉히기 위해 우리를 침략했기 때문이야."

그는 자신이 많은 전투를 벌인 원인이 모두 스코틀랜드와 아일랜드에 있다는 듯이 말했다. 하지만 제니퍼는 그 문제에 대해 반박할 만한 충분한 지식이 없었기 때문에 한숨을 내쉬며 말했다.

"난 당신이 어째서 이곳에 주둔하고 있는 것인지, 어째서 스코틀랜드 국경과 가까운 곳에 있는 것인지 잘 알고 있어요. 당신은 더 많은 병사들이 합류할 때까지 기다렸다가 헨리 왕의 뜻대로 스코틀랜드를 침략하여 피비린내 나는 전쟁을 벌일 생각이겠죠? 이곳 사람들은 모두 그걸 알고 있어요."

그러자 로이스는 먼저 나누던 가벼운 이야기로 화제를 돌렸다.

"생각해보니 우린 전쟁 이야기가 아니라 내가 전쟁터에서 적당한 신붓감을 찾지 못한 일에 대해 이야기를 하던 중이었어."

제니퍼도 로이스가 화제를 바꾼 것에 안도하며 그 문제로 관심을 돌렸다.

"당신은 틀림없이 헨리 왕의 궁에서 여자들을 만나본 적이 있겠죠?"

"물론이지."

그녀는 자신의 옆에 앉아 천천히 술잔을 기울이고 있는 로이스를 가만히 바라보았다. 그는 다리를 접고 두 손을 무릎 위에 올린 채 매우 편안한 모습으로 앉아 있었다. 어디를 보나 용맹한 전사다운 면모를 지니고 있는 사내였다. 그런데다 편안히 쉬고 있을 때조차 그의 몸은 동물적인 힘을 발산하고 있었다. 그의 어깨는 상당히 넓었으며, 팔과 가슴은 셔츠로 가려지긴 했지만 근육이 불룩해 보였고 다리와 허벅지의 근육도 팽팽하게 돋보였다. 갑옷을 입고 장검을 휘둘러온 세월이 그를 전투에 능하도록 강하고 단단하게 만들어주었을 것이다. 그러나 제니퍼는 로이스가 겪어온 전쟁터에서의 삶이 궁중 생활이나 궁중의 다른 사람들과 교제하는 데 도움이 된다고는 생각되지 않았다. 그녀는 궁에 가본 적은 없었지만 그곳의 흥청거림과 그곳 사람들의 속물근성에 대해서는 익히 들어 알고 있었다. 그녀는 갑자기 로이스가 궁중 생활과는 너무나 어울리지 않아 많은 불편함을 느꼈으리라 생각했다.

"당신은 궁중에 있을 때 그곳 사람들과 지내는 것을 불편해했죠?"

그녀는 망설이다가 간신히 물었다.

"편했다고는 할 수 없겠지."

로이스가 대꾸했다. 그는 여러 가지 감정을 담고 있는 그녀의 눈빛을 보자 심란해졌다.

그때 제니퍼는 그의 솔직한 대답을 들으며 감동을 받기도 했고 한편으로는 가슴이 아프기도 했다. 자신이 인정받고 싶은 사람들로부터 외면당한다는 것이 얼마나 굴욕적이고 뼈아픈 일인지를 그녀는 누구보다 잘 알고 있었다. 잉글랜드를 위해 매일 죽음을 무릅쓰는 이 남자가 자기 나라 사람들에게 대접을 받지 못한다는 건 뭔가 잘못되고 불공평한 일인 것 같았다.

"당신은 아무 잘못도 없어요."

그녀가 너그럽게 말했다.

"그럼 누구에게 잘못이 있다고 생각해? 왜 내게 궁중에서 불편해했느냐고 물었지?"

그가 슬며시 웃으면서 물었다.

"그건 당신이 궁에서 여성과 함께 있을 때를 말하나요? 아니면 남성들과 같이 있을 때인가요?"

제니퍼는 그를 돕고 싶은 충동에 사로잡혀서 되물었다. 그녀는 어느새 로이스의 회색 눈동자에 빠져들고 있음을 느꼈다. 또 그가 가엾게 느껴지기도 했다.

"만약 여성들과 있을 때를 말한다면, 내가 도움이 되는 말을 해드릴 수 있을 것 같군요."

그녀가 자청하고 나섰다.

"당신에게 도움이 될 만한 말을 하나 해볼까요?"

"좋아!"

로이스는 애써 웃음을 참고 위엄 있는 표정을 지으며 대꾸했다.

"숙녀들을 어떻게 대해야 하는지 말해봐. 그래서 이 다음에 왕실에 가면 신붓감을 정할 수 있도록 말이야."

"글쎄요. 그 숙녀들이 당신과 결혼하고 싶어할지는 장담할 수 없어요."

그녀는 아무 생각 없이 불쑥 말해버렸다.

그는 술을 가까스로 삼키고 그녀에게 웃어 보이며 말했다.

"만약 내가 자신감을 갖도록 하기 위해 하는 말이라면 방금 전의 말은 아무 소용이 없지. 오히려 상황을 악화시킬 뿐이야."

"제 말은…… 그러니까 솔직히……."

그녀는 갑자기 더듬거렸다.

"아마도 우리는 서로 조언을 해줘야 될 것 같군."

그는 경쾌하게 말을 이었다.

"당신은 상류층 숙녀들이 어떻게 대해주길 바라는지 말해. 나는 당신이 남자들의 자신감을 뭉개놓았을 때 어떤 위험에 빠지게 되는지 알려줄 테니까. 자, 술을 더 들지."

로이스는 그녀의 잔에 술을 채우며 부드럽게 말을 이어나갔다. 그러면서 어깨너머로 가윈에게 눈짓을 하자, 가윈은 닦고 있던 방패를 슬그머니 내려놓고 막사 밖으로 나갔다.

"어서 말해봐. 내가 열심히 들어줄 테니까."

하지만 제니퍼가 술을 한 모금 더 마시자 로이스가 먼저 말했다.

"내가 궁중에 있고, 여왕의 접견실로 걸어간다고 가정하자고. 그곳엔 아름다운 여성들이 많이 모여 있고, 내가 그중의 한 명을 아내로 삼기로 결심하고……."

곧 그녀의 눈이 휘둥그레졌다.

"당신은 그렇게 할 수 있을 만큼 특별하지 않아요. 안 그런가요?"

로이스는 머리를 뒤로 젖히고 한바탕 웃어댔다. 별로 들어본 적이 없던 생경한 웃음소리에 호위병 셋이 막사 안으로 뛰어들어왔다. 무슨 일인지 궁금해하는 호위병들을 내보내고, 그는 아직도 불만스럽다는 듯 얼굴을 찌푸린 제니퍼를 바라보았다. 그는 지금 그녀에게서 받은 것처럼 낮은 평가를 한번도 받아본 적이 없었다. 로이스는 뉘우치는 기색을 보이면서 내심 명랑한 기분을 되찾으려고 애썼다.

"난 그 숙녀들이 모두 아름답다고 말했지. 그렇지 않아?"

그녀는 밝게 웃으며 끄덕였다.

"맞아요. 그랬어요. 남자들에겐 아름다운 게 가장 중요하다는 사실을 잊었군요."

"처음 봤을 땐 그것이 가장 중요한 문제지."

그가 고쳐 말했다.

"좋아. 내가 할 일은…… 그러니까 결혼하고 싶은 여자를 찾아내는 거야."

"대개 어떤 식으로요?"

"어떻게 할 것 같아?"

그녀는 대답을 생각하느라 미간을 모으고 로이스를 찬찬히 뜯어보았다.

"제가 당신에 대해 알고 있는 대로 말하자면 숙녀를 무릎에 엎어놓고 때려서 고분고분하게 굴도록 만들려고 하겠지요."

"그러니까 당신 말은…… 그렇게 해서는 안 된다는 건가?"

로이스는 사뭇 진지하게 되물었다.

그때 제니퍼는 그의 눈 속에 감춰진 장난기를 느꼈다. 그녀가 웃음을 터뜨리자 막사 안이 음악 소리로 가득 차는 것 같았다.

"숙녀들, 그러니까 좋은 집안의 여자들은……."

제니퍼는 로이스의 표정을 보면서 그가 과거에 아주 다른 부류의 여자들을 만났던 게 틀림없다고 생각했다.

"자신의 마음을 빼앗은 남자들이 이렇게 해주었으면 하는 꿈을 가지고 있어요."

"그래, 좋은 집안의 여자들은 어떻게 대해주길 바라지?"

"음, 물론 정중하게 대해야죠. 하지만 그보다 더 중요한 게 있어요."

그녀는 무언가 생각하는 듯 사파이어와 같은 눈빛을 반짝이며 말을 이었다.

"여자는 북적이는 거실 안으로 그녀의 기사가 들어올 때, 그가 오로지 자신만을 바라보길 원해요. 자신의 아름다움 말고는 다른 어떤 것도 눈에 띄지 않았으면 하는 거죠."

"그랬다가 그 기사는 자신의 검에 걸려 넘어질지도 모르겠군."

로이스는 무심코 대꾸하면서 제니퍼가 자신의 꿈을 말하고 있다는 사실을 눈치 챘다.

제니퍼가 한심하다는 듯 눈을 흘기며 일침을 가했다.

"그리고 그녀는 자신의 기사가 아주 로맨틱한 남자라고 생각하고 싶어하죠. 당신과는 정반대로 말이에요."

그는 비아냥거리며 대꾸했다.

"맞아. 장님처럼 방 안을 더듬거리는 게 로맨틱한 거라면 나에겐 해당 사항이 없는 말이지. 계속해. 여자들이 좋아하는 게 또 뭐가 있지?"

"충성과 헌신이에요. 특히 말이 아주 중요해요."

"어떤 말?"

"사랑이 가득 담긴 말과 다정한 찬사를 보내는 거죠."

제니퍼는 꿈꾸듯이 말했다.

"여자들은 자신의 기사가 자신의 모든 것을 사랑하고 아름답다고 말해주길 바라죠. 또 여자의 눈이 바다나 하늘처럼 맑고 입술은 붉은 장미와 같다고 말해주는 거예요."

로이스는 너무 놀라 그녀를 유심히 바라보았다.

"사실은 당신이 그런 말을 해주는 남자를 꿈꾸고 있는 거 아냐?"

그녀는 마치 한 대 얻어맞기라도 한 듯 창백해졌다. 그리고 지금까지 했던 말을 없었던 것으로 해두고 싶은 심정이었다.

"비록 평범한 여자라 해도 꿈은 가지고 있답니다."

그녀는 웃으면서 지적했다.

"제니퍼!"

로이스가 놀라움에 가득 찬 말투로 말했다.

"당신은 평범한 여자가 아냐. 당신은……."

그 순간 그는 제니퍼에게 더욱 깊은 매력을 느꼈다. 로이스는 그녀를 뚫어지게 쳐다보았다. 그를 매료시킨 것은 그녀의 얼굴이나 육체를 뛰어넘는 어떤 것이었다. 제니퍼는 그를 흥분시키는 강렬한 우아함과 그에게 도전하는 열정적인 기백으로 로이스를 점점 더 강하게 끌어당기고 있었다.

"당신은 평범하지 않아."

그녀는 싱긋 웃어 보이며 머리를 내저었다.

"어딜 가서든 그럴듯한 언변으로 여자를 유혹하지 마세요. 성공한다는 보장도 없으니까요."

"만약 내가 그 숙녀를 고분고분하게 만들 수 없고 감언이설로 꾀어낼 수도 없다면 내가 가진 유일한 기술을 쓸 수밖에……."

로이스는 어느새 제니퍼의 장밋빛 입술에 마음을 빼앗기고 있었다.

그가 말을 마치지 않은 채 뜸을 들이자 제니퍼가 궁금증을 이기지 못하겠다는 듯 물었다.

"그 기술이 뭐죠?"

그는 제니퍼의 얼굴을 마주 보며 짓궂게 말했다.

"그건 숙녀에 대한 예의상 말하기 힘들어."

"수줍어하지 말아요."

제니퍼가 나무라듯 말했다. 그녀는 너무 궁금한 나머지 그의 손이 자신의 어깨 위에 올라와 있는 것도 모르고 있었다.

"도대체 그게 뭐길래, 여자들이 당신의 유혹에 넘어간다는 거죠?"

"난 내가……."

로이스가 그녀의 어깨를 감싸며 말했다.

"키스에 아주 소질이 있다고 생각하거든."

"키, 키스라고요?"

제니퍼는 갑자기 어리둥절해졌다. 하지만 까르르 웃으면서 몸을 뒤로 젖혀 자신의 어깨에 놓여 있던 로이스의 손을 떼어 냈다.

"그런 걸 자랑하다니 황당하군요."

"자랑하는 게 아냐. 난 키스를 정말 잘한다고."

로이스는 짐짓 상처받은 표정으로 반박했다.

제니퍼는 그런 건 말도 안 된다는 표정을 지어 보이려고 했지만 왠지 그럴 수가 없었다. 창검을 다루는 기술이 아닌 키스를 잘한다는 것에 자부심을 느끼는 '스코틀랜드의 재앙'을 생각하자 저절로 웃음이 나왔다.

"내 말이 아주 우스운 모양이군?"

제니퍼는 머리를 심하게 흔들면서 여전히 유쾌한 표정을 지어 보였다. 그녀의 머리카락이 바람결에 흩어졌다.

"그런 게 아니라……."

그녀는 터져 나오는 웃음을 참느라 숨이 넘어갈 듯했다.

"키스를 하는 당신의 모습은 도저히 상상이 안 돼요."

그때 로이스가 갑자기 손을 들어 제니퍼의 팔을 힘껏 잡아당겼다. 그리고 부드럽게 제의했다.

"직접 판단을 해보면 어떨까?"

제니퍼는 몸을 빼려 했다.

"바보같이 굴지 말아요. 절대 안 돼요."

하지만 그녀는 그의 입술에서 눈길을 뗄 수가 없었다.

"당신 말을 믿기로 하죠. 믿는다고요."

"아니, 난 꼭 증명하고 싶어."

"그럴 필요는 없어요."

그녀가 필사적으로 소리쳤다.

"그런 기술을 내가 어떻게 판단해요? 난 한번도 키스를 해본 적이 없다고요."

로이스는 그녀의 고백을 듣자 더욱 큰 자극을 느꼈다. 그것은 경험이 많은 여자들만 상대하던 그가 느끼지 못한 일이었다. 그는 미소를 지으면서, 제니퍼를 바짝 끌어당기고는 한 손을 그녀의 어깨 위에 얹었다.

"안 돼요."

제니퍼는 빠져나오려 애썼지만 소용없었다.

"난 꼭 해야겠어."

제니퍼는 재빨리 정신을 가다듬었다. 그녀는 자신이 경험하지 못한 육체적인 공격이 있으리라 지레 겁을 먹고 있었다. 제니퍼는 공포에 사로잡힌 나머지 자신도 모르게 비명을 지를 뻔했다. 하지만 바로 다음 순간, 그녀는 아무것도 두려워할 필요가 없음을 깨달았다. 그녀의 입술에 와 닿은 그의 입술은 굳게 다물고 있는 그녀의 입술을 놀라울 만치 부드럽게 스쳐 지나갔다. 그녀는 그의 어깨를 밀쳐낸 채 놀란 가슴을 좀체 가라앉힐 수가 없어 멍하니 있었다. 그런 가운데서도 그녀는 가슴이 세차게 고동치는 것을 느꼈으며 그 첫 키스의 감미로움을 영원히 간직하고 싶었다.

로이스는 키스에 눌려 있던 그녀의 얼굴이 조금 위로 향할 수 있을 정도로만 포옹을 풀어주었다.

"아마 당신이 상상했던 것만큼 내가 키스를 잘한 것 같진 않군."

그가 일부러 신중한 표정으로 말했다.

제니퍼는 온몸의 힘이 쑥 빠졌고 너무도 놀랍고도 혼란스러웠다. 하지만 몸부림을 친다거나 해서 그 일시적인 우호 관계를 깨뜨려버릴 행동은 하지 않으려 애썼다.

"무, 무슨 뜻이에요?"

그녀는 로이스의 강한 육체가 자신의 아래쪽에서 힘을 뻗치고 있다는 사실을 민감하게 느끼며 물었다.

"내 말은, 훌륭한 가문의 숙녀들이 꿈꾸는 그런 키스였는지 묻고 있는 거야."

"그만 놔줘요."

"당신 같은 여자들을 내가 만족시킬 수 있도록 도와줄 거라 생각했어."

"정말 잘하셨어요. 여자들이 꿈꾸는 그대로예요."

제니퍼가 대꾸했다. 하지만 그는 알 수 없는 표정을 지을 뿐 그녀를 놓아주지 않았다.

"나는 확신이 서질 않는군."

그녀의 믿을 수 없을 정도로 푸른 두 눈동자에 작은 분노의 불꽃이 튀는 것을 지켜보면서 그가 장난스럽게 말했다.

"그럼 다른 사람과 연습을 하세요."

"안됐지만 애릭에겐 전혀 마음이 움직이질 않는군."

로이스는 그녀가 다시 따지고 들기 전에 재빨리 계획을 바꾸어 말했다.

"당신에게는 육체적으로 벌을 주는 것이 별로 효과가 없었지만 이제 적어도 한 가지는 발견한 셈이군."

"무슨 말이죠?"

그녀가 미심쩍은 듯이 물었다.

"앞으로 당신이 내 의견을 따르도록 하려면 키스를 해서 고집을 꺾어야겠어. 당신은 그걸 무척 겁내고 있거든."

그녀는 자신이 로이스에게 맞설 때마다 그의 부하들 앞에서 키스를 당하는 광경이 선명하게 그려졌다. 제니퍼는 핏대를 세우지 않으면서도 이성적으로 자신의 주장을 펼 수 있게 되기를 간절히 바라며 대꾸했다.

"전 겁을 내는 게 아니라 단지 관심이 없을 뿐이에요."

로이스는 그녀의 속셈을 알아차렸다. 그는 즐거운 기분으로 그녀의 반응을 좀더 느껴보고 싶다는 강렬한 충동을 느꼈다.

"정말?"

그는 부드럽게 숨을 내쉬면서 반쯤 감긴 눈으로 그녀의 입술을 뚫어지게 바라보았다. 그리고 제니퍼의 머리를 조금씩 끌어당겨 서로의 따뜻한 숨결을 느낄 수 있게 하고 그녀의 눈을 그 속에 빠져들 듯이 바라보았다. 그는 빈틈없는 회색 눈동자로 두려움을 빨아들이기라도 하듯 제니퍼의 푸른 눈을 꼼짝 못하게 만들었다. 그리고 그녀의 입술에 자신의 입술을 맞췄다. 제니퍼는 그만 온몸에 전율을 느끼며 눈을 질끈 감았다.

로이스의 입술이 그녀의 입술에서 느껴지는 섬세한 곡선과 떨림을 완전히 소유하려는 듯 움직이기 시작했다. 그는 제니퍼의 입술이 조금씩 반응하는 것을 느꼈다. 그녀는 팔을 힘없이 떨어뜨리고 말았다. 세차게 두근거리는 그녀의 가슴이 어느덧 자신의 가슴에 파묻히는 것을 느꼈다. 그는 제니퍼의 머리를 끌어안았던 손에서 힘을 빼는 대신 자신의 입술을 더욱 강하게 밀어붙였다. 그녀의 등을 뒤로 젖히고 그 위로 몸을 기울여 깊게 키스하면서 그녀의 옆구리와 엉덩이를 부드럽게 애무하였다. 그는 혀끝으로 그녀의 입술을 탐색하며 굳게 닫힌 입술 사이로 혀끝을 밀어 넣어 그녀가 입을 벌리도록 했다. 마침내 그녀의 입이 벌어지자 그의 혀는 달콤함 속으로 깊이 빠져들었다가 천천히 후퇴하였다. 그리고 이번에는 아주 노골적으로 그녀의 입술을 다시 공격하였다. 그의 가슴에 파묻혀 뻣뻣하게 굳은 채 숨도 제대로 쉬지 못하던 제니퍼는 모든 긴장이 풀렸다. 그녀는 온몸으로 환희가 폭발하는 것을 느꼈다. 제니퍼는 그가 교묘하게 자신의 몸에 뜨거운 열정을 불러일으킨다는 걸 알지 못했다. 그녀는 로이스의 유혹에 취한 나머지 자신이 그의 포로라는 사실도 잊고 있었다. 지금 그녀에게 로이스는 사랑하는 사람이었다. 그것도 아주 열정적으로 그녀를 이끌면서 부드럽고 간절하게 그녀를 원하고 있는 연인이었다. 그녀는 애틋함이 넘치는 조용한 신음 소리로 그에게 항복을 선언했다. 그리고 그동안 잠들어 있던 내부의 열정이 깨어난 듯 그의 목에 팔을 감은 채 그의 입술로 자신의 입술을 가져갔다.

로이스의 입술은 더욱 갈망이 심해지는 듯 마구 몰아치듯이 제니퍼의 혀를 다그쳤다. 끊임없이 그녀의 가슴을 애무하던 그의 손은 순식간에 그녀의 벨트를 풀고 블라우스 속으로 미끄러지듯 들어갔다. 그녀는 집어삼킬 듯한 키스에 입술을 빼앗기는 순간 자신의 젖가슴에서 굳은살이 박인 그의 손을 느꼈다.

제니퍼는 그의 관능적인 공격에 신음했다. 가슴이 부풀어오르고 유두가 단단해졌다. 로이스는 자신의 손바닥으로 그것을 느끼는 순간 폭발할 듯한 욕망에 휩싸였다. 그는 잔뜩 부풀어 있는 그녀의 젖꼭지를 살짝 스치듯 문지르다가 손가락 사이에 그것을 넣고 비벼대었다. 그녀는 그의 어깨를 더욱 바짝 끌어당기면서 기쁨에 넘치는 신음을 내질렀다. 그러고는 그가 준 기쁨에 보답이라도 하듯 깊은 입맞춤에 응해주었다.

로이스는 고통스러울 정도로 달콤한 그녀의 반응에 놀라며 입술을 거두고 흥분으로 붉게 상기된 그녀의 얼굴을 바라보았다. 그녀의 가슴을 계속 애무하면서도 곧 그녀를 놓아주어야 한다고 생각했다.

그와 잠자리를 같이했던 여성들은 그가 유혹하거나 부드럽게 다뤄주길 절대로 바라지 않았다. 그녀들은 거친 폭력과 그의 상징과도 같은 힘, 그리고 정력을 원했다. 그녀들은 늑대에게 정복되고 거칠게 다루어지길 원했다. 그와의 잠자리에서 '날 가져줘요.'라고 애원하던 여자는 셀 수도 없을 정도였다. 항상 그에게는 성적인 정복자의 역할이 강요되어 왔으며 그는 몇 년 동안 그렇게 해왔다. 하지만 그는 점점 더 지루함을 느끼게 되었고 근래에 들어서는 아주 넌더리가 난 상태였다.

로이스는 그녀의 부푼 가슴을 애무하면서도 당장 그녀를 보내줘야 한다고 마음먹고 있었다. 하루가 지나면 지금까지 벌어진 일을 몹시 후회하게 될 것이 분명했다. 하지만 그는 어차피 후회할 일이라면 그런 일을 완전히 저지른 뒤 후회를 해도 괜찮을 것이라고 마음을 고쳐먹었다. 마침내 로이스의 가슴속에서는 그날 밤 서로 좀더 기쁨을 나눌 수도 있을 거라는 기대가 무르익기 시작했다. 그는 머리를 기울여 다시 그녀에게 입맞춤을 하면서 그녀의 블라우스를 열어젖혔다. 그의 눈길은 그녀의 목덜미로부터 점점 내려가 유혹적인 향연을 벌이고 있는 그녀의 하얀 젖가슴에 머물렀다. 너무도 아름답고 풍만한 가슴이 욕망에 애가 타는 듯 분홍색 젖꼭지를 단단히 세운 채 떨고 있었다. 그녀의 피부는 크림처럼 부드러웠고 방금 내린 눈처럼 누구의 손길도 닿지 않은 채 빛나고 있는 것 같았다.

그는 거친 숨결을 가다듬고 그녀의 가슴과 입술, 그리고 도취된 듯한 그녀의 눈을 바라보면서 윗도리를 벗었다. 자신의 맨가슴에 눌린 그녀의 부드럽고 하얀 언덕을 느껴보고 싶었던 것이다.

제니퍼는 이미 그의 키스와 시선, 그리고 술기운에 도취되어 거의 무의식 상태가 되어 있었다. 그녀는 로이스의 단호하면서도 관능적인 입술 선을 멍하니 바라보면서, 그 입술이 과감하게 자신에게 다가오는 것을 지켜보았다. 로이스가 굶주린 듯이 자신의 입술을 맹렬한 기세로 탐하려 하자 제니퍼는 세상이 온통 빙빙 도는 것만 같아 그만 눈을 감아버렸다. 그는 그녀의 가슴을 감싸 받쳐든 채 털이 무성한 자신의 가슴을 천천히 갖다대었다. 기쁨에 찬 그녀의 신음을 들으면서 그는 그녀의 몸 위로 자신의 몸을 눕혔다. 그녀의 몸을 반쯤 가리듯 포옹한 그는 입술을 그녀의 볼과 귀로 스치듯 옮겨가며 혀를 움직였다. 제니퍼의 온몸이 전율하기 시작했다. 그의 느릿하면서도 관능적인 유혹을 받은 그녀는 깊숙한 곳으로부터 낮은 신음을 흘렸다. 그는 다시 그녀의 입술을 더 크게 열고 들어가 그녀의 혀를 빨아들일 듯 천천히 끌어당겼다. 그러고는 그녀에게 자신의 혀를 내맡겼다. 이번에는 제니퍼가 그의 움직임을 따라 본능적으로 반응하면서 더욱 격렬한 키스가 시작되었다. 서로의 혀가 하나가 되면서 로이스는 그녀의 머리카락 속을 더듬었고 제니퍼는 그의 목을 감싼 채 광풍과도 같은 키스에 몰두해 있었다.

그는 하체를 들어 올려 다리로 제니퍼의 다리를 벌려 편하게 자세를 잡았다. 그리고 그의 단단한 남성으로 그녀의 허벅지 사이를 눌러 그녀를 민감하게 만들었다. 그의 노골적인 열정에 압도된 그녀는 매달리듯 그를 꼭 끌어안았다. 하지만 제니퍼는 그가 입술을 거두자 자신도 모르게 실망에 겨운 외침이 터져 나오려는 것을 겨우 참아냈다. 그의 입술은 곧 그녀의 가슴에 닿았다. 순간 제니퍼는 숨이 멎는 것만 같았다. 로이스는 그녀의 젖꼭지를 물어 부드럽게 밀고 당기다가 살짝 힘을 주었다. 그러더니 그녀의 등이 활 모양으로 휘어질 때까지 세게 잡아당겼다. 완전한 기쁨의 파도가 그녀의 온몸에 퍼져나갔다. 그는 제니퍼가 더 이상 견딜 수 없다는 생각이 들 때까지 더 거칠게 끌어당겼다. 그녀는 또다시 낮은 신음을 흘렸다. 그는 그 소리에 움직임을 멈추고 얼굴을 돌려 반대쪽 젖꼭지도 깨물었다. 제니퍼는 그의 숱 많은 머릿결을 애무하다가 그의 머리를 바짝 끌어당겼다.

그녀가 마치 기쁨을 못 이겨 죽을 것만 같다고 느꼈을 때 그는 갑자기 그녀의 몸을 덮고 있던 가슴을 일으켰다. 제니퍼는 달아오른 피부에 차가운 공기가 닿자 그가 데려다 주었던 황홀한 유토피아에서 반쯤 깨어났다. 제니퍼는 아직도 뜨거운 눈길로 자신의 부푼 가슴을 탐하고 있는 그를 보았다. 그가 혀와 입술, 그리고 이로 애무해준 젖꼭지가 자랑스럽게 오뚝 서 있었다.

갈구하는 듯한 그의 남성이 그녀를 향해 소용돌이치듯 욕망을 전해오자 뒤늦게 치명적인 공포심이 제니퍼를 강타했다. 그는 너무 오랫동안 그녀를 기다리게 했다는 생각이 들자 초조해졌다. 그가 머리를 제니퍼 쪽으로 기울이자 그녀는 미친 듯이 고개를 흔들었다.

"제발……."

그녀는 거친 숨을 토하며 말했다. 하지만 그는 벌써 팽팽하게 긴장한 상태로 몸을 일으켰다. 바로 그때 막사 바깥에 있던 근위병이 그를 불렀다.

"실례합니다, 백작님. 군대가 돌아왔습니다."

로이스는 말없이 일어나 옷을 찾아 입고 막사 밖으로 나갔다. 제니퍼는 열망과 혼란스러움으로 멍해진 상태로 그가 나가는 것을 바라보았다. 그러자 천천히 제정신이 돌아왔다. 그녀는 어지럽게 널려 있는 자신의 옷가지들을 보자 부끄러워졌다. 그녀는 옷들을 주섬주섬 끌어당기고는 떨리는 손으로 걷잡을 수 없이 헝클어진 머리를 빗어내렸다. 백작이 그녀를 강제로 굴복시켰다면 분명 잘못된 것이겠지만, 그는 그렇게 하지 않았다. 마치 주문이라도 걸린 듯 그녀는 기꺼이 백작의 유혹에 몸을 맡겼다. 그녀는 자신이 저지른 일을 생각하자 온몸이 떨리기 시작했다. 자신을 포로로 억류한 채 자신의 육체를 탐했던 그를 비난하려 했지만 그렇게 할 수가 없었다.

그녀는 그가 돌아오면 무슨 말을 어떻게 해야 할지 생각하기 시작했다. 마침내 그녀는 그가 막사 안으로 돌아오면 자신들이 멈춘 곳에서 다시 시작하기를 원할 것이라는 순진한 생각에 사로잡혔다. 갑자기 두려움을 느낀 그녀의 심장은 방망이질치기 시작했다. 그 두려움은 로이스에 대한 것이 아니라 자신에 대한 두려움이었다.

어느새 몇 시간이 지났다. 두려움과 놀라움으로 떨던 그녀는 모포 위에 누운 채 잠이 들었다. 극도의 피로감 때문이었다. 몇 시간이 흐른 뒤 제니퍼는 어떤 기척을 느끼며 눈을 번쩍 떴다. 그녀의 눈에 자신을 말없이 지켜보고 있던 로이스가 보였다.

제니퍼는 조심스럽게 그의 엄격하면서도 무뚝뚝한 모습을 살펴보았다. 아직 잠이 덜 깬 그녀는 자신의 '연인'이 되어 막사를 나섰던 로이스가 다시금 자신에게 유혹의 손길을 뻗쳐주길 기대했다. 하지만 그런 희망과는 달리 그는 더 이상 그녀를 유혹할 생각이 없는 듯했다.

이윽고 로이스가 입을 열었다.

"아까 그 일은 실수였어. 우리 둘 다에게 말야. 두 번 다시는 그런 일이 없을 거야."

제니퍼가 결코 듣고 싶지 않은 말을 끝내기가 무섭게 그는 다시 막사를 나가 어둠 속으로 사라졌다. 그녀는 로이스가 벌인 일을 거칠게나마 나름대로 사과한 것이라고 생각했지만 너무 놀란 나머지 입을 다물지 못했다. 그때 가윈이 막사 안으로 들어와 입구 쪽에 있는 침대에 눕자 그녀는 허둥지둥 눈을 감았다.

7

해가 뜨기 시작할 무렵부터 야영지 일대는 소란하게 움직였다. 5,000명의 기사들과 용병, 기사의 시종들이 골짜기를 빠져나가기 시작하자 천둥을 치듯 요란한 소리가 허공을 가득 메웠다. 곧이어 사석포(큰 돌멩이를 날리기 위해 만들어진 대포)와 파성퇴(성벽 등을 공격할 때 쓰는 무기), 투석기 등의 장비를 실은 마차가 삐거덕거리며 뒤를 이었다.

말을 탄 제니퍼는 브렌나와 함께 무장한 기사들의 철통같은 호위를 받으며 그 행렬을 따라 움직였다. 그녀는 사방에 가득한 시끄러운 소리에 심란한 마음까지 더해져 세상이 온통 뿌옇게 흐려 보였다. 그녀는 자신이 어디에 있으며 어디로 가는지, 심지어 자신이 누구인지조차 알 수 없었다. 마치 온 세상이 뒤

집히고 사람들마저 모두 딴사람이 되어버린 듯 낯설게 느껴졌다. 항상 이성적이라고 생각해왔던 제니퍼는 자신도 모르게 로이스를 잠깐이라도 만날 수 있기만을 고대했다. 반면 그녀에게 따뜻한 미소를 보내고 있는 사람은 브렌나였다.

제니퍼는 말을 탄 채 여러 차례 자신의 옆을 스쳐 지나간 로이스를 바라보았으나 매번 그의 모습은 낯설기만 했다. 커다랗고 검은 군마에 올라탄 그는 긴 부츠에서부터 망토까지 온통 음침한 검은색으로 차려입고 있었다. 그녀가 이제껏 보았던 로이스의 모습 중 가장 강렬한 인상을 풍겼다. 제니퍼의 가족을 비롯해 영민들, 그녀가 사랑했던 모든 것들을 파괴하려고 나선 낯선 사람의 모습이었다.

그날 밤 제니퍼는 브렌나 옆에 누워 별을 바라보았다. 그녀는 초원 위로 불길하게 그림자를 드리운 채 버티고 있는 성벽 공격용 탑 따위는 생각하지 않으려고 했다. 그 탑은 메릭의 오래된 성벽을 공격하기 위해 곧 옮겨질 게 분명했다. 그녀는 전에도 멀찌감치 서서 그 탑을 훔쳐본 일이 있었다. 하지만 그때는 그것이 어떤 물건인지 모르고 있었다. 그녀는 어쩌면 자신이 두려워하는 것을 실제로 확인하고 싶지 않았을지도 몰랐다.

지금 그녀는 다른 생각은 거의 할 수가 없는 상태였다. 제임스 왕이 그녀의 일족을 도와줄 군대를 파견해줄 것이라는 브렌나의 말을 철석같이 믿고 싶을 뿐이었다. 아니, 그녀는 전쟁이 일어나지 않을지도 모른다는 생각을 해왔다. 그토록 열정적으로 자신에게 키스와 애무를 해주던 남자가 매정하게 등을 돌려 자신의 일족을 무찌를 것이라고는 생각할 수 없었기 때문이다. 그녀는 지난밤 자신과 함께 웃으며 사랑을 나눴던 그는 메릭 성을 공격할 사람이 아니라고 믿고 싶었다.

하지만 어찌 보면 지난밤에 일어났던 일조차 믿을 수 없었다. 지난밤까지만 해도 그는 부드럽고, 능수 능란하며 고집스러운 연인처럼 느껴졌었다. 하지만 불과 하루도 지나지 않아 그는 그녀의 존재조차 잊고 있는 듯했다.

하지만 로이스는 그녀의 존재를 잊은 것이 아니었다. 행군을 시작한 지 이틀째 되는 날까지도 그녀를 뚜렷하게 의식하고 있었다. 그는 제니퍼가 자신의 품에 안겨 행복해하던 모습이며 자극적인 키스의 달콤함, 주저하듯 어루만지던 그녀의 손길이 자꾸 생각나자 이틀 밤이나 잠을 이루지 못했다. 하루 종일 열을 맞추어 달리는 부하들을 지휘하면서도 그녀를 수도 없이 엿보곤 했다. 지금까지도 그녀의 음악과도 같은 웃음소리가 마치 종소리처럼 마음 한구석에서 울리고 있는 것 같았다. 그는 그 소리를 떨쳐내려는 듯 머리를 흔들었으나, 갑자기 특유의 유쾌한 미소를 띠고 그를 바라보고 있는 그녀의 환영이 떠올랐다.

'내가 결혼하지 않았다고 생각하는 이유는?'

그가 물었다.

'마땅한 숙녀가 백작님 앞에 나서지 않았을 것 같아서요.'

그녀가 놀리듯 대답했다. 짐짓 나무라는 듯한 기색으로 그녀가 살며시 웃는 소리도 들려왔다.

'어딜 가서든지 그럴듯한 언변으로 여자를 현혹시키려 하지 마세요. 성공한다는 보장도 없으니까요. ……제가 당신에 대해

알고 있는 대로 말하자면 숙녀를 무릎에 엎어놓고 때려서 고분고분하게 굴도록 만들려고 하겠죠.'

그는 연약해 보이는 한 스코틀랜드 예비 숙녀에게 그처럼 대단한 용기와 기백이 있다는 사실이 믿어지지 않았다. 잡혀 있는 포로에 대해 그가 이렇게 집착에 가깝게 빠져든 것은 이틀 전 그녀가 욕망의 불을 놓았기 때문이라고 스스로 위안을 삼기도 했다. 하지만 그는 욕망을 뛰어넘는 어떤 것이 자신의 마음을 사로잡고 있다는 것을 알고 있었다. 여느 여인들과는 달리 제니퍼는 가까이하면 위험과 죽음밖에 떠오르지 않는 남자의 손에 몸을 맡기고 잠자리를 함께한다는 것에 자극을 받지도 않았고 뒤로 물러서지도 않았다.

이틀 전 그가 이끌어낸, 수줍어하면서도 열정적인 그녀의 반응에서 두려움이란 전혀 찾아볼 수 없었다. 그것은 다정하게 시작되어 욕망으로 끝났다. 로이스에 대한 모든 소문을 확실히 알고 있음에도 그녀는 순수한 기쁨을 내보이며 그 애무를 뜨겁게 받아주었다. 그리고 로이스는 바로 그 사실 때문에 그녀를 마음속에서 떨쳐버릴 수가 없었다.

어쩌면 자신에 대한 평판에도 불구하고 그녀는 자신을 꿈속에서 그리던, 덕망 있고 결백하며 늠름한 기사로 착각하고 있는지도 몰랐다. 그녀의 부드러움과 열정이 순진하고 소녀다운 발상에서 비롯된 것일지도 모른다는 생각이 들자 로이스는 그만 정이 떨어지는 느낌이었다.

이런 생각에 사로잡혀 있던 그는 마침내 화가 났다. 그는 돌연 그녀에 대한 모든 생각을 접어두고 아예 그녀를 잊기로 굳게 결심했다.

정오에 제니퍼는 브렌나와 풀밭에 털썩 주저앉아 질긴 닭고
기와 딱딱해진 빵을 나누어 먹다가 자신들에게 다가오고 있는
애릭을 보았다. 그는 제니퍼 앞에서 걸음을 멈추었다.

"따라오시오."

제니퍼는 아무 대꾸 없이 자리에서 일어났다. 그녀는 벌써
필요 이상의 말을 절대로 하지 않는 그 금발의 거인에게 익숙
해진 상태였다. 제니퍼를 따라 브렌나도 일어서려 하자 애릭이
손을 저었다.

"당신은 아니오."

그는 제니퍼의 팔을 붙들고 풀밭에서 점심을 때우고 있는
수백 명의 병사들 옆을 지나갔다. 그러고는 그녀를 길옆의 숲
속으로 끌고 가 로이스의 기사들이 나무 밑에서 호위를 하듯
모여 있는 곳에서 걸음을 멈췄다.

고드프리와 유스테이스가 평소와는 달리 굳은 표정으로 비
켜서자, 애릭은 작은 쉼터처럼 마련된 곳으로 그녀를 살짝 밀
었다.

그곳에선 로이스가 나무 기둥에 넓은 어깨를 기댄 채 다리
를 그러모으고 바닥에 앉아 있었다. 따뜻한 날씨 탓에 망토를
벗은 상태였다. 그는 긴소매의 갈색 셔츠와 짙은 갈색 바지에
부츠를 신고 있었다. 제니퍼는 그가 자신을 잊지 않았다는 걸
알고서 금세 행복한 느낌에 사로잡혔다. 전날과는 달리 오늘은
그가 죽음과 파멸의 화신처럼 보이지 않았다.

그러나 그런 감정을 드러내기에는 그녀의 자존심이 허락하지 않았다.

그녀는 어떻게 해야 할지 몰라 그냥 제자리에 서서 로이스의 얼굴을 물끄러미 바라보았다. 하지만 그는 깊은 생각에 잠긴 듯 침묵을 지키고 있었다. 제니퍼는 그만 안절부절못하면서도 예의 바르고 감정이 실리지 않은 말투로 물었다.

"날 부르셨나요?"

"맞아."

그녀는 로이스가 장난스럽게 조롱하듯 대꾸하자 어리둥절해졌다.

"무슨 일이죠?"

"이제 질문이 나오기 시작하는군."

"도대체 무슨 말씀을 하고 있는 건지 모르겠군요."

제니퍼가 따지듯 말하자 그는 머리를 젖히며 크게 웃기 시작했다. 그녀는 더욱 혼란스러워졌다. 약간 쉰 듯한 소리가 섞인 호탕한 그의 웃음소리가 야영지 주위로 메아리쳤다.

로이스는 어쩔 줄 몰라 하는 제니퍼의 표정이 사랑스러웠다. 그는 순진한 그녀의 모습이 안쓰러우면서도 터져 나오는 웃음을 참을 수가 없었다. 그런가 하면 한편으로는 이틀 전 밤에 그녀에게 느꼈던 것 이상으로 심한 갈증을 느꼈다.

이윽고 그는 땅에 펼쳐진 보자기를 가리켰다. 그곳엔 그녀가 방금 전에 먹던 것과 똑같은 닭고기와 빵, 사과 등이 놓여 있었다. 그가 조용히 말했다.

"당신과 함께 있는 것이 즐거워. 그리고 당신도 넓은 들판에서 수많은 병사들에 둘러싸여 있는 것보다는 나와 조촐하게 식사하는 것을 더 좋아하리라고 생각하는데……. 내 말이 틀렸나?"

제니퍼는 그가 만약 자신과 함께 있는 게 즐겁다는 말을 하지 않았더라면, 그의 말을 모조리 반박했을 것이다. 하지만 그의 깊고 위압적인 목소리를 통해서는 실제로 그가 자신을 그리워하고 있었는지 확신할 수도 없었고 그런 확신을 얻을 방법도 없었다.

"뭐, 틀리진 않았어요."

그녀는 인정했다. 그러나 자존심 때문에 그의 옆으로 다가앉지는 않았다. 대신 윤기가 나는 붉은 사과를 집어들며 그와 약간의 거리를 두고 앉았다. 그녀는 로이스와 가벼운 대화를 나누면서 그와 함께 있는 게 아주 편안할 뿐만 아니라 마음까지 가벼워진다고 생각했다. 하지만 그것이 로이스의 치밀한 노력 때문이라는 건 꿈에도 모르고 있었다. 그는 그녀가 더 이상 자신의 접근을 불편하게 여기지 않도록 하면서 자연스럽게 그녀와 사랑을 나누고 싶었던 것이다. 그러기 위해선 그녀가 이틀전 갑작스레 사랑의 행위를 끝낼 수밖에 없었던 일을 잊도록만드는 게 중요했다.

로이스는 자신이 어떤 일을, 무슨 이유로 벌이고 있는 것인지 정확하게 파악하고 있었다. 하지만 만일 어떤 신성한 힘이기적처럼 작용하여 그녀를 메릭 백작이나 왕에게 보낼 때까지더 이상 깊은 관계를 맺지 않는다면 그런 노력이 헛되지는 않을 것이다.

느긋하게 식사를 하면서 로이스는 무척 즐거워했다. 그러나 한동안 기사들에 대해 이야기를 나누던 중 별안간 질투를 느꼈다.

"기사 이야기가 나왔으니 하는 말인데 대체 무슨 일이 있었던 거지?"

사과를 한 입 베어 물던 제니퍼는 불쑥 튀어나온 그의 질문에 어안이 벙벙해졌다.

"뭐가요?"

"당신의 기사였던 발더 말야. 당신의 아버지가 그 결혼을 적극 찬성했다는데 어떻게 그 늙은이를 떼어냈지?"

그녀는 속으로 뜨끔했다. 그런 가운데 제니퍼는 길고 가는 다리를 가슴팍까지 끌어올려 팔로 감싸면서 마땅한 대답을 찾기 위해 시간을 끌었다. 제니퍼는 턱을 무릎에 올린 채 푸른 눈동자를 반짝이며 그를 바라보았다. 통나무 위에 걸터앉은 로이스는 다시금 그녀의 매력에 빠져들었다. 마치 사내아이처럼 옷을 입은 깜찍한 나무 요정이 흩날리는 머리채를 늘어뜨린 채 앉아 있는 것 같은 모습이었다. 그녀가 나무 요정이라니? 아마 그는 그녀의 아름다움을 찬양하는 사랑의 시를 노래하게 될지도 몰랐다. 그리고 그것은 제니퍼의 아버지를 결코 기쁘게 하지 못할 뿐 아니라 두 나라의 왕실에 엄청난 파문을 일으킬 것이다.

"내 질문이 너무 어려웠나? 좀더 쉬운 말로 물어볼까?"

제니퍼의 대답을 기다리던 그가 성급하게 물었다.

"도대체 당신은 참을성이라곤 없군요."

제니퍼가 똑 부러지는 말투로 비난했다.

"그건 맞는 말이야."

그는 감히 자신의 단점을 집어내는 제니퍼의 배짱에 웃음이
나왔다.

"왜 그 늙은이가 물러섰는지 말해보라고."

"글쎄요. 하지만 그건 기사답지 않은 너무나 사적인 질문이
군요. 꽤 난처하게도 하고……."

"누구를 난처하게 한다는 거지?"

로이스는 그녀의 거부감을 모른 체하며 되물었다.

"당신인가, 아니면 발더인가?"

"물론 나죠. 발더 공은 격분했고요."

그녀는 허심탄회하게 웃으며 분명히 말해주었다.

"난 그가 약혼 서약서에 서명하러 메릭 성을 찾아오던 날에
야 비로소 그를 처음 보았어요. 아주 끔찍했죠."

"그래, 무슨 일이 일어난 거지?"

로이스가 재촉했다.

"난 여느 열네 살짜리 소녀들처럼 멋지고 젊은 기사를 신랑
감으로 꿈꾸고 있었죠. 금발인 그는 젊고 잘생긴 얼굴에 키도
훤칠하게 큰 사람일 것이다. 눈동자는 푸른 빛이며 귀족의 풍
모를 지니고 있고, 아주 강인해서 언젠가 태어날 자식들에게
물려줄 재산도 문제없이 지켜낼 거라고."

그녀는 로이스의 표정을 살핀 뒤 얼굴을 잠깐 찌푸렸다.

"그건 내가 오랫동안 남몰래 간직했던 바람이었어요. 하지만
아버지와 이복 오빠들은 발더 공이 제가 꿈꾸는 신랑감의 모습

과 조금도 비슷하지 않다는 것을 전혀 말해주지 않았어요."

로이스도 한껏 멋을 부린 늙은 발더의 모습을 상상하며 얼굴을 찌푸렸다.

"마침내 발더 공이 온다는 소식을 듣고는 몇 시간이나 걷는 연습을 했어요. 그리고 발더 공이 기다리고 있는 거실로 내려 갔죠."

"걷는 연습을 했다구?"

로이스가 믿어지지 않는다는 듯 물었다.

"당연하죠."

제니퍼는 쾌활하게 말했다.

"미래의 남편에게 완벽한 자태를 보여주고 싶었거든요. 그렇게 하기 위해선 결혼을 위해 너무 안달이 난 것처럼 보여서도 안 되고, 그렇다고 너무 천천히 걸어 거실로 들어간다면 상대에게 내키지 않는다는 인상을 줄까 걱정스러웠죠. 그래서 어떤 옷을 입어야 할지는 물론 어떻게 걸어야 할지를 결정하는 것도 큰 고민이었다고요. 나중엔 남자의 입장에서 어떻게 생각하는지 알렉산더와 말콤 오빠에게 조언을 구했어요. 마침 그날 따라 계모와 나를 아껴주던 윌리엄 오빠는 외출 중이었거든요."

"오빠들은 발더에 대해 미리 귀띔을 해주었겠지?"

로이스의 물음에 제니퍼는 고개를 저었다. 순간 그는 뜻하지 않은 안쓰러움에 가슴이 아릿했다.

"아니, 정반대였죠. 알렉산더는 새어머니가 골라주신 드레스가 별로라고 했어요. 대신 초록색 드레스를 입고 제 생모가 물려주신 진주로 치장하라고 했죠. 전 그의 말을 따랐어요. 또 말콤은 보석이 박힌 단검을 옆에 차야 제가 신랑감의 화려한 풍모에 눌리지 않을 거라고 했어요. 알렉산더는 내 머리색이 너무 평범한 붉은색이어서 금색 베일을 쓰고 사파이어로 장식된 끈으로 묶어야 한다고 했고요. 제가 오빠들의 뜻에 따라 옷을 갖춰 입고 나자 그들은 걷기 연습을 도와줬어요."

그녀는 오빠들의 음흉한 태도를 사실대로 말할 수가 없었다.

"다들 그렇듯이 오빠들은 재미 삼아 말했을 뿐인데, 내가 너무 부풀어 있던 나머지 그런 것도 몰랐던 거예요."

그때 로이스는 그녀의 말 속에 담긴 진실을 느꼈다. 그는 제니퍼의 오빠들이 악의로 가득 찬 장난과 잔인함으로 그녀를 괴롭혔다는 걸 직감했다. 그러자 갑자기 그녀의 오빠들에게 주먹이라도 날리고 싶은 분노가 치솟았다.

제니퍼는 스스로를 비웃기라도 하듯 밝은 얼굴로 말을 이었다.

"난 모든 것을 제대로 해야겠다는 마음으로 약혼자를 만나기 위해 거실로 갔죠. 그땐 이미 많은 시간이 지난 때였어요. 거실로 들어간 나는 알맞은 속도로 거실을 가로질러 걸어갔어요. 그때 너무 긴장한데다가 목과 팔목, 허리에 장식된 진주며 루비, 사파이어, 금목걸이가 너무 무거워서 다리가 후들거렸죠. 그런데 내 옷차림을 보고 새어머니는 너무나 어이없다는 표정을 지으셨어요. 하긴 갖은 보석으로 온몸을 휘감은 차림새였으니 얼마나 천박하고 볼썽사나웠겠어요?"

제니퍼는 로이스가 속으로 치미는 분노를 참고 있다는 것도 모른 채 말을 이었다.

"나중에 새어머니는 내가 다리 달린 보석함 같았다고 하셨어요."

그녀는 키득대며 말했다.

"그렇다고 매정하게 말씀하신 건 아니에요."

그녀는 로이스의 얼굴이 험악해지자 황급히 말했다.

"새어머니는 정말로 내 모습을 안쓰러워하셨어요."

그녀가 잠시 말을 멈추자 로이스가 재촉했다.

"그럼 브렌나는 뭐라고 말했지?"

곧 제니퍼의 표정엔 다정한 빛이 감돌았다.

"브렌나는 내가 아무리 엄청난 실수를 하고 어이없는 짓을 하더라도 흉을 보거나 비웃지 않는 아이죠. 브렌나는 내가 해와 달, 그리고 별처럼 빛난다고 했어요. 물론 내가 빛난 건 틀림없는 일이고요."

제니퍼는 낭랑하게 웃으며 로이스를 바라보았다.

로이스는 제니퍼에게 사뭇 진지한 표정으로 대꾸를 했다.

"보석이 없어도 빛나는 여자들이 있지. 당신처럼 말야."

제니퍼는 입을 다물지 못한 채 그를 멍하니 바라보았다.

"지금 예의상 그렇게 말한 거죠?"

로이스는 그녀가 자신의 말을 입에 발린 소리 정도로 받아들이자 기분이 상했다. 그는 무뚝뚝하게 어깨를 으쓱하며 대꾸했다.

"난 군인이지 시인이 아냐. 난 내 느낌을 사실대로 말한 것뿐이라고. 어서 하던 이야기나 계속해봐."

제니퍼는 그만 무안하기도 했고 혼란스럽기도 했다. 하지만 쉽게 받아들일 수 없는 그의 말에 더 이상 신경을 쓰지 않기로 했다. 사과를 한 입 베어 문 그녀가 다시 이야기를 계속했다.

"뭐, 솔직히 말해 발더 공은 당신처럼 보석에 무관심한 사람은 아니었거든요."

그녀는 웃으며 말을 이었다.

"나를 쳐다보는 눈이 금방이라도 튀어나올 것 같았죠. 내가 치장한 보석들에 거의 넋이 나갔더라고요. 그런데 그는 야단스러운 치장에만 관심을 보일 뿐 내 얼굴은 보는 둥 마는 둥하더니, 아버지께 '이 여자를 데려가겠소.' 하더라고요."

"그렇게 해서 약혼을 했단 말이지?"

로이스가 얼굴을 찌푸리며 물었다.

"아니죠. 난 그때 기절하는 줄 알았거든요. 발더 공의 얼굴을 보고 너무 충격을 받았단 말예요. 다리에 힘이 풀려 쓰러질 뻔했는데 마침 윌리엄 오빠가 붙잡아줘 간신히 식탁 옆에 놓인 의자에 앉았어요. 한참 만에 겨우 정신을 차린 뒤 발더 공을 보았는데 정말 가관이었어요. 그는 아버지보다도 나이가 많은 데다가 꼬챙이처럼 마르고 또……."

그녀는 말을 맺지 못한 채 차츰 목소리가 작아졌다.

"그 다음 얘긴 안 하는 게 낫겠어요."

"아니, 모두 말해봐."

로이스가 말했다.

"전부 다요?"

제니퍼는 내키지 않는 듯 되물었다.

"그래, 전부."

그녀는 자신도 모르게 한숨을 쉬었다.

"좋아요. 하지만 절대 유쾌한 얘기는 아니라고요."

"그래, 뭐가 유쾌한 얘기가 아니지?"

로이스가 재촉하자 제니퍼는 터져 나오는 웃음을 간신히 참아가며 대답했다.

"음, 뭐냐 하면……, 발더 공은 가발을 쓰고 있었다고요."

그 말에는 로이스도 웃음을 참지 못했다. 그의 유쾌한 웃음소리를 듣자 제니퍼도 여태 참았던 웃음을 터뜨려 두 사람의 웃음이 교향악처럼 서로 어우러졌다.

"내가 가까스로 정신을 차리고 보니 그 사람은 지금까지 한 번도 본 적이 없는 괴상한 음식을 먹고 있었어요. 난 발더 공이 식사를 할 때마다 아티초크(국화과 식물의 꽃봉오리로 만든 음식)를 먹는다는 얘기를 오빠들한테 들었거든요. 그래서 발더 공의 접시 위에 쌓인 이상하게 생긴 튀긴 음식이 아티초크라는 걸 한 눈에 알아차렸죠. 그 사람의 별난 식성에 질린 나는 그만 너무 웃다가 그 자리에서 쫓겨났어요. 발더 공은 소리를 지르며 난리를 쳤고요."

로이스는 발더 공이 정력에 좋다는 그 음식을 먹는 까닭을 짐작하며 다시 그녀의 말을 기다렸다.

"그래서 어떻게 됐지?"

"그런 불쾌한 남자와 결혼한다고 생각하니 너무 괴로웠어요. 사실 그는 여자들의 꿈이 아니라 악몽이었죠. 처음 그와 눈이 마주쳤을 땐 눈을 가린 채 엉엉 울고 싶었다고요."

"하지만 당신은 그러지 않았겠지?"

로이스는 그녀의 도도한 자존심을 떠올리면서 물었다.

"그래요. 하지만 차라리 그렇게 했더라면 더 나을 뻔했어요."

제니퍼는 다시 한숨을 내쉰 뒤 말을 이었다.

"난 자꾸 상황을 어렵게 만들었어요. 그를 쳐다볼 수가 없었던 나는 생전 처음 보는 그 아티초크만 뚫어지게 보았죠. 그리고 그걸 게걸스럽게 먹는 그의 모습을 유심히 살펴봤어요. 도대체 그것이 무엇이며, 왜 먹을까 궁금했거든요. 그런데 말콤이 눈치를 채고 발더 공이 왜 그런 걸 즐겨 먹는지 설명해주더군요. 그 말을 듣고 나자 웃음이 나오는데……."

다시 발더를 만났을 때로 돌아간 듯 제니퍼는 어깨를 주체할 수 없이 흔들 정도로 웃으며 말을 이었다.

"처음엔 웃음을 참아보려고 했죠. 손수건을 움켜쥐기도 하고 입술을 깨물기도 했지만 결국은 참을 수가 없어 웃음을 터뜨렸어요. 웃고 또 웃어대니까 그 웃음에 감염이라도 된 것처럼 브렌나까지 웃기 시작했죠. 우리는 경련을 일으킬 정도로 함께 웃어댔어요. 그래서 아버지는 나와 브렌나를 밖으로 내보내셨어요."

그녀는 로이스를 보며 유쾌하게 물었다.

"아티초크라니! 그런 괴상한 음식 이름을 들어본 적이 있나요?"

로이스는 최선을 다해 무슨 말인지 모르는 척하려고 애썼다.

"당신은 아티초크가 남자의 정력에 좋다는 걸 믿지 않는 모양이군?"

"음, 나, 나는……."

제니퍼는 아티초크와 관련된 이야기가 별로 적절하지 않았음을 깨닫고는 얼굴을 붉혔다. 하지만 자신의 말을 없던 것으로 하기엔 너무 늦은데다 약간의 호기심까지 일어났다.

"그럼, 당신은 그 말을 믿나요?"

"안 믿지."

로이스는 무표정한 얼굴로 말했다.

"다만 부추와 호두가 정력에 좋다는 말은 들은 적이 있지."

"부추와 호두가요?"

제니퍼는 얼른 되묻다가 로이스가 어깨를 가볍게 들썩이면서 웃는 것을 보았다. 그녀는 로이스에게 눈을 흘기면서도 그 일을 더 이상 따지고 들지는 않았다. 제니퍼는 그를 보다 진지하게 바라보며 말했다.

"어쨌든 발더 공은 저를 아내로 삼는 것이 세상의 보석을 모두 가지는 것보다 낫다고 생각했던 것 같았죠. 그런데 몇 달이 지났을 때 나는 아버지께 용서받을 수 없는 잘못을 저질렀어요. 그때 아버지는 계모보다 훨씬 엄격한 안내자가 내게 필요하다는 결론을 내렸어요."

"대체 용서받지 못할 일이란 게 뭐지?"

그녀는 진지하게 대답했다.

"알렉산더 오빠에게 저에 대해 떠들고 다닌 것을 취소하든지 해마다 메릭 지역에서 벌어지는 마상 경기에서 겨루자고 공개적으로 도전했거든요."

"알렉산더는 거절했겠지?"

로이스가 진지하게 물었다.

"물론이죠. 어린 여동생과 경기를 하는 것 자체가 그에겐 불명예스러운 일이었으니까요. 그때 저는 열네 살이었고 오빠는 스무 살이거든요. 어쨌든 난 오빠의 자존심 같은 건 신경 쓰지 않았어요. 오빠는 늘 점잖지 못하게 굴었거든요."

그녀는 아픔이 뒤섞인 말투로 이야기를 마쳤다.

"그래, 명예를 회복했나?"

로이스도 안타까운 심정으로 물었다.

그녀는 힘없이 웃으며 고개를 끄덕였다.

"아버지는 나한테 경기장 근처에도 가지 말라고 하셨지만 난 무기 담당관을 설득해서 말콤 오빠의 갑옷을 빌렸어요. 그리고 경기 때는 내가 누군지 아무도 눈치 채지 못하게 경기장으로 달려나가 알렉산더와 맞섰죠. 그는 마상 경기에 곧잘 나가 두각을 나타냈거든요."

로이스는 그녀가 전력을 다해 창을 휘두르는 남자에게 대드는 모습을 상상하니 간담이 서늘해졌다.

"당신이 말에서 떨어져 죽지 않은 것만 해도 천만다행이지."

그녀는 킬킬대며 웃었다.

"천만에요. 말에서 떨어진 건 알렉산더였어요."

로이스는 그만 어이가 없었다.

"당신이 그를 떨어뜨렸다구?"

"그렇다니까요."

제니퍼가 웃으면서 대답했다.

"오빠가 나를 찌르려고 창을 높이 들어 올렸을 때, 난 투구의 면갑을 들어 올리면서 혀를 낼름 내밀었죠."

잠시 동안 어안이 벙벙해 있던 로이스는 크게 웃음을 터뜨렸다.

"오빠는 내 모습에 놀랐는지 말에서 미끄러진 거예요."

작은 공터 바깥에서는 기사들과 시종들, 용병들이 하던 일을 멈추고 클레이모어 백작의 유쾌한 웃음소리가 메아리치는 숲 속으로 눈길을 던졌다.

한참 뒤에야 로이스는 웃음을 멈추며 감탄이 가득한 눈길로 그녀를 바라보았다.

"대단한 전략이었군. 나 같았으면 바로 그 자리에서 당신에게 기사 작위를 주었을 거야."

"하지만 아버지의 반응은 그렇지 않았어요. 알렉스 오빠의 마상 기술은 우리 영민들의 자랑거리였는데 나 때문에 망신을 당한 셈이죠. 내가 미처 그걸 생각하지 못했던 거예요. 아버지는 내게 채찍을 휘둘러 매질을 하셨어요. 하긴 나 같은 딸은 맞아도 할 말 없죠. 아버지는 곧 나를 수녀원으로 보냈던 거고요."

"당신을 그곳에 2년이나 가두었지."

로이스의 목소리는 칼칼하면서도 부드러웠다.

제니퍼는 물끄러미 그를 바라보았다. 그러다가 새삼스럽게 전혀 예상치 못한 결과에 놀라고 있었다. 로이스를 직접 만나기 전만 해도 그는 잔인하고 무자비한 야만인으로 널리 알려져 있었다. 하지만 지금 제니퍼 앞에 앉아 있는 로이스는 전혀 다른 사내였다. 한 어리석은 소녀에게 애틋한 동정심을 보이는 표정에서도 그것이 잘 드러났다.

제니퍼는 로이스가 일어나 자신을 향해 걸어오는 모습을 멍하니 바라보았다. 최면에 걸린 듯 그의 회색 눈동자에 사로잡힌 그녀도 천천히 일어섰다.

제니퍼는 영혼을 들여다보듯 그의 눈을 뚫어지게 바라보며 입을 열었다.

"난, 당신에 대한 소문들이 사실이 아니라고 생각해요. 당신이 했다는 그 모든 악마 같은 일들은 사실이 아닐 거예요."

"아니, 그건 모두 사실이야."

로이스는 피비린내 나는 전투와 적군과 아군의 전사자가 즐비한 전쟁터를 떠올리며 무뚝뚝하게 대답했다.

하지만 그가 가지고 있는 어두운 기억들을 알 수 없었던 제니퍼는 그가 저질렀다고 시인하는 죄목에 대해서도 쉽게 받아들일 수가 없었다. 그녀 앞에 서 있는 사람은 달빛에 물든 얼굴에 슬픔과 고통을 가득 담고 죽은 애마를 바라보던 남자였다. 그녀가 발더를 만나기 위해 옷을 차려입고 보석을 치렁치렁 매달았다는 바보 같은 이야기에 가슴 아파하는 그런 남자였다.

"난 그 말을 믿지 않아요."

그녀가 나지막이 속삭였다.

"믿어야 해!"

그가 힘주어 말했다. 그것은 일종의 경고인 셈이었다. 로이스로서는 그녀가 자신을 잔인무도한 정복자로 생각하는 걸 원하지도 않았지만 품위 있고 빛나는 갑옷을 입은 기사로 여기는 것도 원하지 않았다. 그는 단호하게 말을 덧붙였다.

"나에 관한 소문은 대부분 사실이야."

제니퍼는 어렴풋이 그가 자신에게 손을 뻗치는 것을 느꼈다. 그는 마치 벨벳 수갑처럼 그녀의 팔을 붙잡아 가까이 끌어당겼다. 그러고는 제니퍼의 입술에 자신의 입술을 천천히 맞추려고 했다. 그때 그녀는 반쯤 감긴 그의 관능적인 두 눈을 바라보면서 본능적으로 자신의 입술을 지켜야 한다는 위기의식을 느꼈다. 겁에 질린 그녀는 로이스의 입술이 자신의 입에 닿으려는 찰나 고개를 돌려버렸다. 마치 오래달리기라도 한 듯 그녀의 숨이 가빠졌다. 하지만 그는 조금도 물러서지 않고 그녀를 더 가까이 끌어당겨 관자놀이에 키스했다. 그리고 따뜻한 입술을 그녀의 뺨을 스쳐 섬세한 목으로 가져갔다. 제니퍼는 침을 삼켰다.

"안 돼요."

그녀는 얼굴을 옆으로 돌리며 떨리는 숨을 내쉬었다. 세상이 빙글빙글 도는 것만 같아 자기도 모르게 그의 셔츠 자락을 움켜쥐고 매달렸다.

"제발."

그녀가 속삭였다. 로이스는 그녀를 꼭 끌어안고 그녀의 귀로 혀를 움직여 모든 곡선과 틈새를 관능적으로 더듬으며 그녀를 전율하게 만들었다. 그러면서 두 손으로는 그녀의 등을 쓸어내렸다.

"그만 해요."

그녀는 고통스러운 듯 말했다.

그녀의 말을 거부하듯 그의 손은 아래로 미끄러져 내려와 제니퍼의 몸을 뒤로 기울여 그의 단단한 허벅지에 완전히 밀착시켰다. 그것은 그가 멈추지 않을 것이고 멈출 수도 없다는 것을 뜻하는 행동이었다. 이미 그의 다른 손은 그녀의 목덜미를 관능적으로 어루만지며 그녀의 머리를 들어 올렸다. 제니퍼는 거의 숨도 쉬지 못한 채 그의 셔츠에 얼굴을 파묻듯 돌려서 그의 부드러운 유혹을 거절했다. 그러자 그는 더욱 강하게 요구하듯 목덜미를 더듬고 있던 손에 힘을 주었다. 그의 재촉과 강요를 더 이상 견딜 수 없었던 제니퍼는 천천히 얼굴을 들어 그의 키스를 받아들였다.

그는 제니퍼를 꼭 끌어안고 풍성한 머리채 속에 손을 집어넣어 휘저으면서, 그녀의 입술을 탐욕스럽게 빼앗았다. 그녀는 매혹적이고도 거칠게 파고드는 그의 입술과 능란하게 움직이는 그의 손길을 느끼면서 소용돌이치는 어둠 속으로 몸을 내맡겼다. 제니퍼는 그의 노골적인 성욕에 예민하게 반응하며 입술을 열었다. 그녀는 그 순간을 기다렸다는 듯 거칠게 밀고 들어온 로이스의 혀를 맞아들여 갈증을 풀어주었다. 그리고 잠시 동안 그에게 기대어 입으로 전해지는 남자의 거친 숨결을 느꼈다. 그는 한쪽 손으로 그녀의 등과 옆구리, 가슴을 미끄러지듯 애무하다가 엉덩이로 내려가 그녀를 끌어당겼다. 그리고 단단해진 자신의 남성이 느껴질 만큼 밀착시켰다. 그녀는 온몸이 녹아드는 느낌에 젖어 그의 키스에 화답해주었다. 이윽고 가슴이 터질 듯 부풀어오른 그녀는 낮은 신음을 흘렸다. 그의 손은 아래로 내려가 그녀의 스타킹을 끌어내리고 엉덩이를 감싸쥐었다. 그리고 이미 크게 부풀어오른 그의 남성이 느껴질 정도로 그녀를 힘껏 끌어안았다.

제니퍼는 자신의 맨살을 애무하는 거칠고도 감각적인 로이스의 손길과 성욕에 자제심을 잃고 말았다. 그녀는 로이스의 목을 두 손으로 감싸안고 그가 주는 희열에 기꺼이 몸을 맡겼다. 로이스가 신음을 토해냈다. 제니퍼도 활활 타오르는 기쁨에 겨워 소리를 질렀다.

로이스는 마침내 입술을 거두고는 그녀를 가슴으로 꼭 끌어안았다. 그는 거칠고 빠른 숨을 몰아쉬고 있었다. 제니퍼는 여전히 그의 목을 감싸안은 채 눈을 감았다. 그녀는 로이스의 가슴에서 맹렬히 뛰고 있는 박동 소리를 들으며 완벽한 평화와 허공을 둥둥 떠돌고 있는 듯한 무아 지경을 느꼈다.

로이스는 두 번이나 놀랍고도 짜릿한 흥분을 그녀에게 선물해주었다. 그러나 그날은 느낌이 조금 달랐다. 그는 그녀를 자신이 필요로 하는, 소중하고 없어서는 안 될 사람으로 대해줬다. 그것들은 제니퍼가 지금껏 살아오면서 가장 소망했던 것들이었다.

그녀는 로이스의 단단한 근육질 가슴에 묻었던 얼굴을 들어올렸다. 그때 그녀의 뺨이 그의 옅은 갈색 상의를 스치자 그 옷의 가벼운 감촉만으로도 그녀는 아찔한 전율을 느꼈다. 마침내 그녀는 머리를 뒤로 젖혀 그를 보았다. 그의 몽롱한 회색 눈동자는 여전히 열정에 잠겨 있었다.

로이스가 조용하면서도 짤막하게 말했다.

"당신을 갖고 싶어."

그 말의 의미는 아주 분명한 것이었다. 순간 그녀는 무의식적으로 대꾸를 했다.

"메릭을 공격하지 않겠다고 약속할 만큼 날 원하고 있나요?"

그 말은 제니퍼가 평소에 마음속에 담아두었던 것이었지만 그 순간에는 앞뒤 사정을 전혀 생각할 틈도 없이 말이 튀어나왔다.

"아니."

그는 조금도 망설이지 않고 잘라 말했다. 먹고 싶지 않은 음식을 거절하듯 미안함이나 곤혹스러운 감정은 조금도 들어 있지 않은 대답이었다.

제니퍼는 그만 찬물을 뒤집어쓴 느낌이었다. 그녀는 로이스의 팔을 뿌리치며 뒤로 물러섰다. 그녀는 부끄러움과 충격에 휩싸여 떨리는 입술을 깨문 채 고개를 돌렸다. 그녀는 숲으로 달려나가고 싶은 충동에 사로잡혀 무의식적으로 머리와 옷매무새를 가다듬었다. 그녀는 눈물이 솟아올라 목이 메기 전에 그곳에서 일어났던 모든 일들로부터 도망치고 싶었다.

그녀는 자신의 부탁을 거절한 로이스가 야속한 건 아니었다. 그녀는 자신의 부탁이 얼마나 어리석은 것이었는지 알고 있었다. 그것이 말도 안 되는 부탁인 것도 알았다. 제니퍼가 정말 참을 수 없었던 건 자신이 소중하게 간직하도록 배워왔던 몸과 명예, 자존심을 포기할 각오까지 했음에도 그가 한마디로 자신의 제안을 거절했다는 점이었다.

제니퍼가 숲을 향해 걷기 시작하려 할 때 그가 소리쳤다.

"제니퍼!"

그녀는 자신을 불러 세우는 로이스의 단호하고 권위 있는 목소리에 순간적인 혐오를 느꼈다.

"이제부터 당신은 내 옆에서 말을 타고 가도록 해."

"그러지 않는 게 낫겠어요."

그녀는 돌아보지도 않고 딱 잘라 말했다. 그러고는 상처 입은 마음을 속으로 삭이며 주저하듯 말을 이었다.

"잠이야 당신 막사에서 잔다지만 그건 가윈이 항상 함께 있으니까 별문제가 없겠죠. 하지만 만약 제가 당신과 함께 밥을 먹고 당신과 나란히 말을 탄다면 당신 부하들이 모두 이상하게 생각할 거예요."

"부하들이 어떻게 생각하든 상관없어."

로이스가 대답했다.

그러나 그러한 행동에 문제가 있다는 건 로이스 자신도 잘 알고 있었다. 그는 드러내놓고 제니퍼를 손님처럼 대우하기 시작하면서 충성스러운 부하들 사이에서 급속도로 체면을 잃고 있었다. 부하들은 그와 동고동락해온 처지였지만 군대 전체가 충성심 때문에 그에게 복종하는 건 아니었다. 용병들 중에는 도둑이나 살인자도 더러 있었다. 그들은 다만 굶주림을 면하기 위해서나 감히 로이스의 명령을 거부했다가 돌아올 결과가 두려워서 명령을 따르고 있는 경우도 있었다. 로이스는 그들을 힘으로 다스렸다. 그러나 그들 모두는 충성스러운 기사든, 평범한 병사이든 간에 자신들의 적을 곤경에 빠뜨리기 위해 로이스가 제니퍼를 쓰러뜨리고, 그녀의 몸을 짓밟는 것을 로이스의 권리이자 의무라고 믿고 있었다.

"물론 부하들 생각은 문제될 게 없을지 몰라요."

로이스의 품에 안겼던 자신이 너무 비참하게 느껴졌던 제니퍼가 씁쓸하게 말했다.

"문제는 당신이 아니라 나에 대한 평판이 형편없이 뭉개진다는 점이죠."

제니퍼의 말을 듣고 난 그는 종지부를 찍듯이 대꾸했다.

"그들이 어찌 생각하든 상관없어. 모두 자기 마음대로 생각하거든. 말을 끌고 오도록 해."

제니퍼는 경멸을 가득 담은 눈길을 그에게 던진 뒤 그 공터에서 빠져나갔다. 그때 로이스는 그녀의 가는 허리와 균형 잡힌 골반이 우아하게 흔들리는 모습을 보고 있었다.

제니퍼는 그 공터를 벗어나기 전 그의 얼굴을 언뜻 보았다. 그때 그의 눈가에 어린 야릇한 미소를 좀체 지울 수가 없었다. 그가 무슨 뜻으로 그런 미소를 보냈는지 도무지 알 수가 없었다. 하지만 제니퍼는 그의 야릇한 웃음을 생각할수록 점점 분노가 치밀어올라 자신이 더욱 비참하게 느껴졌다.

스테판 웨스트모어랜드나 유스테이스, 고드프리라면 그 표정이 뜻하는 바를 말해주었을지도 모른다. 그리고 그 설명을 듣고 난 제니퍼의 기분은 지금보다 훨씬 더 엉망이 되었을지도 모른다. 로이스의 얼굴은 특별히 정복할 만한 성을 공격하기 직전에 보여주었던 때와 똑같은 표정이었다. 그 표정은 어떤 장애물이나 반대도 용서치 않을 것이며 이미 승리를 점치고 있는 사람의 얼굴이었다.

제니퍼는 매어둔 말을 향해 걸음을 옮기면서 병사들의 따가운 시선을 느꼈다. 마치 그녀와 로이스가 숲 속에서 무슨 짓을

190

벌였는지 모두 알고 있다는 듯한 눈길이었다.

그때 로이스는 숲을 천천히 걸어나가다가 애릭에게 말했다.

"제니퍼는 우리와 함께 말을 타고 갈 것이다."

로이스가 가윈이 붙들고 있는 자신의 말을 향해 다가가자 그의 기사들도 반사적으로 각자의 말에 올라탔다. 인생의 많은 부분을 말 위에서 보낸 사람답게 익숙한 솜씨였다. 곧 열을 맞추어 서 있던 나머지 병사들도 미처 명령이 떨어지기도 전에 똑같은 동작으로 움직였다.

하지만 로이스의 포로인 제니퍼는 그 명령에 따르지 않기로 한 듯 그가 차츰 멀어지고 있음에도 그의 곁으로 다가서지 않았다. 그는 거칠게 저항하는 그녀의 용기에 기분이 좋아졌다. 그는 웃음을 참으며 애릭에게 말했다.

"저 여자를 데려와."

로이스는 마음속에 일었던 모든 갈등을 접고 욕망이 이끄는 대로 그녀를 갖기로 결심했다. 그의 기분은 말할 수 없이 고조되어 있었다. 무한한 매력이 넘치는 하딘 성으로 가면서 그는 제니퍼를 달래어 환심을 살 작정이었다. 하딘 성에는 화려하고 안락한 침대와 둘만이 지낼 수 있는 공간이 얼마든지 있었다. 하딘으로 가는 동안에도 그는 제니퍼와 동행하는 기쁨을 누릴 수 있을 것이다.

그는 두 번 모두 자신의 유혹에 넘어갔던 순진하고 매혹적인 제니퍼를 달래는 일이 그리 어렵지는 않을 것이라고 생각했다. 그는 전쟁에서 무적이었다. 그리고 자신의 열망만큼이나 뜨거운 열망을 지닌 한 여자에게 패배한다는 건 꿈에도 생각해본 적이 없었다. 그는 제니퍼를 원했다. 로이스 자신이 생각할 수 있는 것 이상으로 제니퍼를 원했고 그녀를 자신의 여자로 만들 작정이었다. 물론 그녀가 조건을 제시한 것은 아니었지만, 그는 기꺼이 자신의 여자가 누려야 할 모든 특권과 혜택을 제공할 생각이었다. 그와 잠자리를 했던 모든 여인들이 누렸던 대우와 함께 화려한 보석과 모피 정도면 보상으로 괜찮을 듯싶었다.

제니퍼는 대열의 뒤쪽으로 말을 타고 달려오는 거인을 보는 순간 머리가 지끈거렸다. 행군을 시작하기 전 숲 속 공터를 나설 때 로이스의 얼굴에서 보았던 웃음이 떠올랐기 때문이다.

이윽고 애릭이 고삐를 당겨 제니퍼 옆에 말을 멈추었다. 애릭은 그녀를 향해 차갑게 눈썹을 들어 올렸다. 그녀는 애릭의 표정이 무엇을 뜻하는지 분명히 이해했다. 로이스와 함께 대열의 선두로 나서라는 무언의 명령이었다. 하지만 제니퍼는 애릭의 위협적인 태도에도 아랑곳하지 않았다. 그녀는 애릭이 온 이유를 모르는 체하며 고개를 돌려 옆에 있던 브렌나에게 말을 걸었다.

"너 그거 봤니?"

그녀는 말을 시작하려다 애릭에게 발칵 화를 냈다. 애릭이 제니퍼의 말고삐를 기술적으로 낚아챘기 때문이다.

"내 말에 손대지 말아요!"

그녀는 자신의 말이 하늘 높이 코를 치켜들 만큼 고삐를 세게 잡아당겼다. 제니퍼의 말은 어쩔 줄을 몰라 하며 요동을 쳤다. 제니퍼는 참고 있던 분노를 그녀의 적이 보낸 시종에게 퍼부었다. 애릭을 무서운 얼굴로 노려보던 그녀는 왼쪽 고삐를 잽싸게 잡아당겼다.

"손을 치우시오!"

푸른 눈동자의 애릭이 창백한 얼굴로 그녀를 노려보았다. 그때 제니퍼는 그의 입을 열게 했다는 점에서 작은 승리감을 느꼈다.

"따라오시오."

그녀는 반항적으로 애릭을 노려보면서 망설였다. 어차피 애릭은 로이스의 명령대로 움직일 뿐이었다. 마침내 그런 생각을 하게 된 제니퍼는 짧게 대꾸했다.

"그럼 길을 비켜요!"

애릭을 따라 행렬의 선두로 나서는 길은 제니퍼의 길지 않은 인생에서 가장 비참한 순간이었다.

그때까지만 해도 그녀는 병사들의 시선에서 차단된 채 기사들의 호위를 받으며 지내왔다. 하지만 그때는 수많은 병사들이 그녀의 몸매를 뜯어보며 음란한 눈길을 보냈다. 뿐만 아니라 그녀의 태도와 신체의 특정 부분에 대해 이러쿵저러쿵 쑥덕거리기도 했다. 제니퍼는 그런 눈길과 쑥덕거림에 질린 나머지 타고 있던 말을 빠르게 몰아 로이스에게 다가갔다.

로이스는 자신을 향해 씩씩거리고 있는 어린 미인을 보고 웃지 않을 수 없었다. 그녀의 모습은 단검으로 로이스를 찔렀던 날 밤과 흡사했다. 그가 놀리듯이 말했다.

"아마도 내가 비위를 거슬린 모양이군."

제니퍼는 로이스를 있는 대로 경멸한다는 듯한 말투로 대꾸했다.

"당신은 상대할 가치도 없어요."

로이스는 싱긋이 웃으며 되물었다.

"내가 그 정도로 형편없나?"

8

이튿날 그들이 거의 하딘 성에 도착할 즈음이었다. 로이스는 더 이상 느긋한 기분이 아니었다. 그는 제니퍼와 재미있는 대화를 나누고 싶었으나 그녀는 좀체 반응을 보이지 않았다. 농담을 하거나 심각한 표정으로 바라보아도 그저 의례적인 태도로 일관할 뿐이었다. 그 때문에 로이스는 자신이 종이 달린 모자를 쓴 궁정의 광대가 된 기분이었다.

한편 제니퍼는 침묵으로 일관했던 태도를 바꾸어 그의 말문을 막아버릴 셈이었다. 이를테면 로이스가 메릭 성을 공격할 날짜라든가, 전투에 동원될 병사들의 숫자, 자신들을 언제 풀어줄 것인지 등을 물어볼 셈이었다.

그녀는 무언의 시위를 하여 자신이 로이스의 폭력에 시달리는 장본인이라는 점을 드러낼 작정이었고 그런 계략은 거의 달성한 셈이었다. 또 그 시위를 통해 로이스의 화를 돋우려는 목적도 거의 이루어질 듯했다.

제니퍼는 자신도 모르는 사이 로이스의 여행을 망쳐놓고 있었다. 하지만 그녀는 로이스가 생각한 것만큼 자신의 성공을 기뻐하고 있지 않았다. 이제 그들은 가파르고 험한 언덕을 지나고 있었다. 제니퍼는 그때 금방이라도 하던 성이 나타날 것이라 예상했고 그 성을 보면서 로이스에게 어떤 반응을 나타낼지 궁리하느라 기진맥진한 상태였다. 로이스는 분명히 제니퍼를 원한다고 말했고, 그녀의 무례한 태도를 이틀 동안이나 꾹참아왔다. 그렇다면 그의 말은 진심인 듯했고 그것은 제니퍼의 구겨진 자존심에 다소 위로가 되었다. 하지만 그녀의 영민들이나 가족을 구해줄 만큼 그녀를 원하고 있는 것은 아니었다.

암브로스 원장 수녀님은 제니퍼가 남자들에게 미치는 영향에 대해 늘 주의를 주곤 했다. 그녀는 그 현명한 원장 수녀님이 말하는 '영향'에 대해 나름대로 추측하고 있었다. 이를테면 남자들이 불쾌하게 굴었다가 금세 부드러워지기도 하고 무례한 행동을 하다가는 미치광이처럼 변하게 만드는 것이 남자들에게 미치는 영향이라고 생각했던 것이다. 제니퍼는 한숨을 내쉬면서 모든 생각을 접어버렸다. 그저 메릭 성이나 수녀원으로 돌아가고 싶을 뿐이었다. 적어도 그곳에서는 사람들이 기대하는 게 무엇인지는 알 수 있었다.

제니퍼는 고개를 돌려 브렌나와 스테판 웨스트모어랜드가 즐겁게 대화를 나누고 있는 모습을 보았다. 스테판은 제니퍼가 로이스와 함께 대열 앞으로 자리를 옮겼을 때부터 브렌나의 호위를 맡고 있었다. 어쨌든 브렌나의 만족스러워하는 모습은 곤경에 빠진 제니퍼에게는 다행스러웠다.

그들의 눈앞에 하딘 성이 모습을 보인 건 땅거미가 내려앉을 무렵이었다. 절벽 꼭대기에 세워진 그 성은 사방으로 펼쳐진 거대한 요새처럼 보였다. 성의 돌담이 저녁노을을 받아 빛나고 있었다. 바로 그 순간 제니퍼는 심장이 멎는 기분이었다. 하딘 성은 메릭 성보다 적어도 다섯 배는 커 보였고, 훨씬 견고해 보였다. 여섯 개의 탑 위에서는 밝고 푸른 빛을 띤 깃발들이 펄럭이며 성주의 도착을 성대하게 환영하는 듯했다.

그들은 이윽고 도개교를 건너 성문을 통과했다. 곧 시종들이 뜰 밖까지 뛰어나와 손님들을 극진히 맞았다. 로이스는 제니퍼를 말에서 안아 내려준 뒤 거실까지 안내했다. 집사처럼 보이는 구부정한 노인이 다가오자 로이스가 말했다.

"마실 것을 가져오게. 나와 여기……."

로이스가 잠시 제니퍼의 호칭을 생각하는 동안 늙은 집사는 그녀의 옷차림을 흘끗 살폈다. 집사는 그녀를 창녀쯤으로 생각한 듯 얼굴에 경멸하는 표정을 드러내 보였다.

이윽고 로이스가 말을 맺었다.

"손님께도."

제니퍼는 자신이 군대를 따라다니는 매춘부 정도로 오해를 받는 것을 도저히 참을 수 없었다. 그녀는 자신을 말끄러미 바라보는 늙은 집사의 눈을 피해 넓은 거실을 살피는 척했다. 그동안 로이스는 집사에게 이것저것 지시를 내렸다.

로이스는 헨리 왕으로부터 얼마 전 하던 성을 하사받았기 때문에 그곳을 방문한 것이 처음이라고 했다. 그 말을 듣고 보니 하던 성이 거대한 규모이긴 하지만 관리가 엉망이라는 사실을 한눈에 알아볼 수 있었다. 마룻바닥엔 오랜 세월 동안 같은 자리를 지키고 있는 쓸모없는 집기들이 너절하게 놓여 있었고 천장 곳곳에는 거미줄이 두꺼운 회색 커튼처럼 매달려 있었다. 하인들의 옷차림도 변변해 보이지 않았다.

"뭐 좀 들겠나?"

로이스가 제니퍼에게 물었다.

제니퍼는 늙은 집사와 하인들에게 자신이 몸이나 파는 매춘부가 결코 아니라는 걸 과시하려는 듯 차가운 말투로 대꾸했다.

"아니, 됐어요. 이 거실보다는 좀더 깨끗한 방을 보고 싶군요. 목욕도 해야 하고 깨끗한 옷으로 갈아입어야겠어요. 이런 돌무더기 같은 곳에 그런 시설이 있는지 모르겠지만요."

그때 로이스가 늙은 집사의 표정을 보지 못했다면 그 역시 제니퍼가 했던 것보다 훨씬 거칠고 차갑게 대꾸했을 것이다. 하지만 늙은 집사가 제니퍼를 경멸하는 표정을 보았기 때문에 그는 성질을 누그러뜨렸다. 로이스가 집사에게 명령했다.

"메릭 여백작님을 내 침실 옆방으로 모시게."

그리고 제니퍼에게도 말했다.

"두 시간 후에 저녁 식사를 하러 내려오시오."

제니퍼는 그가 자신의 신분을 정중하게 밝혀준 것이 내심 고마웠다. 하지만 로이스가 자신의 옆방으로 숙소를 정한 까닭이 무엇인지 종잡을 수가 없었다.

"아니, 내 방에서 문을 잠그고 식사를 하지 못한다면 아예 사양하겠어요."

그녀는 이틀이나 로이스의 속을 썩인 것도 모자라 쉰 명의 하인들 앞에서 도도하게 성질을 부렸다. 그러자 로이스도 놀란 하인들이 지켜보는 가운데 그녀를 압박했다.

"제니퍼!"

그가 조용하면서도 완고한 목소리로 말했다.

"그 고약한 성질을 고치기 전엔 동생을 만날 수 없을 거야."

그녀는 그만 얼굴이 창백해졌다. 때마침 스테판의 안내를 받아 거실로 들어서던 브렌나도 애원의 눈길을 보냈다. 놀랍게도 스테판은 브렌나의 역성을 들어주었다.

"형님, 그건 브렌나 양에겐 불공평합니다. 브렌나 양은 아무 잘못도 없는데……."

하지만 그는 형의 차갑고도 불쾌한 눈빛을 보자 말을 맺지 못했다.

로이스는 목욕과 면도를 마친 뒤 동생을 비롯해 여러 기사들과 함께 거실에 놓인 식탁에 앉아 있었다. 그때 하인들이 식어가는 사슴 고기 스튜가 담긴 쟁반들을 내왔다. 그러나 그는 전혀 식욕을 일으키지 않는 그 음식은 안중에도 없었다. 대신 그는 위층의 침실로 연결된 나선형 계단을 지켜보고 있었다. 그는 2층으로 올라가 두 여자를 당장 끌고 내려와야 할지 고민 중이었다.

브렌나마저 언니를 거들어 거실로 내려와 저녁 식사를 하라는 하인의 전갈을 모른 척하고 있었다.

"둘 다 안 먹고 버티기로 한 것 같군."

로이스는 제니퍼 자매를 기다리는 것을 포기한 듯 마침내 나이프를 집어들었다.

로이스는 식탁 다리를 접어 벽 쪽으로 치우고 난 뒤에도 거실 의자에 앉아 벽난로를 바라보고 있었다. 원래 그날 밤은 제니퍼와 함께 잠을 자려고 했었다. 하지만 저녁 식사를 하면서부터 그는 자신이 결정해야 할 수많은 문제들로 인해 제니퍼와의 동침 계획을 접기로 했다. 그런 가운데서도 늦게나마 그녀의 침실로 올라갈까 하는 생각이 들었다. 한편으로는 그녀를 부드럽게 달래기보다는 그녀의 저항을 가차 없이 제압하고 싶기도 했다. 하지만 그녀가 자진해서 나서기만 하면 그럴 이유가 없었다. 로이스는 자신의 품 안에서 그녀가 얼마나 사랑스러운 반응을 보였는가를 떠올리며 그런 관계를 망칠 만한 어떤 행동도 하고 싶지가 않았다.

그때 고드프리와 유스테이스가 느긋하게 웃으며 거실로 들어섰다. 그들은 성안에 있는 매력적인 하녀들과 잠자리를 했던 게 분명했다. 그들의 모습을 보게 된 로이스는 즉시 제니퍼에 대한 생각을 거두고 다른 문제로 관심을 돌렸다. 그가 고드프리를 흘끗 보며 말했다.

"성문 파수꾼들에게 성으로 들어오려는 사람은 누구를 막론하고 붙잡아놓고, 내게 보고하도록 지시하게."

고드프리는 고개를 끄덕이면서도 질문을 했다.

"메릭의 공격을 염두에 두고 계십니까? 그가 군사를 모아 이

200

곳까지 오려면 한 달 정도는 걸릴 텐데요?"

"그들은 전면전으로 나오는 대신 어떤 계략을 꾸미고 있을지도 몰라. 메릭은 우리를 공격할 경우 포로로 있는 두 딸을 잃을지도 모른다고 생각할 거야. 치열한 전투를 벌이는 가운데 그의 병사들이나 우리 병사들이 실수할 가능성이 많으니까. 그런 위험을 무릅쓰고 성을 공격할 리는 없을 테니, 자신의 딸들을 성 밖으로 나오게 하는 방법을 쓸 거야. 그러기 위해서는 사람들을 풀어 이쪽으로 보내겠지. 마을에서 온 사람이 아니면 누구도 새로 하인으로 들이지 말라고 일러두었네."

두 기사가 고개를 끄덕이자 로이스는 벌떡 일어서서 거실 끝에 있는 돌계단으로 갔다. 그리고 발길을 돌려 미간을 찌푸리면서 물었다.

"스테판이 브렌나에게 관심을 보인 적이 있나?"

두 기사들은 서로 마주 보다가 고개를 저었다.

"왜 그러십니까?"

잠시 후 유스테이스가 되물었다.

로이스가 얼굴을 찌푸린 채 대답했다.

"아까 내가 두 여자들을 떼어놓으려고 하니까 스테판이 브렌나 역성을 들며 펄쩍 뛰더군."

하지만 그는 어깨를 으쓱하며 두 기사의 판단을 믿기로 했다.

9

이튿날 아침, 제니퍼는 부드러운 크림 색 모직 실내복을 몸에 두른 채 작은 창밖을 내다보았다. 그녀는 성벽 너머의 숲이 우거진 언덕 위를 살펴보고 있었다. 천천히 눈길을 돌려 성곽 외벽에 탈출할 수 있는, 숨겨진 문이라도 있는지 유심히 관찰하면서 어딘가 비밀 통로가 있을 것이라 확신했다. 메릭 성에도 무성한 덤불 뒤에 감춰진 비밀 통로가 있었다. 제니퍼가 알기로는 이런 성에는 적들이 성벽을 뚫고 침공해 들어올 경우를 대비해서 성안 사람들이 탈출할 수 있는 문이 있게 마련이었다. 하지만 그런 확신에도 불구하고 비밀 통로의 흔적은 전혀 찾을 수가 없었다. 엄청 두꺼운 성벽에는 강아지 한 마리가 빠져나갈 만한 틈새조차 보이지 않았다.

제니퍼는 다시 눈길을 돌려 성벽 곳곳에 설치된 초소들과 눈을 부릅뜬 채 경비를 서고 있는 경비병들을 보았다. 그들은 저마다 길목과 주변의 언덕을 감시하고 있었다. 비록 성안의 하인들이 오합지졸이고 게으를지언정 성주인 로이스는 성의 방어를 결코 소홀히 하지 않을 것이었다. 그녀는 모든 경비병들이 6미터 간격으로 배치되어 민첩하고 철저하게 성 안팎을 경비하는 모습을 보고는 다소 맥이 빠졌다.

백작은 제니퍼의 아버지가 딸들이 포로로 잡힌 사실을 알고 있을 것이라고 말한 적이 있다. 따라서 아버지가 5,000명의 군대를 하딘 성으로 보내는 건 시간문제라고 생각했다. 그리고 만약 아버지가 자신들을 구하러 하딘 성으로 온다면 메릭으로부터 이틀밖에 걸리지 않을 것이었다. 만약 걸어서 행군하더라도 닷새 정도면 충분히 도착할 거리였다. 하지만 아버지의 군대가 무슨 방법으로 철통같은 방어를 뚫고 자신들을 구할 수 있을까? 그녀는 그런 상황이 언뜻 실감나지 않았다. 그건 상상할 수도 없을 만큼 힘든 일이었다. 제니퍼는 그 난관을 어떻게든 해결하기 위해 고민을 거듭했지만 뾰족한 방법이 떠오르지 않았다. 어쨌든 탈출 방법을 찾는 것은 그녀의 몫이었다.

제니퍼는 배에서 나는 꼬르륵 소리를 듣고서야 자신이 전날 오후부터 아무것도 먹지 않았다는 걸 깨달았다. 그녀는 거실로 내려가기 위해 옷을 입기로 했다. 만약 그녀가 내려가지 않으면 백작이 와서 문을 부수는 한이 있더라도 끌고 내려갈 것이 분명했다. 제니퍼는 자존심 때문에 굶어 죽는다면 결코 자신의 문제를 해결할 수 없다고 판단하고 옷 가방이 있는 곳으로 걸음을 옮겼다. 그 옷 가방은 그날 아침에 그녀의 방으로 옮겨진 것들이었다.

제니퍼는 그날 아침에야 침대에서 일어나 뜨거운 물을 가득 채운 나무 욕조에 몸을 담글 수 있었다. 목욕을 마친 그녀는 온몸이 날아갈 듯 개운해졌다. 지난 몇 주 동안 차가운 시냇물에 몸을 담구었던 것을 생각하면 따뜻한 물과 비누는 더할 나위 없는 호사였다.

첫 번째 옷 가방에는 전에 살던 성주의 부인과 딸이 입었던 드레스가 가득했다. 그 옷가지들은 대부분 사랑스럽고 특이한 디자인이었다. 제니퍼는 그 옷들을 보며 그런 풍의 드레스를 좋아했던 엘리너 숙모를 떠올렸다. 엘리너는 특히 뾰족한 원뿔 모양의 머리 장식과 바닥까지 끌리는, 베일이 달린 드레스들을 좋아했다. 그 옷들은 비록 유행이 지났지만 옷감 자체는 비싼 공단과 벨벳, 수를 놓은 실크 등 매우 값비싼 것들이었다. 그것들은 제니퍼의 처지에 어울리지 않게 화려했다. 그녀는 곧 다른 가방을 열었다. 그곳엔 매우 섬세하게 지어진 양모 드레스가 들어 있었다. 그녀는 여느 숙녀들처럼 탄성을 지르며 그 옷을 조심스럽게 집어들었다.

그녀가 막 머리 손질을 마쳤을 때 한 하인이 방문을 두드렸다. 그 하인은 겁에 질린 표정으로 제니퍼에게 말했다.

"아가씨, 5분 안에 거실로 내려오지 않으면 백작님께서 직접 올라와 모셔가신답니다."

제니퍼는 백작의 위협에 굴복하지 않는다는 걸 보여주기라도 하듯 크게 소리쳤다.

"그렇지 않아도 조금 있다 내려갈 생각이었다고 전해요."

제니퍼는 그 '조금'이라고 생각되는 시간만큼 뜸을 들이다 침실을 나섰다. 그녀의 2층 침실에서 1층 거실까지 이어진 나선형 계단은 메릭 성안에 있는 계단처럼 좁고 가팔랐다. 그렇게 설계한 것은 침입자들이 거실까지 쳐들어왔을 경우에도 2층에 오르기까지 많은 시간을 끌도록 하려는 목적 때문이었다. 메릭 성도 그런 구조로 지어졌다. 한 가지 다른 점이 있다면 메릭 성에는 지저분한 거미줄 따위가 없다는 사실이었다. 제니퍼는 그 줄에 의지해 생명을 이어가고 있는 다리가 많은 생물을 떠올리자 몸서리가 쳐졌다.

그 시간, 의자에 앉아 계단 쪽을 보고 있던 로이스의 표정은 잔뜩 굳어 있었다. 그는 마음속으로 제니퍼에게 제시한 시간을 재고 있었다. 이제 거실은 거의 텅 비었고 술잔을 기울이고 있는 기사 몇 명과 빈 그릇을 치우는 하인 몇 명만이 있을 뿐이었다.

더 이상 참을 수가 없었던 로이스는 의자에서 벌떡 일어섰다. 그런데 너무 화난 그가 앉았던 의자를 세게 밀어젖히는 바람에 돌기둥에 부딪치며 삐걱거렸다. 그 순간 그는 그 자리에 우뚝 멈춘 채 발을 뗄 수가 없었다. 황금 빛 드레스 차림으로 자신을 향해 다가오고 있는 제니퍼를 보았기 때문이다. 그녀는 로이스가 늘 보아왔던, 매력적이며 고집 센 요정의 모습이 아니었다. 그녀는 세상의 어떤 화려한 궁전에 데려다 놓아도 전혀 손색이 없을 만큼 우아한 백작 부인이었다. 그 모습은 로이스를 허둥거리게 했고 그를 단숨에 사로잡을 만큼 완벽했다.

가운데로 가르마를 탄 그녀의 머리카락은 폭포처럼 떨어져 어깨 위에서 한 번 물결을 이루고 허리에서 출렁였다. V자로 파인 그녀의 드레스는 풍만한 가슴을 더욱 돋보이게 했다. 또 그대로 내려간 드레스 자락이 우아한 엉덩이를 부드럽게 감쌌으며, 넓은 소매는 손목에서 조여진 뒤 팔에서 무릎까지 드리워졌다.

로이스는 전혀 낯선 사람을 보고 있는 듯한 착각에 사로잡혔다. 하지만 자신에게 바짝 다가선 푸른 눈동자와 매혹적인 얼굴을 가진 여인은 틀림없이 제니퍼였다.

그는 제니퍼가 걸음을 멈추자 무슨 일이 있더라도 그녀를 소유하겠다는 다짐을 거듭했다.

한참 만에 로이스가 입을 열었다.

"정말 카멜레온 같군."

그녀가 분노로 가득 찬 얼굴로 되물었다.

"도마뱀이라고요?"

로이스는 제니퍼가 입은 드레스 목선 위의 매혹적으로 빛나는 피부에서 눈을 떼며 자신이 방금 전까지 그녀에게 얼마나 화나 있었는지를 되살리려고 애썼다.

"당신의 변화가 놀랍다는 뜻이야."

제니퍼는 자신을 바라보는 그의 회색 눈동자가 소유욕에 불타고 있음을 눈치 챘다. 하지만 그녀 역시 로이스의 옷차림에 마음이 끌렸다. 손목 부분에서 바짝 조여진 긴 소매의, 은색 끈으로 장식된 짙푸른 모직 상의를 입은 그를 보면서 혼란스러워졌다. 로이스의 허리에는 차분한 은색 벨트가 낮게 걸쳐 있었고 큰 사파이어가 박힌 단검을 차고 있었다. 그녀는 그의 허리 밑 부분까지는 차마 볼 수가 없었다.

제니퍼는 그가 자신의 머리에 시선을 두고 있다는 걸 알고 나서야 머리 위에 아무것도 쓰고 있지 않음을 깨달았다. 그녀는 재빨리 손을 뒤로 뻗어 드레스에 달린 노란 모자를 썼다. 그리고 드레스의 원래 디자인에 따라 모양새를 가다듬고는 우아하게 주름이 잡히도록 어깨에 드리웠다.

"보기 좋군."

로이스가 말했다.

"하지만 아무것도 쓰지 않은 모습이 더 보기 좋아."

제니퍼는 로이스가 매력적으로 행동하고 있음에도 왠지 기분이 가라앉았다. 그녀는 백작이 친절하게 굴 때보다 노골적인 적개심을 드러낼 때, 훨씬 상대하기가 쉽다는 생각을 했다. 하지만 한 가지씩 고민하기로 마음먹은 제니퍼는 머리에 아무것도 쓰지 않는 게 좋다는 그의 의견에 대해 생각했다.

"당신도 아시겠지만⋯⋯."

제니퍼는 로이스가 의자를 당겨 자리에 앉도록 하자 새침하게 예의를 표한 뒤 말했다.

"머리를 드러낸다는 건 어린애나 결혼하는 신부만 그럴 수 있는 거예요. 여자는 가릴 필요가⋯⋯."

"매력을 감춘다고?"

로이스는 그녀의 머리와 얼굴, 가슴으로 눈길을 옮기며 물었다.

"그래요."

"아담을 유혹한 것이 이브였기 때문인가?"

로이스는 자신도 나름대로의 종교적인 지식을 갖고 있다는 듯이 말했다. 그러자 제니퍼가 스프가 담긴 접시로 손을 뻗으며 대꾸했다.

"맞아요."

그 말에 로이스가 빙긋이 웃으면서 반박했다.

"나는 아담을 유혹한 것이 사과라고 생각해. 아담이 타락한 건 욕망 때문이 아니라 너무 많이 먹으려 했던 식탐 때문이지."

제니퍼는 자신이 로이스의 유혹에 두 번이나 넘어가기 전의 상황을 떠올렸다. 두 번 모두 가벼운 이야기를 나누다가 차츰 그의 의도대로 무너져가지 않았던가. 그녀는 바짝 긴장하면서 로이스의 말에 별다른 대꾸를 하지 않도록 노력했다. 대신 아주 예의 바르게 화제를 돌렸다.

"동생을 만나지 못하게 한 명령을 재고할 생각은 없나요?"

한동안 미간을 찌푸리며 생각에 잠겼던 그가 되물었다.

"성질을 좀 죽였나?"

제니퍼는 발끈하여 한바탕 듣기 싫은 소리를 퍼부으려다 겨우 참았다. 그리고 한동안 속을 달랜 뒤 대답했다.

"그래요."

이윽고 로이스는 만족스런 얼굴로 시종에게 명령했다.

"브렌나 양에게 언니가 여기서 기다린다고 전해."

그는 곧이어 제니퍼의 아름다운 옆모습을 바라보며 말했다.

"식사를 계속하지."

"당신이 먼저 먹는 걸 기다리겠어요."

"난 배고프지 않아."

로이스는 한 시간 전만 해도 시장기를 달래기 위해 게걸스럽게 음식을 먹던 자신의 모습을 떠올리며 웃음이 나왔다. 하지만 지금 그가 욕구를 느끼는 것은 음식이 아니라 그녀의 몸이었다.

제니퍼는 마침내 고집을 꺾고 수프를 한 숟가락 떠먹었다. 몇 끼를 굶은 탓에 시장기가 돌았다. 하지만 로이스가 말끄러미 자신을 바라보고 있자 신경이 쓰였다. 그녀는 음식을 입으로 가져가다 말고 그에게 물었다.

"왜 그렇게 보고 있는 거죠?"

로이스는 바로 그때 갑자기 뛰어들어온 시종 때문에 대답을 제대로 하지 못했다. 시종은 큰일이라도 벌어진 듯 소리쳤다.

"아, 아가씨! 지금 동생분이 급히 찾고 있어요. 자지러지게 기침을 하고 계십니다!"

제니퍼의 얼굴에서 핏기가 가셨다.

"맙소사!"

그녀는 의자에서 벌떡 일어나 소리쳤다.

"지금은 안 돼! 여기선 안 된다고!"

"그게 무슨 말이지?"

전쟁터에서 일어나는 긴박한 상황을 다루는 데 이력이 난 로이스가 침착하게 그녀의 손목을 잡으며 진정시켰다.

제니퍼가 정신없이 소리쳤다.

"브렌나는 원래 폐가 좋지 않아요. 보통 기침부터 시작하는데 나중엔 숨도 못 쉬게 된다고요."

제니퍼는 그의 손을 뿌리치며 자리에서 일어섰다. 로이스도 제니퍼를 따라 거실을 나섰다.

"틀림없이 진정시킬 방법이 있을 거야."

"아니, 여기엔 없어요!"

제니퍼가 겁에 질린 듯 횡설수설 말을 이어나갔다.

"엘리너 숙모가 향료를 만드세요. 그분은 약초에 대해선 누구보다 잘 알고 있다고요. 숙모는 어떤 병이든 스코틀랜드에서 가장 잘 고치는 분이라고요. 그런데 수녀원에 가야만 그 약이 있는데……."

"그 약을 무엇으로 만드는 거지? 아마……."

"몰라요! 나는."

제니퍼가 소리쳤다. 그녀는 빠른 발걸음으로 그를 거의 끌어당기다시피 하며 계단을 오르고 있었다.

"난 그 액체를 김이 날 때까지 끓여야 한다는 거밖에 몰라요. 그 김을 브렌나가 들이켜야 숨을 쉴 수 있게 되죠."

로이스가 브렌나의 침실 문을 열어주었다. 제니퍼는 브렌나의 침대 옆으로 달려가 잿빛으로 변한 동생의 얼굴을 살펴보았다. 브렌나는 차츰 눈동자의 초점을 잃어가고 있었다.

"언니?"

브렌나는 간신히 입을 열면서 언니의 손을 움켜잡았다. 하지만 다음 순간 심하게 터져 나온 기침 때문에 온몸을 들썩이며 괴로워했다.

"또, 아파."

브렌나가 힘없이 숨을 쉬면서 말했다.

"걱정 마."

제니퍼는 몸을 숙여 브렌나의 이마 위로 헝클어진 머리카락을 쓸어 올리며 거듭 위로했다.

"걱정하지 마, 브렌나."

그때 브렌나는 고통스런 표정으로 침실 입구 쪽에 서 있던 백작을 바라보았다. 그녀는 너무 아픈 나머지 로이스가 희미하게 보일 정도였다.

"제발 우릴 집으로 보내주세요."

제니퍼가 로이스에게 애원했다.

"애한텐 당장 그 약이 필요하다고요."

브렌나는 다시 한 번 거칠게 기침을 한 뒤에도 연거푸 잔기침을 쏟아냈다.

"그 약을 먹어야 하는데……."

제니퍼는 걷잡을 수 없는 두려움으로 심장이 두근거렸다. 그녀는 로이스를 돌아보며 다시 애원했다.

"제발 동생을 집에 보내주세요. 부탁이에요."

"그건 곤란해. 내 생각엔……."

그때 제니퍼는 그의 말을 자르며 브렌나의 손을 놓았다. 그리고 그에게 따라 나오라는 눈짓을 한 뒤 복도로 나갔다. 곧 로이스가 밖으로 나오자 제니퍼는 브렌나의 침실 문을 닫으면서 절망적으로 말했다.

"브렌나는 숙모가 만든 향료가 없으면 죽을지 몰라요. 지난번에도 심장이 멈춘 적이 있다고요."

로이스는 금발의 소녀가 기침 때문에 죽을 리 없다고 생각했지만 제니퍼는 분명 그렇게 믿고 있었다. 더욱이 브렌나가 거짓으로 기침을 하는 게 아니라는 점도 확실해 보였다.

제니퍼는 순간 로이스의 얼굴에 스치는 망설임을 엿보았다. 그래서 그가 입을 열려고 할 때 선수를 쳤다.

"당신은 내가 고집 세고 버릇이 없다고 했죠? 그래요. 맞는 말이라고 하자고요. 하지만 지금 브렌나를 집으로 보내준다면 당신이 시키는 일은 뭐든 할게요. 마루도 닦고, 당신 시중도 들고, 요리도 할게요. 그 은혜는 백 번이라도 갚을게요. 제발 브렌나를 보내주세요."

로이스는 자신의 가슴에 얹혀진 제니퍼의 작고 가냘픈 손을 내려다보았다. 단지 그녀의 손이 가슴에 와 닿는 것만으로도 온몸이 뜨겁고 아랫도리가 팽팽해지는 느낌이었다. 대체 제니퍼의 무엇이 자신에게 폭발적인 영향을 미치는지 알 수 없는 노릇이었다.

그는 무엇보다 제니퍼가 스스로 자신의 품에 안기기를 갈망하고 있었다. 또 그걸 위해서라면 자신의 사고방식으로는 말도 안 되는 일을 저지를 준비도 되어 있었다. 그것은 바로 자신에게 절대적으로 필요한 인질을 놓아주는 일이었다. 제니퍼가 아버지를 전적으로 존경하고 신뢰하는 반면 로이스는 과연 메릭 백작이 고집 세고 말썽 잘 부리는 딸에 대해 조금이라도 애정을 가지고 있는지 의심스러웠다.

제니퍼는 여전히 두려움에 가득 찬 눈으로 로이스를 바라보고 있었다. 그녀는 로이스의 침묵을 거절의 뜻으로 생각해 계속 애원했다.

"부탁이에요. 당신의 말이라면 무엇이라도 하겠어요. 무릎을 꿇을 수도 있어요. 원하는 게 있으면 뭐든지 말씀하세요."

"무엇이든지 한다고?"

마침내 로이스가 되묻자 제니퍼는 동생을 살릴 수 있다는 생각에 가슴이 뛰었다. 그 때문에 로이스의 대꾸에 실린 이상 야릇한 여운을 알아채지 못했다.

그녀는 힘차게 고개를 끄덕였다.

"뭐든지요. 전 이 성을 몇 주 안에 왕을 대접해도 손색이 없을 만큼 제대로 정돈시키고 쓸고 닦겠어요. 또 매일처럼 당신을 위해 기도를……."

"내가 원하는 건 그런 게 아냐."

로이스가 제니퍼의 말을 잘랐다. 그러자 그녀는 그의 마음이 변하기 전에 허락을 받아야겠다는 다급한 생각이 들었다.

"그럼 말하세요. 당신이 원하는 게 뭐죠?"

로이스가 대꾸를 했다.

"바로 당신이야."

제니퍼는 로이스가 뒷말을 잇는 동안 그의 가슴에 얹었던 손을 힘없이 떨어뜨렸다.

"난 무릎을 꿇은 당신을 바라지 않아. 내가 바라는 건 당신 스스로 내 침대로 오는 거야."

로이스의 대답을 듣는 순간 제니퍼는 증오심이 불꽃처럼 일었다.

로이스가 브렌나를 석방한다 해도 제니퍼는 여전히 포로로 남는다. 그렇다면 제니퍼 자매를 포로로 잡고 있는 상황과 크

213

게 다르지 않은 셈인데도 그는 제니퍼에게 모든 걸 희생하길 바라고 있었다. 그녀의 입장에서는 스스로 그에게 정조를 바칠 경우 메릭 성의 가족들은 물론 영민들에게 씻을 수 없는 치욕을 안겨주게 된다. 그녀는 얼마 전에도 로이스에게 자신의 정조를 바치고자 했었고, 거의 그런 상황에 이른 적이 있었다. 하지만 그때 그녀는 자신의 몸을 바치는 대신 수천 명의 목숨을 구해줄 것을 요구했다. 사랑하는 사람들의 생명을 보장받으려고 했던 것이다. 더군다나 그녀가 그런 제안을 내놓았을 땐 그의 열정적인 키스와 애무 때문에 반쯤 넋이 나가 있었다.

그러나 지금은 달랐다. 그녀는 이 거래의 결과가 어떻게 될 것인지 냉정하게 따져보았다.

그때 브렌나의 기침이 점점 거칠어지자 제니퍼는 몸서리가 쳐질 정도로 두려움을 느꼈다. 그녀 자신과 브렌나에 대한 두려움이었다.

"어때? 거래에 응할 생각이 있나?"

로이스가 물었다. 제니퍼는 작은 턱을 들어 올렸다. 마치 측근의 칼에 찔린 오만한 여왕과도 같은 모습이었다.

"제가 당신을 잘못 알고 있었군요. 엊그제 당신이 내 제안을 거절했을 때 난 당신이 명예를 아는 분이라 생각했죠. 왜냐하면 내 제안을 받아들인 뒤 메릭을 공격할 수도 있었으니까요. 그런데 그건 명예 때문이 아니라 오만해서 그랬던 것이군요. 하긴 야만인이 무슨 명예를 알겠어요?"

로이스는 그녀가 패배를 인정하는 모습조차 눈부셨다. 그는 화를 참지 못하는 제니퍼의 부릅뜬 눈동자를 들여다보며 속으로 감탄하고 있었다. 그가 그녀의 팔을 붙들며 물었다.

"내 말이 그렇게 끔찍한가? 내가 그런 거래를 할 필요조차 없다는 건 당신도 잘 알 거야. 내가 마음만 먹는다면 당신을 얼마든지 가질 수 있기 때문이지."

제니퍼도 그것은 인정했다. 하지만 바로 그 순간에도 로이스가 가진 매력 앞에 무너지지 않으려고 안간힘을 써야만 했다.

"난 당신을 원해. 만약 그것 때문에 내가 야만인처럼 보인다 해도 좋다고. 하지만 굳이 그런 식으로 할 필요는 없잖아. 당신이 허락만 한다면 두 사람 모두에게 좋은 결과가 생길 텐데 말야. 당신은 나와 동침하는 걸 부끄러워하거나 고통스러워할 필요도 없어. 내가 당신의 첫 남자로서 줘야 할 고통만 빼고. 그 다음엔 기쁨만 있을 뿐이지."

다른 기사가 이렇게 말했다면 매춘에 일가견이 있는 가장 세련된 여자라 해도 마음이 흔들렸을 것이다. 하지만 잉글랜드에서 가장 위엄을 떨치는 전사에게 그런 말을 듣게 된 스코틀랜드의 소녀는 충격을 받았다. 그녀는 느닷없이 그의 뜨거운 키스와 애무에 대한 기억이 떠올랐다. 얼굴이 발끈 달아오른 제니퍼는 명치끝에서 무릎까지 전율을 느꼈다.

"어때? 거래에 응하겠어?"

로이스가 애무를 하듯 그녀의 팔을 쓸어내리며 물었다. 마치 연인에게 애정이 가득 담긴 구애를 하는 듯한 모습이었다. 제니퍼는 다른 방법이 없다는 걸 알면서도 한참이나 망설였다. 그러다가 보이지 않을 정도로 고개를 살짝 끄덕였다.

"좋아. 계약은 지키겠지?"

제니퍼는 그 질문을 받고는 다시 망설였다. 로이스가 제 요구를 적극적으로 받아들일 것임을 묻는 질문임을 깨달았기 때문이다. 그녀는 참으로 그를 미워하고 싶었다. 하지만 미워하기는커녕 마음 한구석으로는 연인의 속삭임을 듣는 듯 감미로웠다. 그녀는 자신이 다른 사람의 포로가 되었다면, 지금 로이스가 제안한 것보다 훨씬 불리한 상황을 맞았을지 모른다고 생각했다. 차마 입에 담기에도 잔인한 고통을 겪었을 것이 분명했다.

제니퍼는 백작의 거친 얼굴을 바라보며 혹시 그가 나중에라도 마음이 변하지 않을까 걱정스러웠다. 그러다가 새삼스레 로이스의 우람한 체격과 큰 키에 비해 자신이 얼마나 작고 가냘픈지를 깨달았다. 제니퍼는 그의 체격과 힘, 그리고 불굴의 의지에 맞서 자신이 할 수 있는 일은 아무것도 없다는 것을 인정하자 조금 편해졌다.

제니퍼는 그의 눈을 똑바로 바라보면서 대답했다.

"계약을 지키겠어요."

"당신을 믿도록 하지."

제니퍼가 브렌나의 자지러질 듯한 기침 소리에 신경을 기울이고 있을 때 백작은 그렇게 말했다.

순간 제니퍼는 놀란 표정으로 그를 보았다. 조금 전 자신이 계약을 지키겠다고 했을 때 그는 그녀의 말을 대수롭게 듣는 듯했다. 로이스는 그녀가 하는 약속 따윈 묵살했었고 그녀도 당연한 일로 받아들였다. 아버지를 포함한 남자들은 모두 여자들의 말에는 귀를 기울이지 않았다. 하지만 로이스는 확실하게 마음을 정한 듯 그녀의 말을 인정해주었다. 제니퍼는 그것이 놀라웠다. 그녀는 평생 처음으로 맹세를 하게 된 것이 부담스럽기도 했고 한편으로는 자랑스럽기도 했다. 그녀가 나지막이 대꾸했다.

"약속하겠어요."

그러자 로이스가 고개를 끄덕인 뒤 말했다.

"이제 브렌나에게 수녀원으로 가게 되었다고 말하지. 혹시 모르니 내가 옆에 있어야겠어. 브렌나와 단둘이 있는 걸 허락할 수는 없어."

"그건 왜죠?"

제니퍼가 깜짝 놀라며 물었다.

"당신 동생은 아버지에게 하던 성의 방어 상황을 말해줄 정도로 주의가 깊다고 볼 수 없지. 하지만 당신은…… 우리가 도개교를 건너올 때, 성벽의 두께를 계산하고 보초들을 세고 있었잖아?"

그는 유쾌한 목소리로 빈정거렸다.

"안 돼! 언니 없이는 안 가!"

얼마 후 브렌나는 수녀원으로 보내질 것이라는 소리를 듣고 소리쳤다.

"언니도 함께 가야 해요. 같이 가게 해주세요."

브렌나는 로이스에게도 소리쳤다.

제니퍼는 브렌나가 겁에 질리고 아픈 것보다도 더 큰 절망에 빠져 있다는 것을 깨달았다.

한 시간쯤 지났을 때 스테판을 선두로 한 100여 명의 기사들이 수녀원으로 떠날 채비를 마쳤다.

"조심해."

제니퍼는 침구가 갖춰진 수레에 편안히 누워 있는 브렌나에게 말했다.

"언니도 같이 보내줄 거라고 생각했는데……."

브렌나는 원망스레 백작을 바라보며 힘겹게 기침을 했다.

"말하는 데 힘 빼지 마!"

제니퍼는 브렌나가 베던 깃털 베개를 반반히 펴주며 말했다.

이윽고 로이스가 명령을 내리자 호위대가 움직이기 시작했다. 거대한 금속이 철겅거리고 목재가 삐거덕거리는 가운데 대못으로 고정된 내리닫이 격자문이 올라가면서 도개교가 천천히 내려졌다. 기사들이 말에 박차를 가하고 제니퍼가 뒤로 물러서자 대열은 도개교를 건너갔다. 대열의 선두와 후미에 있는 기사가 들고 있는 깃발이 휘날렸다. 그 깃발에는 포효하는 검은 늑대의 머리가 그려져 있었다. 제니퍼는 하염없이 그 대열의 뒷모습을 바라보았다. 그 늑대의 깃발은 국경에 이를 때까지 브렌나를 지켜주리라. 국경을 넘은 다음에는 호위대가 기습을 받더라도 브렌나라는 이름 때문에 보호를 받을 것이다.

도개교가 다시 올라갔기 때문에 제니퍼는 더 이상 멀어져가는 동생을 볼 수가 없었다.

곧 로이스가 제니퍼의 팔을 잡아 거실 쪽으로 걸음을 옮겼다. 그녀는 그를 따라가면서도 하얀 이를 드러낸 늑대의 모습을 섬뜩하게 그려놓은 깃발을 생각했다. 왠지 불길한 느낌을 떨쳐버릴 수가 없었다. 대열이 출발하기 전만 해도 병사들은 잉글랜드 왕의 문장인 금 사자와 세잎 클로버가 새겨진 깃발을 가지고 다녔던 것이다.

"지금 즉시 계약을 지키라고 요구하는 건 아냐. 저녁때까지 할 일이 있으니까 당신은 마음을 놓아도 괜찮아."

제니퍼의 찌푸린 얼굴을 바라보던 로이스가 무뚝뚝하게 말했다. 그녀는 로이스와 말로 맺은 계약에 대해 따지거나 논쟁을 벌일 생각이 전혀 없었다. 대신 자신이 궁금해하던 걸 물었다.

"왜 기사들이 왕의 깃발이 아니라 당신의 깃발을 가지고 떠나는 거죠?"

"그들은 헨리 왕의 기사들이 아니라 내게 충성 서약을 했던 기사들이지. 그러니까 내 깃발을 들고 떠나는 게 당연하지."

제니퍼는 성 안뜰에서 걸음을 멈췄다. 소문에 따르면 헨리 7세는 귀족들이 사병(私兵)을 거느리는 것을 금했다고 한다.

"하지만 귀족들이 사병이나 기사를 갖는 건 불법 아닌가요?"

"헨리 왕은 내게는 예외를 인정해주었지."

"왜죠?"

로이스는 냉소적으로 눈썹을 치켜 올렸다.

"그만큼 나를 신임한다는 뜻이겠지."

그는 더 이상의 대답은 하지 않았다.

10

그날 저녁 식사를 마친 뒤 제니퍼의 옆에 앉아 있던 로이스
는 팔을 뻗어 그녀의 의자 등받이에 올려놓았다. 그는 제니퍼
가 아직 식탁에 남아 있는 네 명의 기사들을 고의적으로 현혹
시키고 있는 모습을 바라보았다. 유스테이스와 고드프리, 그리
고 라이오넬이 저녁 식사가 끝나고도 한참이 지나도록 꾸물거
리고 있는 것도 무리는 아니었다. 크림 색 공단으로 장식된 푸
른 색 벨벳 드레스를 입은 제니퍼의 옷차림은 너무나 황홀했
다. 또한 그녀는 식사하는 내내 상냥하고 쾌활하게 행동했다.
그것은 로이스조차 처음 보는 제니퍼의 일면이었다. 그녀는 수
녀원에서 겪었던 일과 프랑스 출신의 원장 수녀가 제니퍼 자매
에게 충고했던 말들을 재미있게 늘어놓았다.

로이스는 매력적으로 보이려고 애쓰는 그녀의 모습을 보면서 하릴없이 은색 술잔을 빙빙 돌리기만 했다. 제니퍼의 이야기가 재미있기도 하면서 한편으로는 화가 치밀었다.

그녀의 이야기는 맛없는 음식에 대한 불만을 떨쳐낼 만큼 재치 있었다. 그날 저녁 식사로는 양 고기와 거위, 참새구이가 나왔고 기름기가 흐르는 스튜가 쟁반에 담겨 있었다. 또 갈색의 죽처럼 생긴 파이가 곁들여졌다. 로이스는 전쟁터에서 먹던 것과 크게 다를 바 없는 하딘 성의 음식에 질려버린 상태였다.

제니퍼가 일부러 쾌활한 척하며 시간을 끌지 않았더라면 기사들은 식사를 마치는 즉시 물러갔을 것이다. 로이스는 그녀가 왜 그러는지 잘 알고 있었다. 자신과 함께 위층으로 올라가는 시간을 늦추려는 속셈이었던 것이다.

제니퍼가 다시 화제를 돌려 이야기를 시작하자 고드프리와 라이오넬, 유스테이스가 웃음을 터뜨렸다. 그때 로이스는 왼쪽에 앉아 있는 애릭에게 눈길을 던졌다. 그 식탁에 있는 기사들 중 유일하게 제니퍼의 매력에 넘어가지 않은 애릭의 표정은 우스꽝스러웠다. 애릭은 의자를 뒤로 기울여 뒷다리만으로 버틴 채, 눈을 가늘게 뜨고 의심스럽다는 듯 제니퍼를 감시하고 있었던 것이다. 그는 팔짱을 낀 채 제니퍼의 가식적인 쾌활함에 속지 않을 것이며 잠시도 그녀를 믿을 수 없다는 태도를 유지하고 있었다.

어쨌든 로이스는 제니퍼가 마음껏 떠들도록 내버려둔 채 앞으로 그녀와 함께 지낼 일에 대한 기대에 부풀었다. 그리고 이제 그만 제니퍼가 이야기를 끝냈으면 싶었다. 그때 고드프리가 실컷 웃고 나서 로이스에게 말을 걸었다.

"로이스, 제니퍼 양이 방금 했던 이야기가 재밌지 않습니까?"

"무척 재밌군."

로이스가 동의했다. 제니퍼가 계속 시간을 끌고 있는 그 만찬 자리를 무례하게 끝내는 대신 좀더 미묘한 방법을 취하기로 한 그는 고드프리에게 저녁 식사가 끝났다는 걸 알리는 표정을 지어 보였다.

한편 그녀는 모든 사람들을 식탁에 붙잡아둘 만한 새로운 화젯거리를 미친 듯이 생각하고 있었다. 그 때문에 로이스를 비롯한 기사들이 미묘한 눈빛을 주고받는 것을 알아차리지 못했다. 이윽고 기사들은 그녀가 또 다른 화제를 꺼내기 전에 일제히 자리에서 일어나 벽난로 쪽으로 걸음을 옮겼다.

"좀 이상하지 않아요? 다들 갑자기 자리를 뜨는 게."

"난 그들이 남아 있는 게 더 이상하다고 생각하는데?"

"왜요?"

"내가 가라고 했거든."

로이스도 일어섰다. 마침내 제니퍼가 두려워하던 순간이 온 것이다. 그는 제니퍼에게 손을 내밀면서 지금 당장 일어서야 한다는 듯 그녀를 보았다. 그녀는 마지못해 일어서면서 무릎이 떨리는 것을 느꼈다. 그녀는 무의식적으로 로이스에게 내밀었던 손을 황급히 거두며 소리쳤다.

"나는 당신이 기사들한테 물러가라고 하는 소리를 듣지 못했어요."

"제니, 난 무척 신중한 사람이라고."

위층으로 올라간 그는 자신의 침실 앞에 멈추어 문을 활짝 열고 제니퍼가 먼저 들어가도록 했다. 그 방은 그녀의 작고 소박한 방과는 비교도 안 될 만큼 넓고 사치스러웠다. 커다란 침대뿐 아니라 네 개의 안락의자, 화려한 놋쇠 장식이 달린 무거운 가방이 여러 개 있었다. 벽난로에서 타고 있는 장작이 방 안을 따뜻하고 환하게 밝혔으며 그 앞에는 두툼한 깔개가 깔려 있었다. 침대 맞은편으로는 발코니로 나가는 문이 따로 있었다. 어느덧 창가를 통해 달빛이 스며들었다.

그녀가 침실을 살피는 동안 로이스는 출입문의 빗장을 내렸다. 그 소리를 듣고 난 제니퍼는 그만 심장이 덜컥 내려앉는 기분이었다. 그녀는 어떻게든 시간을 끌기 위해 침대에서 멀찌감치 떨어진 의자에 앉아 두 손을 무릎 위에 올려놓았다. 그녀는 놀랍고 두려운 마음을 숨기기 위해 호기심 어린 미소를 지으며 그에게 말을 걸었다.

"당신은 전쟁터에 나가서 말에서 떨어진 적이 한번도 없다고 하더군요."

하지만 로이스는 그녀의 부추김에도 아랑곳없이 그녀를 물끄러미 바라보기만 했다. 저녁 식사 때 다른 기사들은 자신이 세운 공적을 자랑하기에 바빴는데 로이스는 전혀 그렇지가 않았다.

사실 제니퍼는 식탁에서 그가 자신을 일으켜주기 위해 내밀었던 손을 뿌리쳤을 때부터 마음이 편치 않았다. 자신이 어떤 기적을 바라고 있다는 사실을 로이스가 눈치 채고 있는 것만 같았다. 그렇다면 그는 자신의 태도를 마음에 들어 하지 않을 것이었다. 제니퍼는 거듭 그를 이야기 속으로 끌어들이려고 애썼다.

"그게 정말인가요?"

"뭐가?"

그가 무심하게 되물었다.

"전쟁터에서 한번도 낙마한 적이 없다는 것 말이에요."

"사실이 아냐."

그녀가 놀랍다는 듯 다시 물었다.

"그래요? 그럼 몇 번이나 떨어졌는데요?"

"두 번."

"두 번이라고요?"

사실 로이스가 스무 번이나 말에서 떨어졌다 해도 그것은 많은 것이 아니었다. 그녀는 머잖아 그와 승부를 겨루게 될 그녀의 영민들이 걱정스러웠다.

"당신이 그동안 수많은 전쟁을 치른 것을 생각하면 정말 놀랍군요. 지금까지 전쟁을 몇 번이나 치렀죠?"

"그런 걸 세어본 적이 없어, 제니퍼."

"그래도 알고 있어야 하는 거 아닌가요? 이렇게 하죠. 당신이 각각의 전투를 이야기하면 내가 몇 번인지 세어볼게요. 지금 세어볼까요?"

그녀는 터무니없는 제안을 했다. 하지만 로이스가 거듭 짤막하게 대꾸하자 긴장감이 극도로 상승했다.

"싫어."

제니퍼는 침을 꿀꺽 삼켰다. 이젠 자신에게 주어진 시간이 다 되었고 창문이라도 뚫고 들어와 그녀를 위기에서 구해줄 천사가 없다는 것도 함께 깨달았다.

"그러면 마상 경기에서는 어땠어요? 거기에서도 낙마한 적이 없나요?"

"나는 그런 경기에 나가지 않았어."

그녀는 자신의 걱정조차 잊은 채 화들짝 놀랐다.

"왜요? 당신을 상대로 실력을 겨뤄보고 싶어하는 기사들이 많을 텐데, 도전장을 던진 사람이 없었나요?"

"있었지."

"그렇다면 당신이 도전을 받아들이지 않았군요?"

"나는 전쟁터에서나 싸우지 마상 경기에선 싸우지 않아. 경기는 경기일 뿐이지."

"그렇지만, 당신이 거절하면 사람들이 비겁하다고 생각하지 않겠어요? 아니면 당신이 소문처럼 능력 있는 기사가 아니라고 생각할 수도 있고요."

"그럴 수도 있겠지. 이젠 내가 물어야겠어."

로이스가 슬그머니 화제를 돌렸다.

"당신이 갑자기 내 전투와 공적에 대해 관심을 갖는 것이 우리의 계약과 관계가 있나? 이제 와서 그걸 안 지킨다는 말은 아니겠지?"

로이스는 그녀가 거짓말을 할 것이라고 추측했다. 하지만 그녀는 거짓말을 하는 대신 다 기어드는 목소리로 대꾸했다.

"난 지금 무섭단 말예요. 이렇게 무서운 건 처음이라고요."

로이스는 그만 그녀에게 화났던 마음이 눈 녹듯이 사라졌다. 그는 그 매혹적이며 순진한 처녀가 경험 많은 매춘부들처럼 자신의 요구를 받아줄 것을 기대했던 게 잘못이었음을 인정했다.

그는 자리에서 일어나며 그녀를 향해 손을 내밀었다.

"제니, 이쪽으로 와."

제니퍼는 다리가 후들거리는 걸 겨우 참아내면서 그에게 다가갔다. 그녀는 앞으로 벌어질 일에 대해 그것이 자신의 양심을 속이거나 죄악을 저지르는 건 아니라고 스스로 위로했다. 동생을 구하기 위해 자신을 희생하는 것이니 어쩌면 숭고한 일일지도 모른다고 말하고 싶었다. 다만 잔다르크는 순교를 했지만 자신은 지금 육체를 바쳐…….

이윽고 로이스와 마주 선 그녀는 그가 내민 손바닥 위에 자신의 손을 올려놓았다. 그는 길고 검게 그을린 손으로 그녀의 부드러운 손을 감싸쥐었다. 순간 그녀는 이상야릇한 안도감을 느꼈다.

그는 제니퍼를 감싸안고 자신의 근육질의 몸으로 끌어당겼다. 그가 입술을 벌려 제니퍼의 입에 가져다 대자 그녀의 양심은 갑자기 고요해졌다. 그는 이제까지와는 전혀 다르게 자제를 하면서도 거칠게 키스를 했다. 그는 자신의 혀로 그녀의 입술을 자극해 입을 열도록 만들었다. 곧 그녀의 입술이 열리자 그의 혀는 기다렸다는 듯 안으로 들어갔다. 그녀의 등과 엉덩이를 애무하던 그가 갑자기 손에 힘을 주자 그녀의 하복부는 어느새 단단하게 부풀어오른 그의 남성과 밀착되었다. 제니퍼는 차츰 관능의 나락으로 빠져들면서 잠들었던 열정이 깨어나는 것을 느꼈다. 그녀는 자신도 모르게 낮은 신음을 쏟아내며 그의 목에 팔을 감았다.

어느새 그녀의 옷이 한 꺼풀씩 벗겨지기 시작했다. 그러자 그의 거친 손바닥이 그녀의 봉긋한 가슴에 닿았다. 제니퍼는 타들어가는 듯한 키스 속에 열기가 더해지는 것을 느꼈다. 그는 강철 같은 팔로 제니퍼를 번쩍 들어 침대 위에 내려놓았다. 갑자기 그의 품에서 느껴지던 따스하고 든든한 몸과 입술이 사라졌다.

제니퍼는 피부에 와 닿는 차가운 공기를 느끼며 겨우 눈을 떴다. 앞으로의 일을 잊기 위해 육체의 희열에 더욱 열중했던 의식이 차츰 깨어났다. 그때 제니퍼는 침대 옆에서 옷을 벗고 있는 로이스를 발견했다. 그의 알몸을 보고 그녀는 자신도 모르게 전율을 느꼈다. 벽난로 불빛에 비친 그의 피부는 오일을 바른 듯 빛나고 있었다. 그의 팔과 어깨, 허벅지의 단단한 근육들이 그가 움직일 때마다 잔물결을 일으켰다. 그는 탄복할 만큼 멋있었다. 그가 옷을 완전히 벗자 제니퍼는 재빨리 머리를 돌리면서 침대 시트 자락으로 자신의 몸을 가리고 말았다. 그녀는 한편으로는 두려웠고 한편으로는 기대에 차 있었다.

그가 침대로 올라오자 제니퍼는 자신이 더 부끄러워지기 전에 일이 끝나길 기다렸다.

하지만 로이스는 서두를 생각이 전혀 없는 듯했다. 그는 제니퍼에게 손을 뻗어 그녀의 귀에 가볍게 입을 맞춘 뒤, 부드럽고도 단호하게 시트를 젖혔다. 그때 그녀의 현란한 알몸을 보게 된 로이스는 숨이 멎는 것 같았다. 장밋빛 봉우리를 가진 가슴과 가녀린 허리, 적당히 둥근 엉덩이, 길게 균형 잡힌 다리에 이르기까지 그녀의 몸은 섬세하고도 완벽했다. 그녀의 알몸이 그의 눈길을 부끄러워하듯 머리에서부터 발끝까지 붉게 물들었다. 그는 자신도 모르게 입을 열었다.

"당신이 얼마나 아름다운지 알아?"

그는 낮은 목소리로 속삭였다. 그는 천천히 그녀의 매혹적인 얼굴을 훑어보다가 베개 위에 화려하게 펼쳐진 적갈색 머리카락에서 눈길을 멈추었다.

"내가 당신을 얼마나 원하는지는 알아?"

제니퍼는 여전히 눈을 꼭 감고 있었다. 로이스는 부드럽게 그녀의 턱을 잡아 자신 쪽으로 돌리며 다시 속삭였다. 열망이 가득 담긴 목소리였다.

"자, 눈을 떠봐. 귀여운 아가씨."

마지못해 눈을 뜬 제니퍼는 그의 회색 눈동자에 빨려 들어갈 것만 같았다. 그는 그녀의 뺨과 목을 어루만지다가 목과 가슴으로 미끄러지듯 내려가며 풍만한 가슴을 애무했다.

"두려워하지 마."

로이스는 그녀의 유두를 가볍게 문지르며 말했다. 거칠면서도 나지막한 그의 목소리는 애를 태우듯 능숙하게 움직이는 손가락과 어울려 제니퍼를 마술의 세계로 끌어들였다. 그가 거듭 말했다.

"당신은 첨부터 날 두려워하지 않았어. 그러니까 지금도 두려워할 필요는 없어."

그는 제니퍼의 가슴을 애무하던 손을 살짝 떼고는 그녀의 입술을 향해 자신의 입술을 기울였다. 로이스의 입술이 자신의 입술에 가볍게 스치듯 와 닿자 그녀는 온몸에 희열을 느꼈고 순간적으로 마비가 되는 것 같았다. 그의 혀는 그녀의 입술을 열기 위해 고통스러울 정도로 움직였다. 그러고는 그녀의 입술을 열어 진하게 키스를 했다. 그가 다시 말했다.

"나에게 키스해줘, 제니."

제니퍼는 키스를 했다. 그의 목에 팔을 두르고 벌어진 입술을 그의 입술에 대고 움직이며, 그가 했던 만큼 자극적으로 키스했다. 그는 신음하며 키스에 빠져들었다. 그는 그녀의 등 밑으로 팔을 밀어 넣어 그녀를 품에 안았다. 그리고 자신의 단단한 남성이 기다리는 곳으로 그녀를 끌어당겼다. 무아 지경으로 키스에 몰두해 있던 제니퍼는 그의 가슴과 어깨의 근육들을 손으로 어루만지다가 곱슬거리는 그의 머리카락 속으로 손을 넣었다.

마침내 로이스가 거칠고 빠른 숨소리를 내며 입술을 떼자 제니퍼는 타오르는 욕망으로 온몸이 녹아내리는 느낌이었다. 심장이 뛸 때마다 혈관이 터지는 것 같았다. 그녀는 그의 타오르는 눈을 바라보며 떨리는 손가락으로 그를 어루만졌고 뺨과 입술을 더듬었다. 그녀의 가슴속에서 수줍게 망울졌던 감성이 봉우리를 열고 활짝 피어나 온몸을 떨게 만들었다. 제니퍼는 손끝으로 그의 단단한 턱 선을 따라 움직이다가 자신이 만든 붉은 상처 자국이 만져지자 멈칫했다. 순간 죄의식에 사로잡힌 제니퍼는 나지막이 속삭였다.

"미안해요."

로이스는 꿈을 꾸고 있는 듯 그녀의 푸른 눈동자를 바라보았다. 그는 제니퍼의 손길과 목소리에 욕망이 한없이 증폭되어 있는 것을 느꼈다. 하지만 그녀의 부드러움에 매혹된 듯 그대로 움직이지 않고 있었다. 그는 제니퍼가 지금껏 잠자리를 했던 다른 여성들과는 달리 그 상처에 대한 혐오감으로 몸서리치지 않을 것임을 본능적으로 알고 있었다. 내가 위험한 사람이라거나 내가 겪어왔던 격렬했던 삶의 증거를 보면서도 결코 흥분하지 않을 것이다.

그는 오만한 천사와도 같은, 특별한 존재를 품에 안을 것임을 기대했다. 그러나 미처 그런 상황이나 그것에 대해 격렬히 반응하는 자신에 대해서는 속수무책이었다. 그녀는 그의 얼굴 상처들을 만지다가 손을 움직여 심장에서 가장 가까이 있는 상처도 어루만졌다. 그는 그녀의 손길에 반사적으로 반응하는 자신의 육체를 진정시키기 위해 노력했다. 마침내 그를 바라보는 그녀의 두 눈에 눈물이 가득 고였다. 그녀의 아름답던 얼굴이 창백해졌다. 거칠고 고통스러운 신음을 토하며 그녀가 속삭였다.

"세상에, 얼마나 아팠어요?"

제니퍼는 머리를 숙여 그의 상처들을 낫게 하려는 듯이 하나하나에 입을 맞추었다. 그녀의 팔이 그를 지켜주겠다는 듯이 자신을 꽉 껴안자 로이스는 자제력을 잃었다.

로이스는 그녀의 풍성하고 부드러운 머리칼 속에 손가락을 집어넣으며 그녀를 똑바로 눕혔다.

"제니!"

로이스는 낮게 신음을 흘리며 그녀의 눈과 뺨, 이마와 입술에 키스했다.

"제니……."

그는 속삭이고 또 속삭였다. 제니퍼는 자신의 이름을 부르는 그의 목소리를 듣자 격렬하게 몸을 움직였다. 곧 로이스가 그녀의 젖가슴에 입술을 비비며 잘근잘근 물어뜯었다. 제니퍼는 그만 거친 숨을 몰아쉬며 등을 활처럼 구부린 채 그의 머리를 자신의 가슴 쪽으로 끌어안았다.

그의 손은 그녀의 허리로 미끄러지듯 내려가서 허벅지에 이르렀다. 그녀가 반사적으로 다리를 오므리자 그는 숨을 죽이며 웃었다. 그리고 다시 그녀의 입속으로 자신의 혀를 집어넣으며 불타는 열정을 전했다.

"그러면 안 되지. 아가씨!"

그는 뜨겁게 속삭이면서 그녀의 허벅지를 다시 더듬었다. 곧 그의 손은 허벅지 사이의 삼각형으로 숲을 이룬 곳으로 조심스럽게 들어갔다. 그는 마침내 그녀의 입구를 찾았다.

"아프지 않을 거야."

제니퍼는 온몸으로 엄습하는 기쁨과 두려움에 떨면서도 가만히 있었다. 그러다가 그가 입을 열자 곧 반응을 보였다. 그녀가 간신히 허벅지의 긴장을 풀자 그는 손가락으로 그녀를 열었다. 그는 촉촉하게 젖은 그녀의 몸속, 따뜻한 곳까지 깊이 파고들어 부드럽고도 능란하게 손을 놀려 곧 있게 될 자신의 격렬한 공격을 준비하도록 했다.

제니퍼는 자신의 몸이 불길에 휩싸여 녹아내리는 느낌이었다. 그녀는 로이스의 목에 얼굴을 묻은 채 자신도 모르게 흐느꼈다. 놀라운 기쁨의 신음이 흘러나왔다. 그녀가 내면에 있던 모든 감각이 금방이라도 폭발할 것 같다고 느끼는 순간, 로이스는 무릎으로 그녀의 허벅지를 벌리며 그녀의 몸 위로 자신의 몸을 눕혔다. 제니퍼는 그의 모습을 바라보았다. 이름만 들어도 병사들이 벌벌 떠는 그 전사가 이토록 거칠고도 부드럽게 자신을 애무하고 있었다. 그의 얼굴은 열정으로 물들어 있었고 자제하려고 애를 쓰는 그의 관자놀이에서는 맥박이 뛰고 있었다.

로이스는 그녀의 엉덩이를 들어 올려 자신의 남성이 그녀의 몸속으로 들어가도록 했다. 그녀는 그의 뜨겁고 단단한 남성이 자신의 입구에서 꿈틀거리는 걸 느꼈다. 제니퍼는 그의 손에 자신을 맡길 때마다 매번 그랬듯이 이번에도 용감하게 그 운명을 받아들였다. 그녀는 눈을 감은 채 자신을 아프게 할 그 남자를 팔로 꼭 끌어안았다. 그녀의 격렬한 몸짓은 로이스에게 고스란히 전해졌다. 그는 흥분으로 몸을 떨면서 따뜻한 그녀의 내부로 조금씩 움직이며 밀고 들어갔다. 그녀에게 얼마나 많은 고통을 주게 될지는 알 수 없었다. 하지만 고통을 최소한으로 줄이기 위해 애를 썼다. 시간을 두고 공을 들인 덕택에 그는 마침내 그녀의 몸 안으로 들어갈 수 있었다. 그를 받아들인 그녀는 그의 남성을 단단히 조였다가 풀어주는 일을 반복하면서 격렬하게 움직였다. 로이스의 심장도 욕망의 덫에 걸려 쿵쾅거렸다. 그의 남성은 이윽고 그녀를 마지막으로 지키고 있던 최후의 장벽까지 도착했다.

그는 자신의 남성을 뒤로 뺐다가 다시 앞으로 밀어 넣는 일을 반복했다. 그는 그녀의 처녀막을 완전히 무너뜨리기 위해 다시 자세를 잡았다. 그는 그렇게 하여 그녀의 몸속에 자신을 묻어버리고 싶었다. 그러면서도 그녀에게 고통을 줘야 하는 것이 너무도 싫었다. 로이스는 자신의 몸으로 그녀의 고통을 빨아들이고 싶다는 듯 제니퍼를 꼭 끌어안고 조용히 말했다.

"제니, 미안해."

로이스는 곧 제니퍼에게 자신의 남성을 모두 밀어 넣었다. 그녀는 고통에 찬 신음을 지르면서도 그에게 격정적으로 매달렸다.

그는 제니퍼의 고통이 줄어들기를 기다렸다가 부드럽게 앞뒤로 움직이면서 다시 그녀의 몸속으로 점점 더 깊이 들어갔다. 그의 몸은 견디기 힘들 만큼 완전히 무르익었다. 하지만 그는 자신의 모든 의지를 끌어내어 그 마지막 순간을 자제하려고 애썼다. 그는 조심스럽게 그녀 위에서 원을 그리듯 움직였고 그녀가 기쁨에 찬 신음소리를 내면서 그의 엉덩이를 자신에게 밀착시키자 솟구치는 열정을 느꼈다. 그는 깊고 반복적인 움직임으로 그녀를 공략하면서 그녀의 몸이 자신의 움직임에 반응하기 시작하는 것을 느꼈다. 그녀가 주는 기쁨은 믿을 수 없을 정도였다. 그의 부푼 남성을 꽉 조여주는 그녀의 몸과 본능적인 움직임은 그를 달콤하게 고문하는 것 같았다

숨 가쁜 열정이 반복적으로 제니퍼의 몸을 뒤흔들었다. 그녀는 그를 따라 움직이면서 그가 주려고 하는 것이 무엇인가를 알아냈다. 그녀는 로이스가 끊임없이 부딪혀오면서 빠르게 몰

아붙이자 점점 더 그것이 가까이 오고 있음을 느꼈다. 마침내 그녀의 몸속 깊은 곳에서 엄청난 폭발이 일어나자 찌를 듯한 기쁨이 온몸으로 퍼져나갔다. 그녀는 다시 한 번 전율했다. 그 떨림은 그를 휘감아 탐욕스러운 남성을 더욱 조이게 했다. 로이스는 제니퍼가 더욱 깊은 기쁨을 느낄 수 있도록 꼭 껴안은 채 움직임을 멈췄다. 그리고 그녀의 뺨에 가쁜 숨을 토해냈다. 그는 진정될 때까지 조금 기다렸다. 그러고는 심장이 쿵쾅대는 것을 느끼며 더 이상 자신을 억제하지 않고 그녀를 향해 돌진했다. 그는 온 힘을 다해 격동적으로 움직여 따뜻한 액체를 그녀의 몸속에 분출했다.

제니퍼는 아직도 그와 한 몸을 이룬 채 무아 지경으로 기쁨의 바다를 떠다니고 있었다. 그녀는 로이스가 옆으로 움직이자 자신의 몸도 돌아가는 것을 느끼면서 천천히 정신을 차렸다. 그녀는 눈을 깜박거렸다. 희미한 침실의 사물들이 차츰 본래의 형체를 되찾기 시작했다. 벽난로 속에서는 통나무가 내려앉으면서 밝은 불꽃이 일어났다.

제니퍼는 방금 전의 모든 일들이 물밀 듯이 되살아나면서 지독한 공포와 외로움을 느꼈다. 그녀는 자신이 벌인 일에 대해 생각해보았다. 그것은 순교도 아니었고, 고귀한 헌신도 아니었다. 그녀가 '천국과도 같은' 이교도의 기쁨을 맛보았을 때 그것은 이미 순교나 헌신이 될 수 없었다. 그녀는 그의 심장이 무겁고 규칙적으로 고동치는 소리를 들으면서 고통스런 마음을 달랬다. 그녀는 이제 포로의 입장으로는 절대 느껴서는 안 되고 느낄 수도 없는 감정을 찾아낸 것이다.

하지만 그녀는 그런 죄의식에도 불구하고 간절히 원하는 게 있었다. 그것은 로이스가 방금 전에 그랬던 것처럼 '제니!' 하고 불러주는 것이었다. 그게 아니라면 퉁명스러운 말투라도 '사랑해!' 하고 말해주는 일이었다.

그러자 그 마음을 읽기라도 한 듯 로이스가 말했다. 하지만 그의 말은 그녀가 듣고 싶어하는 내용도 아니었고 그리워하던 음성도 아니었다. 그는 아무런 감정도 담지 않은 목소리로 물었다.

"내가 많이 아프게 했나?"

그녀는 고개를 저었다. 그리고 두 번이나 노력한 끝에 가까스로 속삭였다.

"아뇨."

"만약 그랬다면 미안해."

"그렇지 않아요."

"누가 당신의 처녀성을 빼앗든 아픈 건 어쩔 수 없어."

제니퍼는 눈물이 핑 돌며 목이 메었다. 그녀는 돌아누우며 그의 품에서 벗어나려고 했다. 하지만 로이스는 재빠르게 그녀를 붙잡아 자기 쪽으로 눕히면서 가슴과 허벅지로 눌렀다. 제니퍼는 자신이 한없이 비참해졌다. '누가 당신의 처녀성을 빼앗든'과 '사랑해.'라는 말은 너무나 거리가 멀었다.

로이스도 그것을 알고 있었다. 하지만 그는 그런 말을 꺼내는 것은 물론, 그런 생각을 하는 것조차 어리석은 일이라고 생각했다. 지금은, 아직은 아니었다. 아니, 영원히 그런 일은 없어야 한다. 그는 마음을 다잡으면서 자신과 결혼하기로 정했던 여자의 얼굴을 떠올렸다. 그는 제니퍼의 처녀성을 빼앗은 것에 대해 전혀 죄의식을 느끼지 않았다. 무엇보다 그는 아직 약혼을 한 것도 아니었기 때문이다. 헨리 왕이 성급하게 나서서 메리 하멜과 그를 엮어버렸다면 또 모를 일이지만.

그 순간 그는 하멜과 약혼했다고 해도 아마 죄의식 따위는 느끼지 않았을 것이라 생각했다. 그는 풍성한 은발을 가진, 사랑스럽고 매력적인 메리 하멜의 얼굴을 떠올렸다. 메리는 침대에서도 정열적이고 거침없이 그를 흥분시켰다. 두 사람이 잠자리를 같이하는 까닭은 서로 잘 알고 있었다. 언젠가 메리는 웃으면서 로이스에게 말했다.

"당신은 힘이고 폭력이며 전능해요. 어떤 여자라도 당신에겐 굴복할 수밖에 없죠."

로이스는 벽난로를 보면서 헨리 왕이 이달 말까지 자신이 돌아오길 기다리지 않고 약혼을 진행할 것인지를 생각했다. 헨리는 힘으로 왕권을 차지한 강력한 군주답게 적대적인 두 나라 사이에 정략결혼을 추진하여 정치적인 문제를 편리하게 해결해왔다. 로이스로서는 다소 마음에 들지 않는 해결 방법이었다. 헨리 자신이 요크 가문의 엘리자베스와 결혼한 것이 그 시작이었다. 엘리자베스는 헨리가 결혼하기 1년 전의 전투에서 승리하여 잉글랜드의 왕권을 차지했을 때, 그의 손에 죽음을 당했던 전 왕의 딸이었다. 더구나 헨리는 만일 자신의 딸이 나이가 찼다면 스코틀랜드의 제임스와 결혼시켰을 것이고 그러면 두 나라 사이의 끝없는 분쟁은 깨끗이 해결되었을 것이라고 거듭 강조했었다. 어쨌든 헨리는 이런 방법을 좋아했지만 로이스 자신은 그런 비우호적인 동맹은 원치 않았다. 그는 잠자리를 따뜻하게 해주고 거실을 우아하게 밝혀줄 순종적이고 온순한 아내를 원했다. 그는 이미 너무 많은 전쟁을 겪었기 때문에 이제는 자신의 가정에서조차 분쟁을 일으킬 여자를 자진해서 끌어들이고 싶지는 않았다.

제니퍼는 그의 품에서 빠져나가려고 했다.

"이제 제 방으로 돌아가도 되나요?"

그녀는 숨을 죽이면서 물었다.

"안 돼."

그가 단호하게 말했다.

"계약이 끝나려면 아직 멀었어."

로이스는 자신의 말을 증명하려는 듯 그녀를 다시 눕혔다. 그리고 그녀가 아무 생각도 할 수 없게끔 키스를 퍼붓기 시작했다. 그녀는 그에게 매달리며 달콤하고도 거침없는 열정으로 그의 입맞춤에 응해주었다.

11

달빛이 창문으로 스며들고 있었다. 잠을 자고 있던 로이스는 무의식적으로 손을 뻗어 제니퍼를 더듬으려 했다. 그러나 그녀의 따스한 피부 대신 차가운 시트가 만져질 뿐이었다. 평소에도 잠을 잘 때 긴장을 늦추지 않던 그는 순간 잠에서 깨어나며 정신을 바짝 차렸다. 그는 똑바로 누워 방 안을 살폈다. 로이스의 눈길이 희미한 달빛을 받아 어슴푸레 보이는 가구를 훑고 지나갔다.

벌떡 몸을 일으킨 로이스는 재빨리 옷을 입기 시작했다. 그는 계단 쪽에 경비병을 세워두지 않은 자신의 어리석음을 탓하며 출입문 쪽으로 살금살금 다가섰다. 어느새 그의 손에는 단검이 쥐어져 있었다. 그토록 달콤하게 내 품에 안겼던 제니퍼가 자는 척하다가 도망갈 줄이야. 그는 제니퍼를 굳게 믿고 잠이 든 자신에게 너무도 화가 났다. 그녀는 무슨 짓이라도 할 수 있는 여자였다. 생각해보면 그녀가 떠나기 전 자신의 목을 베지 않은 것만 해도 천만다행이었다. 그는 빗장을 열며 침실 밖으로 뛰쳐나갔다. 그 바람에 그의 방을 지키다 잠이 든 시종을 밟을 뻔했다. 시종은 출입구에 놓아둔 간이 침대에서 자고 있던 중이었다.

"무슨 일입니까?"

가원이 벌떡 일어나면서 물었다.

그때 발코니 쪽에서 방문 쪽으로 어떤 물체가 미세하게 움직이는 것이 로이스의 눈에 띄었다. 로이스는 재빠르게 고개를 돌려 발코니를 주시했다.

"무슨 일입니까? 백작님."

깜짝 놀란 가원의 눈앞에서 문이 쾅 하고 닫혔다.

가원은 한밤중에 또다시 제니퍼를 찾아나서지 않아도 된 것만도 안심이라 생각하며 조용히 침실 밖으로 나갔다.

그때 제니퍼는 긴 머리를 바람에 나부끼며 발코니에 서서 팔짱을 낀 채 먼 곳을 응시하고 있었다. 로이스는 그녀의 표정을 날카롭게 살피면서 안도의 한숨을 내쉬었다. 그가 보기에 그녀는 발코니에서 몸을 던질 생각도 없는 듯했고, 처녀성을 잃었다고 슬퍼하는 것 같지도 않았다. 그저 깊은 생각에 잠겨 있는 듯 보였다.

사실 제니퍼는 자신만의 생각에 너무 몰두한 나머지, 자신이 혼자 있는 게 아니라는 걸 미처 깨닫지 못했다. 계절에 맞지 않게 온화한 밤 공기가 그녀의 기분을 한결 북돋아주고 있었다. 그렇지만 제니퍼는 그날 밤 온 세상이 뒤집힌 듯했다. 그리고 그렇게 된 데에는 브렌나도 한몫했다. 브렌나와 깃털 베개가 제니퍼의 처녀성을 바치게 된 이유가 되었기 때문이다. 그날 밤 막 잠이 들려던 제니퍼는 그 끔찍한 사실을 불현듯 깨닫게 되었다.

그녀는 잠들기 전 브렌나가 하루빨리 건강을 회복하여 무사히 수녀원으로 돌아갈 수 있기를 기도했다. 그때 베개에서 깃털 하나가 빠져나왔고 제니퍼는 브렌나가 수레에 누워 있을 때 베개를 판판하게 해주었던 게 생각났다. 깃털 알레르기가 있던 브렌나는 얼굴이나 몸 가까이에 깃털이 있으면 심하게 기침을 했다. 그리고 그걸 피하기 위해 각별히 신경을 쓸 사람은 브렌나 자신밖에 없었다. 제니퍼는 이윽고 브렌나가 그 베개를 이용해 무모한 계획을 세운 것임을 짐작했다. 잠이 들었던 브렌나는 기침 때문에 깨어났지만 그 원인이 되었던 베개를 치우는 대신 그것을 이용해 포로의 신분에서 벗어날 생각을 한 것이 분명했다. 브렌나는 자신이 심하게 기침을 한다면 로이스가 두 사람을 모두 풀어줄 것으로 믿었을 것이다. 그리하여 베개를 치우는 대신 그 위에 엎드려 곧 죽을 사람처럼 심하게 기침을 했던 것이다.

그것은 제니퍼 자신이 생각해낼 수 있는 여러 가지 계획만큼이나 영리한 것이었지만 브렌나의 의도대로 이루어지진 않았다. 그녀는 운이 따라주지 않았던 그 일이 우울했다.

이제 제니퍼는 자신이 꿈꾸었던 미래로 생각을 옮겨갔다. 그녀가 그렸던 미래는 과거 그 어느 때보다 그녀에게서 멀어진 상태였다.

"제니."

로이스가 뒤에서 불렀다.

제니퍼는 깊게 울리는 그의 목소리를 듣자 자신의 의지와 상관없이 가슴이 쿵쾅거렸다. 하지만 그런 느낌을 애써 감추면서 고개를 돌렸다. 그녀는 그의 목소리만으로도 자신의 피부에 와 닿던 그의 손길을 느낄 수 있었다. 그녀는 그의 얼굴만 보아도 부드러우면서도 거친 키스가 떠오르는 까닭이 무엇인지 필사적으로 생각해보려 했다.

"나는…… 그런데 왜 옷을 챙겨 입었어요?"

그녀는 침착하게 물었다. 자신의 목소리가 떨리지 않아서 안심이었다.

"당신을 찾으러 밖으로 나가려던 참이었어."

그가 어둠 속에서 모습을 드러내며 대답했다.

제니퍼는 그의 손에 들려 있는 단검이 어슴푸레 반짝이는 걸 보며 다시 물었다.

"날 찾으면 어떻게 하려고 한 거죠?"

"여기에 발코니가 있다는 걸 잊었거든."

그는 벨트 안으로 단검을 밀어 넣으며 말을 이었다.

"당신이 방에서 빠져나갔다고 생각했지."

"가윈이 문 앞에서 보초를 서지 않나요?"

"맞아."

로이스가 쓸쓸하게 대꾸했다.

"그는 당신이 어디에 있든지 언제나 입구를 막고 길게 누워 있는 습관이 있더군요."

그녀가 비아냥거렸다.

"그것도 맞아."

그는 무턱대고 출입문 쪽으로 달려갔던, 자신의 경솔했던 행동을 스스로도 이해할 수가 없었다.

제니퍼는 그가 이제 자신의 행방을 알았으니 자리를 비켜주었으면 했다. 그가 나타나는 바람에 그녀는 늘 희망했던 평온함이 깨어져 소용돌이치는 걸 느꼈다. 그는 로이스에게 자리를 비켜 달라는 분명한 뜻을 전하기 위해 등을 돌리고 달빛에 잠긴 밤 풍경을 응시했다.

하지만 로이스는 그녀의 마음을 짐작하면서도 걸음을 돌리고 싶지 않았다. 그러면서 그것이 그녀와 함께 있거나 그녀의 옆모습을 보는 즐거움 때문이 아니라고 스스로 위안을 삼았다. 그는 그녀가 자신의 손길을 달가워하지 않을 거라 짐작하고 그녀가 손에 닿을 정도의 거리에 멈춰 벽에 기대섰다. 하지만 그녀가 계속 생각에 잠겨 있자, 미간을 찌푸렸다. 그리고 그녀가 자신의 목숨을 버리겠다는 생각에 빠져 있는 건 아닐 것이라는 얼마 전의 생각을 재고해보았다.

"내가 방금 전 이곳으로 나왔을 때 무슨 생각을 하고 있었지?"

제니퍼는 그 질문을 받자 약간의 긴장감을 느꼈다. 두 가지를 생각하고 있던 그녀로서는 그중 하나인 브렌나의 영리한 계략에 대해 말할 수는 없었다.

"별것 아니었어요."

그녀는 대답을 회피했다.

"그래도 알려줘."

그가 다그쳤다.

그녀는 슬그머니 옆을 돌아보았다. 팔을 뻗으면 닿을 거리에 있는 그의 넓은 어깨와 얼굴이 달빛에 비치는 걸 보니 자신도 모르게 가슴이 두근거렸다. 그녀는 할 수 없다는 듯 이야기를 하기 시작했다.

"난 메릭에 있을 때 발코니에 서서 황야를 내려다보곤 했어요. 왕국을 상상하면서요."

"왕국이라고?"

로이스는 그녀의 생각이 극단적인 게 아니어서 안심은 되었지만 한편으로는 놀랍기도 해서 되물었다. 그녀가 고개를 끄덕였다. 풍성한 머리가 그녀의 등에서 매끄럽게 출렁였다. 그는 그만 그녀의 머리채에 손을 넣어 그녀의 얼굴이 자신을 향하도록 만들고 싶은 충동을 가까스로 억눌렀다.

"무슨 왕국 말이지?"

"제 왕국이요."

그녀는 바보 같은 기분이 들어 한숨을 쉬고는 그가 궁금해하는 이야기를 계속 이어갔다.

"전부터 나만의 왕국을 꿈꾸어보곤 했었어요."

"불쌍한 제임스."

그는 스코틀랜드 왕의 이름을 입에 담으며 빈정거렸다.

"당신이 차지하려 하는 건 그의 왕국 중 어떤 것인가?"

그녀는 애처로운 듯 웃어 보였다. 그녀의 목소리도 야릇한 슬픔에 젖어 있었다.

"내가 말하는 왕국은 실제로 존재하는 게 아니라 꿈의 왕국이에요. 모든 것이 내가 원하는 대로 이루어지는, 그런 곳 말이에요."

그러자 로이스는 오랫동안 잊고 있었던 기억이 희미하게 되살아났다. 그는 제니퍼가 보고 있는 곳과 같은 방향을 주시하며 조용히 말했다.

"나도 오래전부터 어떤 왕국을 상상하곤 했었지. 당신이 생각한 꿈의 왕국은 어떤 곳이지?"

"별로 말할 게 없어요. 내 왕국에는 번영과 평화가 있어요. 물론 가끔 소작인이 큰 병에 걸리기도 하고, 안전을 위협하는 무서운 위험이 도사리고 있기도 하죠."

"당신이 꿈꾸는 왕국에도 병이 있고 전쟁도 있단 말야?"

로이스가 놀라며 제니퍼의 말을 잘랐다.

"물론이죠."

제니퍼는 우울하게 웃으면서 대답했다.

"두 가지 다 조금씩은 있어야 해요. 내가 달려가서 구원할 수 있게 말이에요. 그게 바로 내가 꿈의 왕국을 지어낸 이유거든요."

"당신은 백성들의 영웅이 되고 싶은 거로군."

로이스는 금세 제니퍼의 의도를 짐작하며 빙긋이 웃었다.

하지만 그녀는 머리를 흔들었다. 그는 무언가 간절히 바라고 있는 듯한 그녀의 부드러운 목소리를 들으며 곧 미소를 거두었다.

"아니에요. 나는 내가 사랑하는 사람들에게 사랑받고 싶었어요. 또 나를 아는 사람들이 나를 지켜보면서 만족감을 느끼도록 만들고 싶어요."

"그것이 당신이 원하는 전부인가?"

그녀는 고개를 끄덕였다.

"그런 일을 이루기 위해 멋지고 용감한 일을 할 수 있는 꿈의 왕국을 만들어낸 거죠."

그때 성 근처의 언덕에서 한 남자의 형체가 잠깐 동안 달빛에 드러났다. 로이스는 다른 때 같았으면 금세 그 사내의 정체를 알아보기 위해 병사들을 보냈을 것이다. 하지만 지금은 오직 제니퍼의 매력에 빠진 나머지 자신이 발견한 것에 주의를 기울이지 않았다. 자신의 영역에서 그토록 가까운 곳에 소리 없는 위험이 도사리고 있다고 생각하기에는 너무도 조용하고 아름다운 밤이었다.

하지만 로이스는 제니퍼의 말을 이해할 수 없었다. 그가 알기로는 스코틀랜드인들은 아무리 시골구석에서 사는 백성들일지라도 지독하게 충성스런 사람들이었다. 그녀의 일족이 제니퍼의 아버지를 백작이라 부르든 메릭이라 부르든 간에, 그 가문에서는 자신들의 일족들에게 메릭에 대한 완전한 헌신과 충성을 명령할 것이다. 그들은 제니퍼를 지켜볼 것이며 그녀는 의심할 여지없이 자신이 사랑하는 사람들에게 사랑받을 것이다. 따라서 그녀는 자신의 왕국을 꿈꿀 필요도 없었다.

"당신은 용감하고 아름다운 여성이야."

그가 마침내 입을 열었다.

"그리고 백작이라는 작위를 물려받았지. 당신 영민들은 틀림없이 당신이 원하는 대로 당신을 존경할 거야. 아마도 그 이상이겠지."

그녀는 그에게서 시선을 돌려 다시 경치에 몰입하는 듯했다. 그러다가 조심스럽게 입을 열었다.

"사실 그 사람들은 나를 두고 아이가 뒤바뀐 것처럼 생각해요."

"왜 그런 말도 안 되는 생각들을 하지?"

그가 어이없다는 듯 물었다.

놀랍게도 제니퍼는 그들을 감싸고돌았다.

"그 사람들은 그렇게 생각할 수밖에 없어요. 이복 오빠들이 내가 저지른 일처럼 꾸며서 믿게 만들었으니까요."

"무엇을?"

그녀는 얼마 전처럼 팔짱을 낀 채 몸을 떨었다.

"차마 말할 수 없는 일들이 많아요."

그녀가 나지막이 대답했다.

로이스는 그녀를 빤히 바라보며 설명을 재촉했다. 그러자 제니퍼는 한동안 숨을 가다듬고 난 뒤 입을 열었다.

"무엇보다 레베카가 물에 빠져 죽은 일이 압권이었죠. 베키는 먼 사촌이자 가장 친한 친구였어요. 그때 우린 둘 다 열세 살이었고요."

그녀는 서글픈 표정으로 말을 이어나갔다.

"레베카는 외동딸인데다 엄마를 잃었어요. 그래서 그녀의 아버지 개릭 카마이클은 우리 모두가 그랬던 것처럼 그녀를 몹시 아꼈어요. 그녀는 너무도 사랑스럽고 믿을 수 없을 정도로 아름다운 아이였죠. 사실은 브렌나보다 더 예뻤어요. 그러다 보니 누구든 그 친구를 사랑하지 않을 수 없었죠. 특히 그녀의 아버지는 딸을 너무나 사랑한 나머지 아무것도 하지 못하게 했어요. 그 아이에게 해가 될까 걱정이 되었던 거죠. 레베카가 빠져 죽을까 봐 강가에 가는 것조차 허락하지 않았어요. 그래서 그녀는 수영을 배워 아버지에게 안전하다는 걸 증명하기로 했죠. 그래서 매일 아침 일찍 우리는 몰래 강에 가서 수영을 했어요. 내가 수영을 가르쳤고요. 레베카가 물에 빠져 죽기 전날까지만 해도 우리는 잘해내고 있었어요. 그런데 그날은 내가 그녀에게 마술사 중 한 명이 음흉하게 쳐다보더라고 말해주었는데, 그것 때문에 우린 크게 다투게 되었어요. 그런데 알렉산더와 말콤 오빠가 우리가 다투는 걸 엿들었던 거예요. 물론 다른 사람들 몇 명도 함께 있었고요. 알렉산더는 내가 그 마술사에게 마음을 두고 있기 때문에 싸움을 한 거라고 비난했어요. 말도 안 되는 얘기였죠. 그때 레베카는 너무 화가 나고 당황해서 이튿날 아침에는 나더러 강에 나올 필요가 없다고 말한 뒤 돌아섰어요. 더 이상 내 도움 따위는 필요 없다고 하면서…….
하지만 나는 그 말이 진심이 아니라고 믿었고, 그 애의 수영 솜씨가 아직 미숙했기 때문에 당연히 이튿날 아침 강가로 갔어요."

제니퍼의 목소리는 점점 잦아들었다.

"제가 그곳에 갔을 때 그 앤 여전히 화가 나서 혼자 있고 싶다고 말했어요. 그리고 얼마 후 첨벙거리는 소리와 함께 살려달라고 외치는 소리를 들었어요. 하지만 그때 나는 벌써 언덕꼭대기까지 걸어간 뒤였죠. 돌아서서 강가로 뛰어내려갔지만그 애는 이미 보이지 않았어요. 내가 언덕을 반쯤 내려갔을 때까지만 해도 레베카는 물 위로 머리를 내밀고 있었어요. 그리고 살려 달라며 외치고 있었는데."

제니퍼는 무의식적으로 팔을 문지르며 몸을 떨었다.

"하지만 그녀는 물살에 휩쓸려갔어요. 난 물속으로 뛰어들어레베카를 찾으려 했어요. 다시 뛰어들고 또다시 뛰어들고
……."

제니퍼는 띄엄띄엄 속삭였다.

"하지만 내 힘으로는 도울 수가 없었어요. 다음날 레베카는몇 킬로미터나 떨어진 곳에서 발견되었어요. 둑까지 떠밀려가있었죠."

로이스는 제니퍼의 어깨를 감싸안으려다 그만두었다. 그녀가감정을 자제하느라 몹시 애쓰는 걸 방해하고 싶지 않았기 때문이었다.

"사고였군."

로이스가 부드럽게 말했다.

하지만 제니퍼는 한숨을 내쉬며 고개를 저었다.

"알렉산더 오빠는 그렇게 말하지 않았어요. 오빠는 강가 가까이에 있었던 게 틀림없어요. 모든 사람들에게 레베카가 내이름을 부르는 걸 들었다고 말했으니까요. 그리고 그건 사실이었죠. 하지만 그는 우리가 말다툼을 했고, 그 때문에 내가 레베

카를 물에 밀어 넣었다고 했죠."

"당신 옷이 젖어 있었던 것에 대해서는 뭐라고 말했지?"

로이스가 물었다.

"오빠는 내가 레베카를 밀어 강에 빠뜨린 뒤 가만히 있다가 한참 지난 뒤에야 구하려 한 것이 틀림없다고 말했어요."

그녀는 말을 이었다.

"오빠는 나를 밀어내고 아버지의 뒤를 이어 성주가 될 사람으로 내정되었거든요. 하지만 그것으로 만족하지 않았어요. 제가 오명을 뒤집어쓰고 사라져주길 바랐죠. 레베카가 익사한 뒤에 그 일은 어렵지 않았어요."

"어떤 식으로?"

그녀는 가녀린 어깨를 살짝 들어 보였다.

"몇 가지 흉측한 거짓말이 보태져 진실이 왜곡되었거든요. 오빠가 성으로 날라 온 곡식 자루의 무게를 놓고 내가 도전을 했던 날 밤엔 한 소작인의 집에 불이 났어요. 모든 일들이 그런 식이었죠."

그녀는 서글프게 웃어 보이며 그를 바라보았다.

"내 머리 보이죠?"

로이스는 몇 주 동안 경탄해 마지않던 그녀의 머릿결을 힐끗 보고는 고개를 끄덕였다.

제니퍼가 숨 가쁘게 말했다.

"이 머리는 원래 형편없는 색깔이었어요. 그런데 지금은 레베카의 머리 색깔을 하고 있어요. 레베카는 내가 자기 머리카락에 얼마나 감탄했는지 알고 있어요."

그녀는 더듬대며 말을 이었다.

"그래서 난 레베카가 이 머리카락을 준 거라고 믿고 싶어요. 내가 자기를 구하기 위해 얼마나 노력했는지 그 애가 잘 안다는 걸 보여주는 징표라고 생각하는 거죠."

로이스는 가슴이 아렸다. 그에게는 익숙하지 않은 아픔이기도 했다. 그는 떨리는 손으로 그녀의 뺨을 어루만지려고 했지만 그녀는 화들짝 놀라며 몸을 피했다. 제니퍼의 커다란 눈은 눈물에 젖어 반짝였지만 그렇다고 소리 내어 울지는 않았다. 로이스는 그제야 그 사랑스러운 아가씨가 포로가 된데다 심하게 매를 맞을 때도 울지 않았던 까닭을 이해할 수 있었다. 제니퍼 메릭은 모든 눈물을 안으로 머금고 있었다. 그녀의 자존심과 용기는 결코 자신의 패배와 눈물을 허락하지 않는 게 분명했다. 그녀가 과거에 겪었던 일들에 비하면 내게 매질을 당한 건 아무것도 아니었으리라.

로이스는 무엇을 할까 망설이던 끝에 침실로 들어가 와인 두 잔을 따라 한 잔을 그녀에게 건넸다.

"마시지."

로이스가 덤덤하게 말했다. 그는 어느새 슬픔을 잊은 듯한 제니퍼의 모습에 안도감을 느꼈다. 그녀는 매력적인 미소까지 지으며 말했다.

"당신은 언제나 내게 술을 주시네요."

"대개 음흉한 계산 때문이지."

그의 솔직한 대구에 그녀는 활짝 웃었다.

제니퍼는 와인을 한 모금쯤 마신 뒤 잔을 내려놓고 팔짱을

긴 채 먼 곳을 바라보았다. 로이스는 뜻밖에 들었던 그녀의 고백이 자꾸 머릿속에서 맴돌았다. 그는 제니퍼를 위로할 만한 말을 생각해보았다.

"당신이 영민들에 대한 책임을 기꺼이 받아들였는지 의심스럽군."

그녀는 머리를 가로저었다.

"전 책임을 지려고 했어요. 다르게 처리되었으면 좋았을 일들을 저는 많이 알고 있어요. 남자는 알 수 없지만 여자는 알 수 있는 그런 일들 말이죠. 아베스 수녀님께 배운 것들도 마찬가지고요. 새로운 베틀이라든지…… 이곳의 베틀이 우리 영민들의 것보다 훨씬 좋아요. 또 곡식을 수확하는 기술이라든가 우리보다 더 좋은 결과가 나올 수 있는 일들은 수백 가지도 넘죠."

베틀이나 곡식에 대해 아는 것이 없었던 로이스는 논쟁을 피하기 위해 화제를 돌렸다.

"하지만 당신 영민들에게 당신의 능력을 보여주기 위해 평생을 보낼 수는 없을 거야."

"전 할 수 있어요."

그녀는 거칠게 대꾸했다.

"나를 석방해 메릭으로 보내준다면 어떤 일이라도 할 거예요. 그들은 나와 같은 피를 나눈 동족이고 형제들이죠. 그들의 몸속에는 내 피도 흐르고 있다고요."

"그런 건 잊는 게 최상이야. 당신은 좀처럼 이룰 수 없는 꿈을 꾸는 것 같군."

로이스가 주장했다.

"그건 당신이 생각하는 것만큼 가망 없는 일은 아니었어요."

그녀는 우울해졌다.

"윌리엄 오빠는 언젠가 백작이 되겠죠. 그리고 그는 친절하고 훌륭한 청년이에요. 음, 남자예요. 이제 스무 살이 되었으니까요. 알렉산더나 말콤 오빠처럼 강하진 못해도 똑똑하고 성실해요. 그는 내가 일족과 겪고 있는 어려움을 알고 있으니 일단 영주가 되고 나면, 문제를 해결하려고 애써줄 수 있었을 거예요. 하지만 오늘 밤, 그것은 불가능한 일이 되어버렸어요."

"그게 오늘 밤과 무슨 상관이지?"

로이스를 바라보는 제니퍼의 얼굴은, 무미건조한 말투에도 불구하고 상처받은 사슴 같았다.

"오늘 밤, 나는 우리 가문에서 제일 증오하는 원수와 동침했어요. 제 백성들이 적으로 알고 있는 사람에게 몸을 빼앗겼다고요. 그들은 전부터 내가 저지르지도 않은 일을 두고 경멸했는데 이젠 나를 경멸할 이유가 충분히 생긴 셈이죠. 이번엔 내가 어떤 변명을 한다 해도 용서받을 수가 없게 되었어요. 주님조차 나를 용서하시지 않을 거예요."

로이스는 그녀가 자신과 동참한 일을 자책하는 건 어쩔 수 없다고 인정했다. 그러면서도 지금 제니퍼가 잃은 것이 결코 그녀 인생을 놓고 볼 때 큰 부분을 차지하는 것은 아니라고 자신의 죄책감을 달랬다.

그는 제니퍼를 자기 쪽으로 돌려세우고 자신의 시선과 마주치도록 했다. 그녀에 대한 연민을 느끼면서도 그의 남성은 어느새 단단해지고 있었다.

로이스가 조용하면서도 단호하게 입을 열었다.

"제니, 당신과 당신 영민들 사이에 어떤 일들이 일어날지 모르겠지만 나는 당신을 가졌고 지금 그 사실을 바꿀 수 있는 방법은 아무것도 없어."

"만일 당신이 그걸 바꿀 능력이 있다면 그렇게 할 건가요?"

제니퍼가 반항적으로 물었다.

로이스는 순간 자신의 몸에 불을 지르고 있는 그녀의 매력적인 모습을 뚫어지게 내려다보았다. 그가 솔직하게 대답했다.

"아니."

"그러면 후회하는 듯한 표정은 짓지 말아요."

그녀가 딱 부러지게 말했다.

그는 우울하게 웃으며 손끝으로 제니퍼의 뺨을 거쳐 목덜미를 더듬어나갔다.

"내가 후회하는 것처럼 보이나? 당신에게 수치심을 느끼게 한 건 유감이지만 그 일이나 앞으로 몇 분 안에 당신을 다시 갖고자 하는 일에 대해서는 결코 후회하지 않아."

로이스는 자신을 날카롭게 쏘아보는 제니퍼의 시선에도 아랑곳하지 않고 계속 말했다.

"난 어떤 신도 믿지 않아. 하지만 사람들이 말하기를 당신이 믿는 주님은 공정한 분이라 하더군. 만일 그렇다면 주님은 당신이 저지른 일을 조금도 탓하지 않으실 거야. 결국 당신은 동생의 목숨을 건지기 위해 스스로를 희생한 것뿐이니까. 더군다나 그건 당신의 뜻이 아니라 내 요구에 따른 것이었지. 그리고 침대에서 있었던 일도 당신의 의지와는 달랐지. 그렇지 않나?"

하지만 그 순간 로이스는 자신의 질문을 후회하고 말았다. 지나치게 후회한 나머지 머릿속이 혼란스러울 지경이었다. 그는 자신이 그녀를 파멸시킨 게 아니라는 확신을 그녀에게 심어주고자 했으면서도 그녀와 사랑을 나눌 때 느꼈던 모든 것들을 그녀도 똑같이 느꼈음을 인정하기를 바라고 있었다. 또는 그가 그녀를 원했던 것처럼 그녀 역시 그의 몸을 원했다는 것을 인정하기를 바랐다. 그는 갑자기 그녀의 본심을 알고 싶어졌다.

"내 말이 맞지 않나? 당신은 자신의 의지와 상관없이 나를 받아들였기 때문에 신이 당신을 비난하지 않을 것 아냐?"

"아니에요."

그녀에게서 튀어나온 말 속에는 수치스러움과 무기력, 그리고 로이스가 말로 표현할 수 없는 수천 가지의 다른 감정들이 뒤섞여 있었다.

"아니라구? 내 말이 틀렸나?"

로이스가 거듭 물었다.

"그럼 뭐가 틀린 거지?"

그녀의 입을 열게 한 것은 명령을 하는 듯한 그의 말투 때문이 아니었다. 사랑을 나눌 때 그가 보여준 태도가 갑자기 떠올랐기 때문이다. 그가 믿을 수 없을 정도로 부드럽게 대하며 절제하던 모습, 처녀막을 찢을 때 그녀 자신이 아파하던 것을 미안해하던 모습, 자신에게 다정한 말을 속삭이던 모습, 열정을 억제하면서 거친 숨을 몰아쉬던 모습들에 대한 기억 때문이었다. 제니퍼는 또한 자신이 다급한 열망으로, 그가 느끼게 해주었던 격렬한 감각을 그에게 돌려주었던 기억까지 되살려냈다. 그녀는 자신이 누릴 수 있는 행복한 기회를 모두 망쳐버린 그에게 상처가 되는 말을 하고 싶었다. 하지만 그녀의 양심은 목구멍에 걸려 있는 그 말을 억눌렀다. 어쨌든 그와 사랑을 나누면서 수치가 아닌 큰 기쁨을 찾았으니 그에게 그렇지 않았다고 부정할 수는 없었다.

"당신의 침대로 간 건 내 의지가 아니었어요."

그녀는 숨죽이며 대답하고 굴욕감에 젖어 말을 이었다.

"그렇지만 그곳을 떠난 것 역시 내 의지는 아니었어요."

그녀는 로이스로부터 고개를 돌렸기 때문에 그가 부드럽게 웃는 모습을 보지는 못했다. 하지만 자신을 끌어안고 허리를 애무하는 그의 손길을 느꼈다. 그는 단단해진 몸 쪽으로 제니퍼를 끌어당기고 그녀의 입술을 점령했다. 그리고 그녀가 더이상 말은 물론 숨도 쉬지 못하게 만들었다.

12

"손님들이 오는군."

거실로 들어선 고드프리가 식탁에서 점심 식사를 하고 있던 기사들을 둘러보며 미간을 찌푸렸다. 곧 여섯 명의 기사들은 무슨 일인가 싶어 일제히 고드프리의 얼굴에 눈길을 던졌다.

"헨리 왕의 깃발을 든 무리가 말을 타고 이쪽으로 오고 있어. 어마어마한 숫자야."

고드프리가 허풍을 떨었다.

"평소의 전령이라고 보기에는 너무 많아. 라이오넬이 길에서 그들을 언뜻 보았는데 대열 중에는 그레이벌리도 있다는군."

고드프리는 미간을 더욱 찌푸리고는 2층의 복도를 흘끗 쳐다보며 물었다.

"그런데 로이스는 어디 있지?"

"인질과 같이 산책하러 나갔는데 어디로 갔는지는 잘 몰라."

유스테이스가 대답했다. 그러자 애릭이 그 말을 이어받았다.

"내가 알고 있으니까 달려갈게."

애릭은 곧 거실을 빠져나가 땅을 집어삼킬 듯이 성큼성큼 걸어 로이스를 찾아나섰다. 늘 우락부락하면서도 무표정한 그의 얼굴에도 걱정스러운 기색이 완연했다.

그때 제니퍼의 쾌활한 웃음소리가 돌풍에 흔들리는 종처럼 울려 퍼졌다. 로이스는 그녀가 나뭇등걸에 힘없이 주저앉는 모습을 보며 빙긋이 웃었다. 여전히 어깨까지 들썩이면서 웃고 있는 제니퍼의 뺨은 그녀가 입은 드레스와 같은 연분홍색으로 물들었다.

"마, 말도 안 돼요. 모두 당신이 지어낸 거짓말이죠?"

그녀는 너무 웃은 나머지 눈물까지 맺혔다.

"그럴지도 몰라."

로이스는 긴 다리를 편하게 뻗으며 제니퍼의 웃음에 전염된 듯 싱긋 웃었다.

그날 아침, 그녀는 로이스의 침대에서 늦게 일어났다. 시종들이 벌써 그 침실로 들어가 북적거리고 있을 때였다. 그녀는 그만 몸 둘 바를 모르고 허둥거렸다. 자신이 로이스의 연인이 되었다는 소문이 성안에 파다하게 퍼질 것이 걱정스러웠다. 하지만 그런 소문은 이미 퍼진 뒤였다. 보는 사람의 가슴이 아플 정도로 난처해하는 제니퍼를 보며 로이스는 어떻게 해야 할지 고민했다. 그러다가 몇 시간쯤 그녀를 성 밖으로 데리고 나가 조금이라도 쉬도록 하는 게 낫겠다고 판단했다.

그리고 밖으로 나섰을 때 제니퍼의 얼굴에 화색이 돌자 자신의 판단이 옳았다고 생각했다.

"당신은 내가 그런 거짓말이나 믿을 바보라고 생각하나요?"

그녀는 일부러 차가운 표정을 지으려고 했지만 마음처럼 되지는 않았다.

로이스는 고개를 저으면서도 다시 싱긋 웃었다.

"아니, 아가씨. 모두 틀렸어."

"모두요?"

제니퍼가 모르겠다는 듯이 되물었다.

"그건 무슨 뜻이죠?"

"내가 했던 말은 거짓이 아니거든. 누구든 당신을 속이진 못할 거야."

그는 제니퍼가 아무런 반응을 보이지 않자 말을 이었다.

"이건 당신의 훌륭한 감각을 칭찬하는 말이야."

제니퍼는 놀란 듯 대꾸했다.

"아! 고맙군요."

"또한 나는 당신을 바보라고 생각해본 적이 없거든. 당신은 여간 똑똑한 여자가 아니라고."

"고마워요!"

제니퍼가 재빨리 대답했다.

"그건 칭찬이 아냐."

로이스가 정정했다.

제니퍼는 다소 불만스러운 표정으로 로이스의 설명을 요구했다. 그는 그녀의 뺨을 어루만지며 말을 이었다.

"당신이 똑똑하지 않다면 내 여자가 될 경우의 결과들을 따져보기 위해 그처럼 많은 시간을 보내진 않았겠지. 그저 당신의 처지를 인정하고 흐름을 받아들였겠지. 물론 그렇게 하는데 따르는 모든 혜택도 누렸을 테고……"

그는 제니퍼의 눈을 의미심장하게 바라본 뒤 그녀의 목에 걸린 진주 목걸이도 유심히 바라보았다. 그 목걸이는 그날 아침 그녀에게 선물했던 보석함에 들어 있던 것이다.

로이스가 말을 끝내기도 전에 제니퍼는 화가 났다는 듯 눈을 동그랗게 떴다. 하지만 그는 머뭇거리지 않고 계속 말했다.

"당신이 평범한 여자라면 보통 여자들이 관심을 가지는 육아나 가사 또는 유행하는 옷 따위에 대해서만 걱정했겠지. 하지만 당신은 충성심이니 애국심 같은 문제로 스스로 닦달을 하지 않았던가?"

제니퍼는 아직도 화가 풀리지 않은 목소리로 되물었다.

"내가 내 처지를 받아들인다고요? 난 당신의 말처럼 그렇게 우아한 처지가 아니에요. 내 가족과 조국, 그리고 전능하신 주님의 소망을 무시하고 한 남자와 죄를 지었다고요."

그녀는 기분을 가라앉히면서 말을 이었다.

"더구나 여자다운 일들만 생각해보라고 권한 건 좋다고 쳐요. 하지만 그런 일을 할 수 있는 권리를 빼앗은 사람은 바로 당신 아닌가요? 당신의 아내는 집안일을 돌보겠죠. 그리고 할 수만 있다면 내 인생을 엉망으로 만들어놓으려고 하겠죠. 그리고……"

"제니!"

로이스가 웃음을 참으면서 그녀의 말을 끊었다.

"당신도 잘 알다시피 난 아내가 없어."

로이스는 그녀의 반론이 대부분 옳다는 것을 알고 있었다. 하지만 그녀의 사파이어 같은 눈동자와 탐스러운 입술에 마음이 쏠려 도무지 집중할 수가 없었다. 그는 당장이라도 그녀를 낚아채어 성난 고양이를 달래듯 품에 안아주고 싶었을 뿐이다.

제니퍼가 씁쓸하게 말했다.

"지금은 아내가 없으시죠. 하지만 언젠가는 아내를 선택하겠지요. 잉글랜드 여자로요! 얼음물처럼 차가운 피가 흐르고 쥐색 머리칼에 작고 뾰족한 코끝은 항상 빨갛게 물들어 있으며 언제 콧물이 떨어질지 모르는 그런 잉글랜드 여자로요."

로이스는 마구 터져 나오는 웃음 때문에 어깨가 흔들릴 지경이었다. 그가 제니퍼에게 그만 하라는 듯 손을 들었다.

"뭐? 쥐색 머리칼이라고? 당신 눈엔 내가 그런 여자밖에 얻지 못할 걸로 보인단 말인가? 난 여태까지 금발에 커다란 녹색 눈동자를 가진 여자를 마음속에 그리고 있었는데."

"그리고 커다란 분홍색 입술에 또 커다란……."

너무 화가 난 제니퍼는 자신이 무슨 말을 하려는 건지 깨닫기도 전에 자신의 가슴을 가리켰다. 로이스가 재미있다는 듯 되물었다.

"그래, 뭐가 크다는 거지?"

"귀 말이에요!"

제니퍼가 소리쳤다.

"하지만 어떻게 생겼든 그 여자는 내 인생을 지옥으로 만들 어놓을 거라고요."

더 이상 욕구를 참을 수 없었던 로이스는 몸을 기울여 그녀 의 목에 얼굴을 묻었다.

"난 당신과 계약을 할 거야."

그는 제니퍼의 귀에 입을 맞춘 뒤 속삭였다.

"그리고 우리 두 사람의 마음에 드는 아내를 고르면 되는 거 야."

믿을 수 없는 일이 벌어지고 있는 그 순간, 로이스는 제니퍼 에 대한 집착으로 자신의 생각이 흐려지고 있다고 생각했다. 그는 그녀를 곁에 둔 채, 다른 여자와 결혼을 할 수는 없다는 것을 알고 있었다. 그는 메리 하멜이나 어떤 다른 여자와 결혼 을 하여 제니퍼가 모욕을 당하게 할 만큼 냉혹하지 못했다. 하 루 전만 해도 그런 생각을 했을지 모르지만 지금은 아니었다. 아직 소녀티를 벗지 못한 그녀가 수많은 일을 겪고 살아왔다는 걸 알게 된 이상 그럴 수는 없었다.

하지만 그는 제니퍼의 영민들이 적과 동침했던 그녀를 어떻 게 대할 것인지에 대해서는 애써 생각을 피하고 있었다.

그로서는 독신으로 지내면서 자식이나 후계자도 없이 산다 는 것은 도무지 용납할 수 없는 일이었다. 그렇다면 이제 그에 게 남은 방법은 제니퍼와 결혼하는 것뿐이었다. 하지만 그것은 거의 불가능한 일이었다. 그녀와 결혼한다는 것은 불구대천의 원수를 친척으로 받아들인다는 얘기였다. 뿐만 아니라 그 원수 들을 지독히 아끼는 여자를 아내로 맞는다는 뜻이었다. 그런 결혼은 평화와 화목이 넘쳐야 할 그의 저택을 전쟁터로 만들 뿐이었다. 그는 그녀가 잠자리에서 순수한 열정과 솔직함으로 절묘한 기쁨을 안겨주었다고 해서 자신의 인생에 끊임없는 싸움거리를 만들고 싶지는 않았다. 하지만 그녀는 전설이 되어버린 그의 모습이 아닌, 있는 그대로의 그와 사랑을 나눈 유일한 여자였다. 그리고 그를 웃게 만들었다. 그것은 다른 어떤 여자도 할 수 없었던 일이었다. 제니퍼는 용기 있고 지혜로웠으며, 매혹적인 얼굴을 가졌다. 가장 중요한 건 그녀가 너무도 솔직해 로이스를 완전히 무력하게 만들었다는 점이었다.

그는 지난밤, 그녀가 일단 자신의 침대에 들고 난 후에는 떠나고 싶지 않다고 했을 때의 뭉클함을 잊을 수가 없었다. 그와 같은 솔직함은, 특히 그녀처럼 자존심이 센 여자의 경우 참으로 표현하기 힘든 일이었으므로 그녀의 말은 신뢰할 수 있었다.

하지만 그렇다고 해서 그녀의 솔직함이 그가 신중하게 세워놓았던 미래에 대한 계획을 포기하게 할 만한 이유가 될 수는 없었다. 반면에 그 모든 것들이 그녀를 포기해야 할 강한 동기가 반드시 되는 것도 아니었다.

로이스는 성벽 위에 있는 경비병들에게 눈길을 돌렸다. 적군이 아닌 방문객이 오고 있다는 신호로 트럼펫 소리가 길게 한 번 울렸기 때문이다.

"저건 무슨 신호죠?"

제니퍼가 놀라서 물었다.

"헨리 왕이 전령을 보낸 모양이군."

로이스가 햇빛 때문에 눈을 가늘게 뜨며 대답했다. 헨리의 전령이 오는 게 사실이라면 예상했던 것보다 훨씬 빠른 셈이었다. 하지만 로이스는 그것을 대수롭지 않게 생각했다.

"누가 오든 위험한 사람들은 아냐."

"당신의 왕은 내가 잡혀 있는 걸 알고 있나요?"

"물론이지."

그는 화제를 돌리는 게 싫었지만, 스스로의 운명을 걱정하는 제니퍼의 심정을 충분히 이해했다.

"당신이 포로가 된 지 며칠 만에 매달 정기적으로 왕에게 보내는 보고와 함께 그 사실도 알렸어."

"그럼 난, 다른 곳으로 보내지나요? 지하 감옥이라든지……."

그녀는 떨리는 숨을 몰아쉬었다.

"아냐. 당신은 당분간 내가 보호할 거야."

로이스가 재빨리 말했다.

"하지만 왕이 다른 명령을 내리면요?"

"그렇게 하진 않을 거야."

로이스는 어깨 너머로 그녀를 보며 단호하게 대답했다.

"헨리는 내가 그를 위해 어떤 방법으로 승리를 얻어내든, 이기기만 한다면 전혀 상관하지 않아. 만일 당신의 아버지가 포로인 당신의 안전을 염려해 순순히 무기를 내려놓는다면 이 전투에서는 가장 훌륭한 승리를 거두게 되겠지. 피 한 방울 흘리지 않을 테니까."

그 말을 듣고 난 제니퍼가 바짝 긴장하는 모습을 보이자, 그는 아침 내내 마음속에 담아두었던 질문을 던져 그녀의 관심을 돌렸다.

"당신의 이복 오빠들이 당신과 일족 사이를 이간질하기 시작했을 때, 왜 그 문제를 아버지께 상의하지 않았지? 마음속에 꿈의 왕국을 지어 도망치는 대신 말야. 당신의 아버지는 강한 영주니까 내가 해줄 수 있는 것과 똑같은 방법으로 당신의 문제를 풀어주었을 텐데?"

"당신이라면 어떻게 해결했을까요?"

제니퍼는 그로 하여금 다시 한 번 진한 포옹과 키스의 충동을 불러일으키는 자극적인 미소를 띤 채 물었다.

로이스는 자신도 모르게 신경이 곤두선 말투로 대꾸했다.

"나는 그들에게 당신을 의심하는 걸 그만두라고 명령했을 거야."

그러자 제니퍼가 고개를 흔들었다.

"하지만 영주가 아니라 전사처럼 말한다 해도 사람들의 생각을 '명령'할 수는 없죠. 단지 겁을 주어 입단속을 시키는 정도밖에 되지 않아요."

"당신 아버지는 어떻게 했지?"

그녀의 발언에 반박하듯 그가 차갑게 물었다.

"내 기억으로는 레베카가 물에 빠져죽을 무렵, 아버지는 어떤 전쟁터에서 당신과 전투를 벌이고 계셨어요."

"그럼 아버지가 전쟁을 끝내고 돌아왔을 땐 어떻게 했지?"

"그때까지도 저에 관한 온갖 소문이 돌았지만 아버지는 그런 소문은 금세 수그러들 거라고 생각했어요."

로이스가 못마땅한 듯 얼굴을 찌푸리자 그녀는 말을 이었다.

"아버지는 여자들 문제에 대해서는 크게 관심을 두지 않으셨어요. 아버진 절 무척 사랑하셨지만 이 세상에서 여자는, 남자만큼 중요하지는 않다고 생각하셨죠. 아버지가 새어머니와 결혼한 것도 서로 먼 친척인데다 새어머니에겐 건장한 세 아들이 있었기 때문이죠."

그녀는 아버지가 발더를 자신의 사윗감으로 택한 것을 두고 분별보다는 충성만 요구하는 사람이라고 로이스가 여길 것 같아 변명 삼아 말했다.

"그는 딸이나 훗날의 손자에게 작위를 물려주는 것보다 먼 친척에게 물려주는 것이 더 좋았던 게로군."

로이스는 역겹다는 표정을 적나라하게 드러냈다.

"하지만 그들은 아버지의 모든 것이에요. 당연히 그래야 하고요."

제니퍼는 충성심에 가득 찬 말투로 말했다.

"아버지는 여자인 내가 일족의 충성을 받기도 힘들고 그들을 이끌기도 어려울 거라고 생각하셨죠. 제임스 왕이 아버지의 작위를 나에게 넘겨주도록 허락하긴 했어도 그건 문제가 될 수 있거든요."

"당신 아버진 그 문제에 대해 제임스 왕에게 청원을 냈었나?"

"음, 아니오. 하지만 아버지는 내 됨됨이를 못 믿어서가 아니고 내가 여자이기 때문에 여자의 일을 하는 게 당연하다고 생각하신 것뿐이죠."

'아니면 다른 용도겠지?'

로이스는 그녀의 입장을 생각하자 속으로 화가 치밀었다.

"당신은 내 아버지를 이해할 수 없겠지만 그건 아버지를 모르기 때문이에요. 나를 비롯해 우리 영민들은 아버지를 위대한 분으로 생각하고 있어요. 우리는, 우리 모두는 아버지가 원한다면 목숨을 내놓을 수도……."

잠시 동안 제니퍼는 자신이 아주 미쳐버렸거나 눈이 어떻게 된 게 아닌지 의심했다. 숲 속에 나타난 윌리엄 오빠가 자신을 보고 손가락으로 조용히 하라는 신호를 보냈기 때문이었다.

"……있어요."

로이스는 그녀의 말투가 갑자기 변한 것을 알아차리지 못했다. 그는 딸에게 그토록 맹목적인 충성심을 불어넣었던 그녀의 아버지를 향한, 당치도 않은 질투를 억제하느라 정신이 없었다.

제니퍼는 윌리엄이 있는 곳을 뚫어져라 쳐다보았다. 어느새 윌리엄은 나무 그림자 속으로 숨어들어 갔지만 제니퍼는 여전히 그의 녹색 윗도리 끝 자락을 볼 수 있었다. 윌리엄이 여기에 온 것이다! 윌리엄이 자신을 데려가기 위해 나타난 것임을 눈치 챈 제니퍼는 기쁨과 안도감으로 가슴이 터질 것만 같았다.

"제니……."

로이스의 진지한 목소리에 제니퍼는 윌리엄이 사라진 곳으로부터 시선을 돌렸다.

"네에."

그녀는 아버지의 군대 전체가 숲 속에서 뛰어나와 로이스를 앉은자리에서 해치우기를 반쯤 기대하며 말을 더듬었다. 로이스를 해치운다! 그런 생각을 하니 목에서 쓴 물이 넘어왔다. 제니퍼는 자신의 발을 쏘아보면서, 숲으로부터 그를 멀리 떨어지게 하는 동시에 자신은 그 숲 속으로 들어가야 한다는 생각에 사로잡혀 있었다.

로이스가 그녀의 창백한 얼굴을 보고는 얼굴을 찌푸렸다.

"무슨 일이지? 당신은⋯⋯."

"불안해서 그래요!"

제니퍼가 큰 소리로 대꾸했다.

"좀 걸었으면 좋겠어요. 전⋯⋯."

로이스가 일어서면서 그녀에게 왜 불안한지를 물으려던 참이었다. 막 언덕에 올라선 애릭의 모습이 보였다.

"애릭이 다가오기 전에 당신에게 할 말이 있어."

제니퍼는 고개를 돌려 애릭에게 눈길을 고정시켰다. 야릇한 안도감이 파도처럼 밀려왔다. 애릭이 있다면 로이스는 적어도 누군가 함께 싸워줄 사람도 없이 죽지는 않을 것이다. 하지만 만일 싸움이 일어난다면 아버지나 윌리엄, 아니면 일족 중 누군가가 죽을지도 모를 일이었다.

"제니⋯⋯."

로이스는 그녀의 맥 빠진 태도에 몹시 화가 난 듯이 말했다. 그제야 제니퍼는 그에게 신경을 기울였다.

"네?"

아버지의 부하들이 로이스를 공격하려 했다면 분명히 그들은 이미 숲에서 나왔어야 했다. 로이스를 공격하기에 지금보다 더 좋은 순간은 없을 테니까. 그렇다면 지금 상황은 윌리엄 혼자 온데다 애릭을 발견한 것이 분명했다. 또 그것이 사실이라면 그녀는 침착하면서도 최대한 빨리 숲 속으로 달아날 방법을 찾아야 했다.

"누구도 당신을 지하 감옥에 가두진 않을 거야."

로이스가 부드럽고도 단호하게 말했다.

제니퍼는 그의 위압적인 회색 눈동자를 바라보며, 곧 그의 손아귀에서 벗어날 것이란 생각을 하게 되자 뜻하지 않게 가슴이 아팠다. 로이스는 부하들이 그녀를 납치한 것을 묵인해주었다. 하지만 그는 제니퍼 자매에게 다른 납치범들이 얼마든지 저지를 수 있었던 잔혹한 일을 당하지 않도록 해주었다. 게다가 로이스는 그녀의 고집스러운 행동을 비난하지 않았을 뿐더러 오히려 그녀의 용기에 찬사를 보냈던 유일한 사람이었다. 그녀는 로이스의 명마를 죽게 했고, 그의 얼굴에 상처를 냈으며, 탈출해서 그를 웃음거리로 만들었다. 그 모든 일을 생각하자 그가 자신을 어떤 아첨꾼보다 신사적으로 대해주었다는 사실에 코끝이 찡했다. 사실 가문과 조국 사이에 갈등과 대립이 없었더라면 두 사람은 다정한 친구가 되었을 것이다. 친구라니? 그는 이미 그 이상의 의미를 가진 사람이었다. 그녀의 연인이었다.

"미, 미안해요."

제니퍼는 목이 잠긴 소리로 말했다.

"잠시 다른 생각을 했어요. 방금 뭐라고 하셨죠?"

그녀의 공포에 질린 표정을 걱정스러워하며 로이스가 다시 말했다.

"당신이 어떤 위험에 처할 것이라는 걱정은 하지 마. 당신을 메릭으로 보낼 때까지 내가 보호할 거라고 말했어."

제니퍼는 고개를 끄덕였다. 그리고 감격에 겨운 목소리로 대꾸했다.

"네, 고마워요."

그녀의 울먹이는 듯한 대답을 듣고 난 로이스는 여유 있게 웃어 보였다.

"그런 뜻으로 키스를 해줄 수 있을까?"

제니퍼는 순순히 그의 요청을 받아들여 그를 매우 기쁘게 해주었다. 그녀는 그의 목에 팔을 두른 채 두려움과 작별의 아쉬움이 뒤엉킨 열정적인 키스를 해주었다. 제니퍼는 손으로 그의 등을 어루만지면서 그를 꼭 끌어안았다.

로이스는 제니퍼를 꼭 끌어안은 채 내려다보았다.

그때 로이스는 가깝게 다가선 애릭을 보았다.

"이런, 제기랄! 애릭이 왔군."

그는 제니퍼의 팔을 잡은 채 애릭을 향해 성큼성큼 걸음을 옮겼다. 애릭은 즉시 로이스의 옆으로 돌아가 상황을 보고했다.

로이스는 그레이벌리가 왔다는 소식에 신경이 쓰였다.

"돌아가야겠어."

말을 마치고 난 로이스는 제니퍼의 비참한 표정이 마음에 걸렸다. 그날 아침 성 밖으로 데리고 나가겠다고 말했을 때 그녀는 모처럼 환한 표정을 지었었다.

"너무 오랫동안 실내에서만 갇혀 있었고 그렇지 않을 땐 늘 감시를 받고 지냈어요. 언덕 위에 앉을 수 있다고 생각하니 새로 태어나는 기분이에요!"

로이스는 열렬했던 그녀의 키스를 떠올리며 성 밖에서 시간을 보낸 것이 그녀에게 유익하게 작용했으리라 여겼다. 그리고 제니퍼에게 그곳에 좀더 있어도 된다고 말해줄까 고민해보았다. 그녀가 탈출하려 한다 해도 말을 구할 수 없는 이상 걸어야 할 것이고, 그렇게 된다면 성 주변에서 야영을 하고 있는 5,000명의 병사들에게 한 시간 이내에 발견될 것이다. 더욱이 성벽 위에 있는 경비병에게 그녀를 철저히 감시하도록 하면 될 일이었다.

아직도 로이스의 입술에는 제니퍼가 해준 키스의 여운이 남아 있었다. 그리고 며칠 전, 그녀가 다시는 탈출하지 않겠다고 말했던 기억도 생생했다. 그는 그녀에게 정색을 하고 물었다.

"제니, 당신이 이곳에 남아 있도록 허락한다면 그대로 있을 거라고 믿어도 되겠지?"

믿을 수 없다는 듯 기뻐하는 제니퍼의 표정은 그의 관대한 처분에 대한 충분한 보답이 되었다.

"당연하죠!"

그녀는 운명과도 같은 그 행운을 믿을 수가 없었다.

로이스의 구릿빛 얼굴을 스치고 지나간 느긋한 미소는 그를 아주 잘생기고 젊어 보이게 했다.

"오래 걸리지는 않을 거야."

그가 약속했다.

제니퍼는 애릭과 함께 걸어가는 그를 지켜보며, 자신도 모르게 로이스의 모습을 머릿속에 담아두고 있었다. 갈색 상의에 가려진 그의 넓은 어깨와 가는 허리에는 갈색 벨트가 느슨하게 매어져 있었다. 그리고 긴 부츠 위로 올라오면 두꺼운 바지가 근육질의 허벅지를 감싸고 있었다. 그는 언덕을 내려가는 도중 걸음을 멈추고 제니퍼를 뒤돌아보았다. 그때 로이스는 숲 속에서 어떤 위험을 감지하기라도 한 듯, 미간을 찡그리면서 나무들을 훑어보았다. 제니퍼는 순간 그가 위기를 느끼고 되돌아올지도 모른다는 두려움을 느꼈다. 그녀는 재빨리 손을 들어 그의 관심을 끈 뒤 그를 안심시켰다. 그리고 손가락을 입에 가져다 댔다. 그것은 비명을 지를지도 모를 자신의 입을 막으려는 무의식적인 동작이었다.

하지만 로이스는 제니퍼가 키스를 보낸다고 생각하여 만족스럽게 웃었다. 그리고 자신도 손을 들어 올려 작별 인사를 했다. 그때 옆에 있던 애릭이 뭐라고 하자 그제야 로이스는 제니퍼와 숲으로부터 관심을 돌렸다. 그는 애릭과 함께 언덕을 빠른 속도로 내려가면서도 그녀의 열정적인 키스가 남긴 여운에 젖어 있었다. 그의 몸도 덩달아 열정적인 반응을 보였다.

"제니!"

얼마 후 제니퍼는 윌리엄 오빠의 긴박한 목소리를 들었다. 그녀는 갑자기 온몸이 뻣뻣해졌다. 마침내 탈출의 시간이 다가온 것이다. 하지만 그녀는 로이스가 하던 성벽 한쪽을 교묘하게 잘라 만든 비밀 출입구로 사라질 때까지 그대로 있었다. 그러고는 몸을 재빨리 돌려 경사가 급한 언덕으로 올라가 숲 속으로 뛰어들고는 윌리엄을 미친 듯이 찾았다.

"윌리엄, 어디……."

그녀는 순간 입을 다물고 말았다. 갑자기 뒤에서 나타난 한

사내가 강인한 팔로 그녀를 번쩍 끌어안고 떡갈나무로 가려진
구석으로 끌고 갔기 때문이다.

"제니!"

윌리엄이 제니퍼의 이름을 불렀다. 윌리엄의 얼굴에는 낙담
과 근심이 가득 어려 있었다.

"가엾게도, 그자가 네 몸을 강제로 빼앗았구나. 그렇지?"

윌리엄은 얼마 전 누이동생이 로이스와 키스하던 장면을 생
생히 떠올리면서 물었다.

"그, 그건 나중에 설명해줄게. 우린 서둘러야 해."

그녀는 자신을 구하러 온 일족들이 그 위험한 곳에서 빨리
떠나도록 해야 한다는 생각에 사로잡혀 있었다. 머뭇거리다간
유혈 사태가 벌어질지도 몰랐다.

"브렌나는 벌써 집으로 가고 있어. 아버지랑 우리 쪽 사람들
은 어디 있지?"

"아버지는 메릭에 계셔. 우리는 여섯 명만 이곳으로 왔을 뿐
이야."

"여섯 명이라고?"

제니퍼가 윌리엄을 따라 뛰면서 물었다. 그녀는 덩굴에 걸려
넘어졌다가 다시 일어서서 윌리엄 옆으로 다가섰다.

그는 고개를 끄덕였다.

"힘으로 맞서기보다는 기습적으로 움직이는 게 너를 쉽게
구출할 수 있는 방법이라고 생각했거든."

그 시간에 로이스는 그레이벌리가 기다리고 있는 거실로 들

어섰다. 그레이벌리는 방 한가운데 버티고 서서 하딘 성의 내부를 깐깐히 살피고 있었다. 그의 가느다란 코는 숨길 수 없는 탐욕과 불쾌함으로 일그러져 있었다. 그레이벌리는 왕의 자문관이자 막강한 성실청(星室廳) 법원의 영향력 있는 인사였다. 그는 자신의 엄청난 영향력을 즐겼지만 바로 그런 지위 때문에 작위는 물론 그토록 탐내던 영지마저 가질 수 없었다.

헨리는 왕위를 차지한 이후 선왕들과 같은 비참한 운명에 처하지 않기 위해 여러 가지 조치를 취해놓았다. 헨리의 선왕들은 모두 강력한 귀족들의 손에 무너졌다. 그 귀족들은 왕에게 충성을 맹세했다가 불만이 생기면 봉기하여 왕권을 뒤엎어버리곤 했다. 헨리는 그런 일을 미리 막기 위해 성실청 법원의 자문관과 행정관들을 그레이벌리처럼 귀족 신분이 아닌 사람들로 임명했다. 자문관들은 귀족들이 사소한 잘못을 저질러도 무거운 세금을 매겼다. 그렇게 하여 헨리는 국고를 살찌우는 동시에 그 귀족들로부터 반란을 일으키는 데 필요한 재산을 박탈했다.

헨리의 자문관들 중에서도 그레이벌리는 가장 영향력 있고 집념이 강한 사람이었다. 그는 헨리의 총체적인 신임과 권한을 등에 업고 잉글랜드의 힘 있는 귀족들 대부분을 거세하고 무력화시키는 데 성공했다. 하지만 단 한 사람 클레이모어의 백작만은 예외여서 그레이벌리의 노골적인 증오의 대상이 되었다. 클레이모어는 헨리 왕을 위한 전투에 참전해 매번 승리를 거두면서 점점 더 부유해졌을 뿐만 아니라 강력한 힘을 가지게 되었던 것이다.

이에 따라 로이스에 대한 그레이벌리의 증오는 법원 안팎으로 공공연히 알려진 사실이었고, 그레이벌리에 대한 로이스의 멸시 또한 이에 뒤지지 않았다.

30미터쯤 앞에 있는 그레이벌리를 향해 걸어가는 로이스의 표정은 매우 침착했다. 하지만 머잖아 두 사람 사이에 마찰과 대립이 일어날 미묘한 징후가 거실 안에 맴돌고 있었다. 능글 맞은 웃음을 띠고 있는 그레이벌리의 뒤에는 헨리 왕의 기사들이 굳은 표정으로 도열해 있었다. 로이스의 병사들도 고드프리와 유스테이스를 선두로 거실 한 쪽에 두 줄로 버티고 서 있었다. 그들도 그레이벌리의 예기치 못한 방문이 심상치 않음을 느끼고 있었다. 로이스가 늠름하게 버티고 있는 자신의 부하들 옆을 지나쳐 걸어나가자 그들은 격식을 갖춘 호위 형태로 로이스를 따라가며 경호했다.

"그레이벌리, 헨리의 왕좌 뒤에 몸을 숨기고 있던 당신이 무슨 일로 여길 찾아왔소?"

로이스가 비아냥거리며 인사를 하자 그레이벌리의 눈에서는 불꽃이 이글거렸다. 하지만 그는 분노를 억누르는 듯한 목소리로 로이스와 같이 뼈 있는 말을 던졌다.

"로이스, 세상이 좋아지다 보니 사람들이 피와 썩은 시체의 악취를 즐기는 당신의 취향에 동참하지 못하는 게 유감이오."

로이스가 딱 잘라 말했다.

"이제 인사는 주고받았으니 여길 찾아온 용건이나 말하시오."

"그대의 인질들 때문이오."

그레이벌리는 잠시 뜸을 들였다가 말을 이었다.

"헨리 왕은 내 충고를 받아들여 제임스 왕과 평화 협정을 맺으려던 참이었소. 그 협상이 신중하게 진행되고 있는 가운데 당신이 찬물을 끼얹었지. 당신이 스코틀랜드에서 대단한 힘을 가진 영주의 딸들을 납치하는 바람에 평화 협정은 거의 불가능하게 되었지. 헨리 왕께서는 그대가 평소처럼 인질들에게 만행을 저지르지 않았다는 것을 전제하고 제니퍼 메릭과 그녀의 동생 브렌나를 즉시 내게 넘기라고 명령하셨소. 그 인질들은 내 책임 하에 석방되어 메릭 성으로 보내질 것이오."

로이스는 침묵을 지킨 채 그레이벌리의 장광설을 듣고 있었다. 하지만 그는 귀가 멍멍해졌기 때문에 그레이벌리의 말들이 아주 먼 곳에서 웅성거리는 것처럼 들렸다.

"그건 안 될 말!"

로이스의 답변은 왕명에 대한 불복을 의미했다. 그 말은 곧 투석기로 쏘아올린 커다란 바위 덩어리처럼 거실을 폭발적인 힘으로 강타했다. 왕의 군사들은 반사적으로 검을 단단히 움켜쥐며 로이스를 험악하게 쳐다보았고 로이스의 근위병들도 바짝 긴장하며 로이스를 응시했다. 오로지 애릭만이 꿈쩍도 않고 그레이벌리를 차갑게 노려볼 뿐이었다.

그레이벌리조차 로이스의 답변에 충격을 받은 나머지 감정을 수습하지 못했다. 그는 눈을 가늘게 뜨고 도저히 믿을 수 없다는 듯 로이스에게 되물었다.

"내가 왕의 전갈을 제대로 전달하지 못해서 이의를 제기하는 거요, 아니면 왕명을 감히 거역하겠다는 것이오?"

"이의를 제기하는 것이오. 내가 몹쓸 짓을 했다는 비난에 대해서……."

로이스가 생각나는 대로 대답했다.

"그 문제에 너무 민감한 건 아닌지 모르겠소, 클레이모어."

그레이벌리는 마음에도 없는 소리를 했다. 그 때문에 로이스는 약간의 시간을 벌 수 있었다.

"당신도 잘 알겠지만 포로들은 모두 헨리의 행정관들에게 이송되었고 그들이 포로들의 운명을 결정하는 것이오."

"말을 돌리지 말고 왕명을 따를 것인지 거역할 것인지 그것만 답변하시오."

그레이벌리가 잘라 말했다.

로이스는 왕이 허락해준 그 몇 분의 시간 동안 자신이 제니퍼 메릭과 결혼할 경우 미친놈이 될 수밖에 없는 수만 가지 이유와 그럼에도 그렇게 해야 할 많은 이유들을 쫓기듯이 생각해냈다.

그는 오랜 세월 방방곡곡을 다니며 전쟁터에서 승리를 거듭했다. 하지만 자신이 알고 있던 열 명의 여자들보다 더 용감하고 재치 있는 열일곱 살 소녀를 침대 위에서 굴복시키는 데 상당히 애를 먹었다. 이젠 그녀를 돌려보낼 상황이 되었다 해도 도저히 그렇게 할 수는 없을 것 같았다.

그녀는 암호랑이처럼 그에게 대항했다. 하지만 천사처럼 그의 품에 안겼다. 그를 칼로 찔러 죽이려고도 했지만 반면 그의 상처에 키스하며 가슴 아파하기도 했다. 그의 모포를 난도질했었으나 그의 셔츠를 꿰매주었다. 몇 분 전에도 그녀는 달콤하고 견딜 수 없을 만큼 열정적인 키스를 퍼부어 그를 욕망에 휩싸이게 했다. 그녀는 그의 마음속 깊은 곳에 있는 어둠을 밝혀주는 미소와 전염성이 강해 덩달아 웃게 만드는 웃음을 지녔다. 그는 무엇보다 그녀의 정직한 마음을 높이 평가했다.

하지만 그는 마음 한구석에 있던 그러한 생각들에 관심을 기울이거나 '사랑'이라는 말에 대해 생각하는 것조차 거부감을 느꼈다. 그렇게 한다는 건 그녀와 육체적으로 연관된 것 이상을 의미하는 것으로, 그는 좀체 그런 사실을 받아들일 수가 없었다. 그는 전쟁터에서 공정하고 빠른 논리로 결정을 내릴 때처럼 돌려서 생각해보았다. 그녀의 아버지와 메릭 일족이 제니퍼에 대해 느끼고 있는 감정을 고려한다면, 만약 그녀가 집으로 돌아간다 해도 그들은 포로였던 제니퍼를 희생자가 아닌 반역자로 취급할 것이다. 그녀는 원수와 동침했으므로 임신을 했는지 여부에 상관없이 남은 평생 동안 수녀원에 갇혀 살게 될 것이다. 그녀는 일족들에게 사랑과 인정을 받는, 하지만 현실에서는 결코 존재하지 않는 꿈의 왕국을 그리며 여생을 보내게 될 것이다.

로이스는 그녀가 어떤 여자들보다 그를 성적으로 만족시켰다는 점과 함께 그녀의 형편을 고려하여 결심을 굳혔다.

로이스는 특유의 신속함과 결단력으로 결론을 내렸다. 그는 제니퍼가 그레이벌리의 제안을 무턱대고 기뻐하기 전에 그녀가 사태를 파악할 수 있도록 이야기를 나눌 필요를 느꼈다. 로이스는 무미건조하게 웃으며 상대에게 입을 열었다.

"내 부하가 제니퍼 양을 데려오는 동안 가벼운 식사라도 합

시다."

그는 시종들에게 눈짓을 했다. 얼마 후 시종들은 있는 대로 긁어모은, 식어빠진 음식을 식탁 위에 올려놓았다. 새 음식을 준비할 시간이 전혀 없었던 것이다.

그레이벌리는 아직도 의심에 가득 찬 표정이었다. 그때 로이스는 무장한 헨리의 기사들을 둘러보았다. 그들 가운데 몇몇은 로이스와 함께 전투에 참가했던 사람들이다. 그들은 로이스의 경비병들과 치명적인 전투를 벌이게 될지도 모르는 상황이었다. 로이스는 그레이벌리에게 불쑥 말했다.

"어떻소? 브렌나 양은 벌써 내 동생의 호위를 받아 메릭 성으로 가는 중이오."

로이스는 제니퍼가 자신의 옆에 남겠다고 동의한 뒤에도 그레이벌리가 그녀를 강제로 데려가려 할 경우 그걸 막아야 했다. 그는 그 점을 설득하기 위해 유쾌한 듯 말을 이었다.

"당신이 들으면 재미있어 할 얘기가 있으니 식사나 하면서……."

로이스는 그 말이 천성적으로 소문에 민감한 그레이벌리에게 솔깃하게 들리기를 바랐다. 예상한 대로 그레이벌리는 로이스에 대한 의심을 잠시 접어두고 솔깃한 표정을 지었다. 로이스는 그를 식탁으로 안내하다가 잠시 양해를 구했다.

"제니퍼 양을 부르러 사람을 보내겠소."

그는 말을 끝내기도 전에 애릭에게 몸을 돌렸다. 그리고 낮은 목소리로 빠르게 명령을 내렸다.

"고드프리와 함께 가서 여자를 데려와."

거인 애릭은 로이스의 명령에 고개를 끄덕였다.

"다만 나와 이야기를 나누기 전에는 그레이벌리의 제안을 받아들이지 말라고 해. 분명히 알아듣도록 전해야 한다."

로이스는 제니퍼가 자신의 말을 듣고서도 떠나겠다고 고집을 부릴 가능성은 거의 없을 것으로 계산했다. 그는 제니퍼와 결혼을 결심한 동기가 욕정이나 연민 이상의 것이었음을 부인했다. 그럼에도 전투를 할 때마다 그에게 대항하는 적군의 동기가 얼마나 강한지 파악하는 것을 중요하게 여겼다. 그는 자신에 대한 제니퍼의 감정이 그녀 스스로 생각하고 있는 것보다 훨씬 깊다는 것을 잘 알고 있다. 그렇지 않다면 침대에서 그토록 완전히 자신을 바치지 않았을 것이고, 또 그곳에 머물고 싶었노라고 솔직하게 고백하지도 않았을 것이다. 바로 몇십 분전만 해도 성 밖 언덕에서 뜨거운 키스를 퍼붓던 그녀가 아닌가. 그녀는 자신의 감정을 숨기거나 속이기에는 너무도 귀엽고 정직했으며 또한 순수했다.

로이스는 처음엔 제니퍼, 나중엔 그레이벌리와 사소한 다툼을 벌일 거라 생각했지만 승리는 자신의 손에 있다고 확신했다. 그러자 마음이 편안해진 그는 그레이벌리가 앉아 있는 식탁 맞은편으로 성큼성큼 걸어갔다.

로이스는 브렌나를 석방했다는 이야기와 함께 시간을 끌기 위해 여러 가지 하찮은 부분까지 자세히 설명했다. 그의 이야기를 듣고 나서도 꽤 많은 시간이 흐른 뒤 그레이벌리가 입을 열었다.

"그래, 예쁜 여자는 보내주고 오만한 여자를 남겨두었단 말이오? 내가 깊은 뜻을 헤아리지 못한 것이라면 용서하시오."

그레이벌리가 빵을 씹으면서 말했다.

하지만 로이스는 그의 말을 거의 듣고 있지 않았다. 그는 하딘에 남겠다는 제니퍼의 결정을 그레이벌리가 받아들이지 않을 경우의 대책을 생각하는 데 골몰했다. 그가 수많은 전투를 거치면서도 승리를 거두고 살아남은 것은 여러 가지의 대책을 마련해두었다가 어떤 상황이 생기더라도 적절하게 대처했기 때문이었다. 로이스는 자신과 함께 남겠다는 제니퍼의 결정을 그레이벌리가 받아들이지 않을 경우에는, 헨리로부터 직접 명령을 들을 권리를 주장하기로 했다.

그레이벌리의 말을 믿지 않는 것이 꼭 반역이라고 할 수는 없는 일이었다. 헨리는 비록 화를 내긴 하겠지만 자신의 말을 거역한 로이스에게 교수형을 내리지는 않을 것이다. 일단 헨리가 로이스와 결혼하고 싶다는 제니퍼의 말을 듣기만 한다면, 그 의견을 존중할 가능성이 아주 높았다. 헨리 자신이 위험한 정치적인 문제를 해결하기 위한 정략결혼을 무척 선호했기 때문에 그 가능성은 더욱 컸다.

헨리가 로이스의 항명을 너그럽게 받아들이고 그들의 결혼을 축복해주리라는 기대는 버리는 것이 좋았다. 하지만 로이스는 교수형에 처해진 뒤 사지가 토막 나거나 목숨을 걸고 취득해온 자신의 영지를 빼앗기는 등 엄청난 응징을 받는 식의 나머지 가능성보다는 그것에 매달리고 싶었다. 그 밖에도 다른 불운의 가능성은 많았다. 로이스는 식탁을 사이에 두고 그레이벌리와 마주 앉아 그 모든 가능성에 대해 생각해보았다. 하지만 그가 성안으로 걸음을 옮길 때 제니퍼가 도망칠 생각을 숨기기 위해 키스하려고 했다는 점에 대해서는 전혀 생각할 수 없었다.

"그 여자가 그렇게 미인이었다면 어째서 가게 했소?"

그레이벌리의 물음에 로이스가 짧게 대답했다.

"이미 말했을 텐데? 그녀는 아팠소."

그는 그레이벌리와 더 이상 말하고 싶지 않아 몹시 배가 고프다는 시늉을 했다. 그는 앞에 있던 접시에서 빵 한 개를 집어 크게 한 입 베어 물었다. 그 빵은 역겨운 냄새가 나는 거위 고기 위에 얹혀 있었던데다 거위 기름에 절어서 비위가 몹시 상했다.

로이스는 자신의 기사들을 제니퍼에게 보낸 지 25분이 지나도록 돌아오지 않자 차츰 초조해지는 마음을 드러내지 않기 위해 애를 썼다. 애릭과 고드프리는 제니퍼에게 자신의 명령을 전했을 것이고 그녀는 분명 망설이고 있을 것이다. 따라서 그들은 그녀가 알아듣게 설득해야 하므로 거실까지 데려오는 데 시간이 늦어지는 게 틀림없었다. 하지만 그녀가 버티고 있을까? 만약 그렇다면 애릭은 어떻게 대응하고 있을까? 로이스는 그의 충성스런 기사가 제니퍼에게 무력을 사용할지도 모른다는 상상이 들자 끔찍해졌다. 다른 사람이 손가락 사이에 깡마른 나뭇가지를 끼워넣고 부러뜨리듯이 애릭은 힘들이지 않고도 제니퍼의 팔을 두 동강 낼 수 있는 완력을 가졌다. 거기까지 생각이 미치자 로이스의 손은 부르르 떨려왔다.

그때 그레이벌리는 맞은편에 앉은 로이스 주위를 두리번거리다가 자리에서 벌떡 일어섰다. 그러고는 로이스를 노려보며 신경질을 냈다.

"난 충분히 기다렸소! 당신은 날 가지고 놀고 있구먼. 당신은 부하를 보내 여자를 데려오기는커녕 이곳 어딘가에 숨겨놓은 게 틀림없어. 만약 그게 사실이라면 당신은 생각했던 것보다 어리석은 인물이야. 그렇지 않소?"

그레이벌리는 자신을 호위하고 있던 기사들에게 명령했다.

"이자를 체포하도록! 그리고 성안을 뒤져서 클레이모어가 숨겨둔 여자를 찾아라. 이 잡듯이 샅샅이 뒤져서 찾아내. 내 예측이 틀리지 않았다면 두 여인은 며칠 전에 살해되었을 거야. 이자의 부하들을 문초하고 필요하면 검을 사용해라. 즉시 시행해!"

곧 헨리의 기사 두 명이 앞으로 나섰다. 하지만 그들이 아무리 헨리 왕의 신하였어도 아무런 저항도 받지 않고 로이스에게 다가갈 수 있는 건 아니었다. 그들이 움직이는 순간 로이스의 기사들도 칼자루에 손을 올린 채 즉시 대열의 간격을 좁혀 방어 태세를 갖췄다. 곧 헨리의 기사들과 로이스의 기사들 사이에 인간 장벽이 만들어졌다.

로이스 입장에서는 양쪽 기사들이 충돌한다는 건 결코 바라지 않았던, 최악의 상황이었다. 특히 제니퍼를 기다리고 있는 지금, 이곳에선 절대 그런 일이 없어야 했다.

"멈춰라!"

로이스가 재빨리 자신의 기사들에게 명령했다. 그는 왕의 기사들을 막아서는 것만으로도 반역 행위가 된다는 건 누구보

다 잘 알고 있었다. 곧 거실에 대기하고 있던 아흔 명의 근위
병들이 모두 움직임을 멈추고 지휘관을 보며 다음 명령을 기
다렸다.

로이스는 증오와 저주가 가득 담긴 눈초리로 연장자인 그레
이벌리를 쏘아보았다. 그레이벌리는 충격을 받은 듯했다.

"당신은 바보처럼 보이는 걸 무엇보다 싫어하는 모양인데
바로 지금 바보 같은 소리를 하고 있소. 내가 죽여서 숨겨놓았
다고 생각될지 모르는 그 여자는 지금 성 바깥쪽 언덕에서 경
비병도 없이 산책을 즐기는 중이오. 제니퍼 양은 포로가 아니
라 초대받은 손님처럼 이 성안에서도 마음껏 자유롭게 지내고
있단 말이오. 이따가 보면 알겠지만 그녀는 옛날 이 성의 여주
인이 입었던 화려한 옷을 입었고 값비싼 진주 목걸이도 걸고
있소."

그레이벌리는 놀라 입을 딱 벌리면서도 좀체 의구심을 떨치
지 못했다.

"그 여자에게 보석을 주었다고?

"스코틀랜드의 재앙인, 잔인무도한 검은 늑대께서 부정하게
얻은 재물을 인질에게 아낌없이 주었다?"

"그것들이 궤짝에 가득하오."

로이스가 다소 부드러워진 목소리로 대꾸했다.

그는 그레이벌리가 놀랍다는 반응을 보이자 웃음이 터져 나
오려고 했다. 하지만 한편으로는 그의 낯짝에 주먹을 날리고
싶은 충동도 느꼈다. 하지만 그에게는 서로 대치하고 있는 거
실에서 돌발 사태가 벌어지는 것을 막는 게 급선무였다. 만약

그런 일이 벌어진다면 상상을 초월할 만큼 엄청난 결과가 생길 것이었다. 로이스는 그걸 막기 위해서라도 제니퍼가 나타날 때까지 어떤 이야기라도 꺼내 시간을 끌 작정이었다.

그는 식탁에 기댄 채 짐짓 자신감이 넘치는 태도로 말을 이었다.

"더군다나 당신이 구출하려는 제니퍼 양이 당신 발 밑에 엎드려 기쁨의 눈물을 흘릴 것이라고 기대한다면 크게 실망할 것이오. 그녀는 나와 함께 있기를 원하니까……."

"그녀가 왜 그래야 하지?"

그레이벌리는 대답을 요구했지만, 화가 난 건 아니었다. 그는 상황이 아주 재미있어진다는 것을 알아챈 듯한 말투였다. 로이스처럼 그레이벌리도 대책을 세워놓았을 때의 가치를 잘 알고 있었다. 만일 제니퍼 메릭이 스스로 하던 성에 남아 있겠다며 얼토당토않은 소리를 한다면, 또 로이스가 헨리를 설득해서 자신의 죄를 사면받는다면, 포로에게 다정하게 대했던 로이스의 그 모든 재미있는 이야기는 잉글랜드 왕실을 몇 년 동안 웃게 만들 엄청난 소문거리가 되기에 충분했다.

"그녀를 독차지한 것처럼 구는 걸 보니 제니퍼 양이 그대의 침대에서 한바탕 뛰어놀았던 것 같군. 분명한 건 당신은 제니퍼가 그런 이유 때문에 가문과 조국을 기꺼이 배신할 거라고 생각한다는 점이오."

그레이벌리는 즐거운 기색을 드러내며 말을 마쳤다.

"그대가 침대에서 벌인 무용담에 대한 궁중의 소문을 이제야 인정하는 것처럼 들리는군. 아니면 그대가 분별력을 잃을

만큼 그녀가 훌륭했나? 그렇다면 나도 그녀를 초대해 뒹굴어봐
야겠군. 그래도 되겠소?"

이에 대한 로이스의 대꾸는 얼음처럼 차가웠다.

"내가 그녀와 결혼하려고 하는 이상, 지금 그 말에 대한 책
임을 물어 당신 혀를 뽑는다 해도 할 말이 없을 것이오. 그렇
게 되길 기대하는 바이지만!"

로이스가 말을 덧붙이려는 순간 그레이벌리는 로이스의 어
깨 너머로 눈길을 던졌다.

"충직한 애릭이 이제야 왔군."

그는 재미있다는 듯이 거만하게 말했다.

"그런데 열렬한 신부는 어디에 계신가?"

로이스는 애릭의 주위를 둘러보다가 잔뜩 굳어 있는 애릭의
얼굴에 눈길을 고정시켰다.

"제니퍼는 어디에 있지?"

로이스가 물었다.

"탈출했습니다."

그 말이 끝나자 고드프리가 덧붙여 상황을 설명했다.

"그 숲 속에는 여섯 명의 발자국과 말 일곱 필의 발자국이
있었습니다. 여자가 저항한 흔적은 없었습니다. 또 그들 중 한
명은 오늘 백작님과 제니퍼 양이 앉아 있던 곳에서 불과 몇십
미터 떨어진 숲 속에서 기다리고 있었고요."

순간 로이스는 온몸을 부들부들 떨었다. 제니퍼가 그를 떠나
기 싫은 듯한 표정을 지으며 열렬히 키스해주었던 곳에서 불과
몇십 미터! 그녀가 입술과 몸과 웃음을 이용해 그를 안심시킨

뒤 혼자 남겨진 곳에서 불과 몇십 미터!

그 믿을 수 없는 상황에 대해 할 말이 없어진 것은 그레이벌리도 마찬가지였다. 그는 자신을 수행하는 기사들에게 이것저것 명령을 내렸다. 그리고 고드프리에게 말했다.

"그 일이 일어난 현장을 내 부하들에게 보여주게."

그레이벌리는 부하 기사를 돌아보며 계속 말했다.

"자넨 고드프리와 함께 가서 그가 말한 대로 그들이 정말 탈출한 것 같으면, 병사 열두 명을 데리고 메릭 일족을 쫓아가도록 해. 만약 그들을 따라잡게 되면 누구도 무기를 사용해선 안 된다. 잉글랜드의 헨리 왕이 보내는 인사를 전하고 스코틀랜드 국경까지 호위하도록 하게. 알아들었나?"

그레이벌리는 로이스에게도 말했다. 그의 목소리는 동굴 같은 거실 안에 음침하게 울려퍼졌다.

"로이스 웨스트모어랜드! 잉글랜드의 왕이신 헨리를 대신해서 런던까지 나와 동행할 것을 명령하오. 그곳에서 당신은 메릭의 여자를 납치한 사실에 대해 심문을 받을 것이오. 또 오늘 메릭의 여자들 건으로 왕명을 수행하는 나를 고의적으로 방해하려 했던 것에 대해서도 답변을 해야 할 것이오. 그것은 반역이거나 적어도 충분히 반역으로 생각할 만한 일이니 말이오. 자진해서 따르겠소? 아니면 강제로 끌고 가야겠소?"

수적으로 우세한 로이스의 병사들은 긴장한 가운데 자신들의 영주인 로이스에게 충성을 바쳐야 할지 헨리 왕에게 충성을 바쳐야 할지 곤경에 빠졌다. 로이스는 제니퍼의 배반이 지옥에 빠진 것처럼 고통스러웠지만 부하들의 난처한 처지를 잘 알고

286

있었다. 그는 곧 병사들에게 무기를 내려놓으라고 명령했다.

곧 그레이벌리의 기사 한 명이 로이스에게 다가가 그의 양 팔을 뒤로 돌린 뒤 튼튼한 가죽끈으로 묶었다. 그 가죽끈은 팔 목이 끊어질 정도로 팽팽하게 조여졌지만 로이스는 아픔도 거 의 느끼지 못했다. 그의 가슴은 여태 한번도 느껴보지 못했던 분노 때문에 폭발 직전의 화산처럼 끓어오르고 있었다. 그러면 서도 그는 그 매혹적인 스코틀랜드 아가씨의 환영이 눈앞에 아 른거리는 것을 느꼈다. 내 품속에 안겼던 제니퍼, 내게 웃음을 터뜨리던 제니퍼, 내게 뜨거운 키스를 보내던 제니퍼······.

로이스는 그녀를 믿었던 어리석음 때문에 반역죄로 몰릴 것 이다. 일이 잘 풀린다 해도 그가 가진 모든 영지와 작위를 잃 게 될 것이고, 최악의 경우에는 목숨까지 잃게 될 것이다.

그는 너무나 기가 막히고 화가 난 나머지 어떠한 처벌을 받 게 되어도 두려울 것 같지 않았다.

13

로이스는 작지만 잘 꾸며진 침실 창가에 서 있었다. 그는 2주 전, 헨리의 왕궁인 런던탑에 도착한 이래 줄곧 그 침실에 머물렀다. 침실이자 감옥인 셈이었다. 그는 무표정한 얼굴로 런던 시내에 세워진 여러 건물들의 지붕을 바라보았다. 그는 두 다리를 벌린 채 초조한 마음을 달래며 밧줄이 풀린 손으로 뒷짐을 지고 있었다. 그의 손이 묶인 건 그레이벌리에게 연행될 때가 처음이었다. 그가 그레이벌리의 연행에 순순히 응한 것은 제니퍼에 대해 너무 화가 난데다 자신 때문에 목숨을 잃을지 모를 부하들의 안전 때문이었다.

하지만 그날 밤부터 그의 분노는 무시무시한 침묵으로 바뀌었다. 그날 저녁 식사를 마친 로이스의 손목을 그레이벌리가 다시 묶으려고 할 때였다. 로이스는 순식간에 그레이벌리의 목에 가죽끈을 팽팽히 감아 조이면서 그를 바닥에 쓰러뜨렸다. 그러고는 분노에 가득 찬 얼굴을 바짝 들이대며 말했다.

"한 번만 더 나를 묶어보시지. 헨리 왕을 만나면 5분도 지나지 않아 네놈의 목을 따줄 테니."

그레이벌리는 벌벌 떨면서도 거만하게 입을 놀렸다.

"흥! 왕을 만난 뒤 5분이 지나면 네놈은 교수대로 가게 될 거야!"

로이스는 무의식적으로 손목에 힘을 주었다. 손목을 조금 움직이는 것만으로도 상대의 숨통은 확실히 조여졌다. 그는 상대방의 얼굴이 노랗게 변해가자 자신이 무슨 짓을 하고 있는가를 깨닫고는 그의 숨통을 풀어주었다. 그레이벌리가 비틀거리며 일어섰다. 그의 눈은 증오로 불타고 있었으나 왕의 기사들에게 로이스를 잡아 묶으라고 명령하지는 않았다. 왕이 아끼는 귀족의 권위를 일부러 짓밟는다면 자신이 위험할지 모른다는 판단 때문이었다.

어쨌든 로이스는 왕의 소환을 기다리면서 2주일을 갇혀 지냈다. 기다림에 지친 로이스는 헨리가 자문관들을 완전히 장악하고 있는 것인지 궁금했다. 그는 창가에 서서 런던의 밤거리를 지켜보았다. 여느 때처럼 하수와 쓰레기, 인분이 뿜어내는 더러운 냄새로 가득한 밤거리였다. 그는 다시 한 번 헨리 왕이 왜 자신을 만나는 걸 꺼리는 것인지, 또 자신은 왜 구금되어 있어야 하는지 곰곰이 생각했다.

그는 지난 12년 동안 헨리 왕을 보좌했다. 보스워스 전투에서는 헨리와 함께 싸웠고, 바로 그 전쟁터에서 그가 왕으로 선포되고 즉위하는 것을 지켜보기도 했다. 헨리는 왕위에 오른 바로 그날, 열일곱 살의 로이스에게 전투에서의 공적을 인정하여 기사 작위를 내렸다. 그것은 헨리가 왕이 된 이후 최초로 치른 공식적인 행위였다. 그 후 수년 동안 헨리는 로이스를 믿고 의지했다. 또 그럴수록 다른 귀족에 대한 왕의 불신도 함께 커져갔다.

로이스가 전장에 나가 빛나는 승리를 거둘 때마다 헨리는 피 한 방울 흘리지 않고 나라의 적과 헨리 자신의 적들로부터 손쉽게 항복을 받아낼 수 있었다. 그 결과 로이스는 열네 개의 영지와 잉글랜드에서 가장 부유한 사람이 되기에 충분한 재물을 보상으로 받았다. 더욱 중요한 것은 헨리가 그를 전적으로 신임한다는 점이었다. 그 신뢰는 로이스가 클레이모어에 성을 쌓고 기마병을 사병(私兵)으로 거느리는 것을 허락할 만큼 깊었다.

그럼에도 이번 헨리의 관용 뒤에는 계략이 숨어 있었다. 검은 늑대는 헨리의 모든 적에게 위협이 되었고, 적들은 으르렁거리는 늑대가 그려진 깃발만 보아도 반겨하기커녕 적의가 꺾여버렸다.

헨리는 로이스에 대한 신뢰와 감사에 덧붙여 그레이벌리 등 막강한 영향력을 가진 자문관들의 방해를 받지 않고 자유로이 속마음을 이야기할 수 있도록 특권을 주었다. 그런데 바로 그 점이 로이스의 신경을 긁고 있었다. 오랜 세월 돈독하게 맺었던 그 신뢰 관계를 생각할 때 헨리가 그처럼 오랫동안 로이스에게 스스로를 변호할 기회를 주지 않는다는 건 무언가 이상했다. 하긴 청문회 자체의 결과도 좋을 것 같지는 않았지만.

마침 밖에서 열쇠 소리가 들렸다. 로이스는 일말의 기대를 가지고 문밖의 기척에 신경을 썼으나 잠시 후 경비병이 식사를 들고 들어오는 걸 보자 맥이 풀렸다.

"양 고기입니다. 백작님!"

"젠장!"

그는 더 이상 분노를 참지 못하고 투덜거렸다.

"백작님, 저도 양 고기는 좋아하지 않습니다."

경비병은 검은 늑대의 분노가 음식과는 상관이 없다는 것을 알면서도 그렇게 말했다. 경비병은 쟁반을 내려놓고는 공손히 일어섰다. 검은 늑대는 갇혀 있든 풀려 있든 늘 위험한 남자였다. 더욱 중요한 건 진정한 사나이다움을 꿈꾸는 사람이라면 그는 누구에게나 위대한 영웅이었다.

"달리 필요한 것이 있으신지요, 백작님?"

"새로운 소식은?"

로이스가 뱉어내듯 되물었다. 그의 표정이 너무나 거칠고 위협적이어서 경비병은 한 발짝 뒤로 물러섰다. 로이스는 언제나 새로운 소식에 대해 물었다. 하지만 오늘처럼 신경질적으로 묻지는 않았다. 경비병은 자신이 들었던 소문을 생각했으나 곧 머리를 저었다. 늑대를 기쁘게 할 소문이 결코 아닌 것 같았기 때문이다.

"소식이 있기는 합니다. 소문이긴 하나 알 만한 자리에 있는 사람에게서 들은 것이라 믿어도 좋을 듯합니다."

로이스가 즉시 반응을 보였다.

"무슨 소문?"

"어젯밤 백작님의 동생이 왕에게 불려갔다고 합니다."

"스테판이 런던으로 왔다고?"

경비병이 고개를 끄덕였다.

"어제 이곳에 오셔서 백작님을 뵙기를 요구하다가, 만일 뵐 수 없다면 이곳을 포위하겠다고 위협했다 합니다."

로이스는 불길한 예감에 사로잡혔다.

"지금 어디 있는가?"

경비병이 머리를 왼쪽으로 기울였다.

"여기서 한층 위, 서쪽으로 네 번째 방이라고 들었습니다. 경비병이 지키고 있습죠."

로이스는 한숨을 내쉬었다. 스테판이 이곳으로 온 것은 너무나 무모한 짓이었다. 헨리가 화낼 때 그걸 피하는 가장 좋은 방법은 그가 성질을 가라앉힐 때까지 그의 눈에 띄지 않는 것이었다.

"고맙네. 자네 이름이……?"

로이스가 경비병의 이름을 물으며 감사를 표시했다.

"라라비입니다, 백작님."

그때 문이 활짝 열리는 바람에 두 사람은 말을 멈추고 동시에 출입문을 바라보았다. 그레이벌리가 사악하게 웃으며 문 앞에 서 있었다.

"전하께서 당신을 소환하셨소."

로이스의 머릿속에는 스테판에 대한 걱정과 함께 안도감이스쳤다. 그는 어깨로 그레이벌리를 밀치고 지나가면서 물었다.

"왕은 어디 계시오?"

"알현실."

로이스는 왕궁에 자주 드나들었기 때문에 알현실을 잘 알고 있었다. 그는 자신의 뒤를 따라오는 그레이벌리를 모른 척하고 두 층을 돌아내려가 미로처럼 복잡한 방들을 지나 계단 쪽으로 신속히 걸음을 옮겼다. 경비병에 둘러싸인 그는 복도를 지나면서, 모든 사람들의 시선이 자기에게로 쏟아지는 걸 느꼈다. 그들의 조롱 섞인 표정은 그가 헨리의 눈 밖에 난데다 2주일이나 감금되었던 것을 알고 있다고 말하는 듯했다.

로이스는 궁정 예복을 차려입은 엘링턴 영주 내외를 지나쳐 갈 때 그들과 인사를 나누면서 그들의 얼굴에 떠오른 이상한 표정을 놓치지 않았다. 그는 궁전에 있을 때면 알 수 없는 두려움과 불신감에 사로잡히는 일에 익숙했지만 그들 내외는 굉장한 비밀을 감춘 듯 웃음을 참는 표정이었다. 그는 자신이 조롱을 받는 것보다는 불신의 대상이 되는 것이 훨씬 낫다고 생각했다.

그레이벌리가 엘링턴 영주 내외가 어째서 그런 표정을 지었는지 설명했다.

"악명 높은 검은 늑대로부터 용감하게 탈출한 제니퍼 양의 이야기가 이곳 사람들에게 많은 즐거움을 주고 있소."

로이스는 입을 굳게 다문 채 걸음을 더욱 빨리 옮겼다. 그러자 그레이벌리도 걸음을 재게 놀리며 조롱이 섞인 말투로 덧붙였다.

"우리의 그 유명한 영웅께선 그 못생긴 스코틀랜드 처녀에게 푹 빠졌는데, 그 아가씨는 그와 결혼하는 대신 그가 준 보석만 챙겨가지고 도망쳤다는 이야기엔 흥미가 없소?"

로이스는 그레이벌리의 싱글거리는 얼굴에 주먹을 날리기 위해 고개를 돌렸다. 그때 궁정의 경비병들이 알현실의 큰 문을 열었다. 로이스는 헨리가 아끼는 자문관에게 손찌검을 해봐야 이로울 것이 없다고 생각하며 발길을 돌려 알현실로 들어섰다.

격식대로 복장을 갖춰 입은 헨리는 알현실의 맨 끝에 앉아서 왕좌의 팔걸이를 초조하게 두드리고 있었다.

"경은 나가 있으시오!"

헨리가 그레이벌리에게 명령한 뒤 냉정한 표정으로 로이스를 바라보았다. 그가 공손하게 인사했지만 헨리는 묵묵부답이었다. 평소와 달리 헨리가 차갑게 침묵하는 건 그 만남의 결과가 좋지 않을 것이라는 징조이기도 했다. 그런 상태로 몇 분이 지나갔다. 로이스는 그 시간이 영원처럼 길게 느껴졌다. 이윽고 로이스가 예의를 갖춰 입을 열었다.

"저와 만나기를 원하셨던 것으로 알고 있습니다. 전하!"

"조용!"

헨리가 낚아채듯 대꾸했다.

"자넨 내가 허락하면 말을 하게!"

헨리는 침묵이 깨뜨려지자 더 이상 분노를 참지 못하겠다는 듯 언성을 높였다.

"그레이벌리가 말하기를 자네 기사가 내 부하들에게 무기를 겨눴다고? 또한 자네가 고의로 내 지시를 어기려 했을 뿐 아니라 메릭 가의 포로를 풀어주려는 그를 방해했다고? 자넨 이 반역죄에 대해 무어라고 변명할 텐가?"

로이스가 미처 대답을 하기도 전에 왕은 자리에서 벌떡 일어나더니 말을 이어갔다.

"자넨 부하들이 메릭 가문의 여인들을 납치한 것을 용인했어. 하지만 그것은 우리나라의 평화를 위태롭게 할 중대한 사건이지. 또 그런 와중에 연약한 두 스코틀랜드 여자가 탈출하게 만들어 잉글랜드인 전체를 웃음거리로 만들었겠다? 이걸 어떻게 변명할 텐가?"

왕은 으르렁대듯 물었다.

"응?"

그는 숨 쉴 틈도 없이 다그쳤다.

"꿀 먹은 벙어리가 됐나? 말을 해보라니까?"

이윽고 로이스가 예의를 갖춰 되물었다.

"전하! 어떤 죄목에 대해 먼저 대답을 드릴까요? 반역죄입니까? 아니면 제 어리석음에 대한 죄에 대해 아뢸까요?"

헨리의 눈은 불신과 분노는 물론, 용납하긴 싫지만 즐거움까지 곁들여져 크게 벌어졌다.

"이런 건방진 하룻강아지! 그대는 채찍질이나 교수형, 그것도 아니면 칼을 씌우는 벌을 받을 수도 있다는 걸 모르는가?"

"알고 있습니다. 하지만 제가 무슨 죄를 어떻게 지었는지 먼저 말씀해주십시오. 지난 10년간 저는 인질을 여러 번 잡았습니다. 전하께서는 그런 방법이 직접 전투를 치르는 것보다 훨씬 효과적으로 승리할 수 있는 평화로운 방법이라고 여러 번 칭찬하시지 않았습니까? 제 부하들이 메릭 가의 여자들을 인질로 잡았을 때, 저는 전하께서 그토록 빨리 제임스 왕과 화친을 도모하리라고는 예상하지 못했습니다. 게다가 그때는 제임스 왕은 콘월에서 우리에게 한바탕 크게 당한 후가 아니었습니까? 제가 콘월로 가기 전, 바로 이 방에서 전하와 제가 세운 작전은 이러했습니다. 제가 콘월을 떠나도 좋을 만큼 스코틀랜드 놈들을 제압하게 되면 스코틀랜드 국경 근처에서 새로 파견된 군대를 통솔하여 하딘에 주둔시키고 거기에서 우리의 힘을 적군들에게 보여주기로 말입니다. 그때 전하와 저는 분명히 협의했고 그래서 저는……."

"그건 그랬지."

헨리가 화난 목소리로 말을 끊었다. 그는 로이스가 계속하려는 말을 듣고 싶지 않았다. 그는 로이스가 두 숙녀를 인질로 잡은 방법이 타당했음을 인정하기 싫었던 것이다.

"하딘 성에서 무슨 일이 있었는지 말해보게. 그레이벌리가 경을 체포하려고 하자 경은 부하들에게 내 병사들을 공격하라고 했다지? 물론 자네 이야기는 그레이벌리의 말과는 다르겠지만……."

왕은 짐짓 얼굴을 찡그리며 덧붙였다.

"경도 알다시피 그 사람은 경을 싫어하니까."

로이스는 왕이 덧붙이는 말을 못 들은 체하며 논리정연하게 대답했다.

"제 부하들은 전하의 기사들보다 두 배나 많은 숫자였습니

296

다. 만약 그때 제 부하들이 공격했다면, 그 누구도 저를 생포하지 못했을 것입니다. 그런데 전하의 기사들은 모두 상처 하나 없이 돌아왔습니다."

헨리는 목소리를 약간 누그러뜨리며 대꾸했다.

"그레이벌리가 떠들어댈 때 조르도가 그렇게 반박했지."

"조르도라고 하셨습니까?"

로이스가 되물었다.

"그가 제 역성을 들어줄 줄은 몰랐군요."

"경의 역성을 든 건 아니지. 조르도는 경을 싫어하지만 그레이벌리를 더 싫어해. 그는 그레이벌리의 자리를 탐내고 있거든. 그런데 경의 자리는 아니지. 자기 몫이 될 수 없다는 걸 알고 있을 테니까. 내 주변에는 악의와 야망 때문에 명민함을 잃어버린 자들뿐이야."

로이스는 왕이 느닷없이 모욕적인 말을 하자 온몸이 뻣뻣해졌다.

"전하, 모두 그런 건 아닙니다."

헨리는 그의 말이 진실임을 알면서도 별로 맞장구를 치고 싶지 않은 듯 한숨을 쉬었다. 그리고 식탁이 있는 쪽으로 걸음을 옮겼다. 식탁 위에는 보석이 박힌 술잔 몇 개와 와인이 담긴 쟁반이 놓여 있었다. 헨리는 자신의 난처한 처지에서 로이스를 최대한 달래겠다는 듯 말했다.

"술을 좀 따르게."

왕이 손목을 비비면서 무심코 덧붙였다.

"나는 겨울철에 여기 머무는 게 싫어. 차가운 습기 때문에 뼈마디가 계속 쑤시거든. 경이 이토록 소란만 피우지 않았다면 벌써 따뜻한 곳으로 옮겼을 거야."

로이스는 와인을 따른 술잔을 왕에게 건넨 뒤 자신의 잔에도 술을 채웠다. 그리고 연단 쪽으로 천천히 걸음을 옮겼다. 그는 말없이 와인을 음미하면서 헨리가 골똘한 생각에서 깨어나기를 기다렸다.

"어찌 되었든, 이번 일에는 좋은 면도 있군."

한동안 침묵을 지키고 있던 왕이 마침내 입을 열었다.

"솔직히 말해 자네가 클레이모어에 성을 쌓고 기마 사병을 두도록 허락한 것에 대해선 나도 고민이 많았어. 그런데 자네는 나보다 훨씬 많은 부하를 두고도 내 기사들에게 순순히 끌려온 것으로 어떤 유혹이 있어도 나를 배신하지 않을 것이라는 증거를 보여준 셈이지."

헨리는 안이하고 경솔한 사람이라면 금세 걸려들 만큼 화제를 계속 바꿔가며 말했다.

"그런데 그런 충성심에도 불구하고, 자넨 제니퍼 양이 메릭 성까지 그레이벌리의 호위를 받아 안전하게 갈 수 있도록 하진 않았어. 안 그런가?"

왕이 새삼스레 로이스의 아픈 곳을 찌르자 로이스는 분노로 온몸을 떨었다. 그는 술잔을 내려놓으며 차갑게 대답했다.

"당시 저는 그녀가 메릭 성으로 돌아가기를 거절하고, 그레이벌리에게도 그렇게 설명할 것이라고 믿었습니다."

헨리는 입을 벌린 채 그를 멍하니 바라보았다. 그의 손에 들린 술잔이 불안하게 흔들렸다.

"그럼 그레이벌리의 말이 사실이군. 두 자매가 모두 경을 속였다는 게."

"두 여자라고 하셨습니까?"

로이스가 되물었다.

"그렇다니까."

헨리는 재미있어 하면서도 짜증스러운 듯 말을 이었다.

"지금 이 방 밖에 서 있는 두 사람은 제임스 왕이 보낸 밀사야. 그들을 통해 나는 제임스와 계속 연락을 취할 수 있었고, 제임스는 또 메릭 백작과 소식을 주고받았지. 그러니까 결국 모두가 이 법석에 연관된 셈이야. 제임스가 나에게 기꺼이 알려준 바에 따르면, 사경을 헤맸다던 그 동생 아가씨는 깃털 베개에 숨이 막히도록 얼굴을 파묻어서 일부러 기침을 심하게 했다는군. 그러고는 폐병이 도진 것처럼 자네를 속여서 집으로 돌아갈 수 있었던 거야. 또한 제니퍼 양은 계획적으로 하딘 성에 하루 더 머물면서 자네가 그녀를 혼자 두고 떠나도록 속였다는 거야. 그래서 미리 내통해두었던 이복 오빠와 탈출할 수 있었던 거지."

헨리는 좀더 굳어진 목소리로 말을 이었다.

"짐의 최고의 전사가 두 어린 아가씨들에게 넘어갔다고 스코틀랜드인 모두가 비웃고 있단 말이야. 그것도 내 궁전 안에서 호의적으로 다듬어진 이야기가 이 정도이니 다음에 경이 적군과 마주치면, 그놈들은 두려움에 떨기보다는 자네를 보며 배꼽을 쥐고 비웃겠지?"

로이스는 그 말을 듣기 전까지만 해도 제니퍼가 하딘에서 도망쳤던 날보다 더 화가 치밀 일은 없으리라고 생각했다. 하지만 자기의 그림자만 보아도 겁을 먹던 브렌나조차 자신을 속였다고 생각하자 이가 갈릴 지경이었다. 더욱이 동생의 생명을 구하려고 제니퍼가 흘렸던 눈물과 애원도 속임수였다니! 모든 계획은 그 여우가 꾸며낸 게 분명했다. 제니퍼가 동생의 생명을 구하는 대신 자신의 몸을 바치겠다고 했던 것도 그날 밤 틀림없이 탈출할 수 있으리라 믿었기 때문일 것이다.

그때 헨리가 느닷없이 일어나 천천히 걸음을 옮겼다.

"짐의 말은 아직 끝나지 않았네! 이 사건에 대해서는 자네가 인질의 신분을 보고했을 때부터 감당하지 못할 만큼의 강력한 항의가 들어왔지. 내가 아직까지 경의 죄를 묻는 청문회를 허락하지 않은 것은 경의 그 철없는 동생이 나타나기를 기다렸기 때문이야. 그래야 그 녀석이 그 아가씨들을 납치한 곳이 정확히 어디인지 직접 물어볼 수 있기 때문이지."

헨리 왕은 폭발하듯 말했다.

"메릭 백작이 주장하는 대로 경의 동생은 수녀원 마당에서 그 아가씨들을 납치했을 가능성이 아주 높단 말이야. 그 때문에 로마에서는 모든 수단을 동원하여 나한테 이 사건에 대한 보상을 요구하고 있지! 성스러운 수녀원에서 여자를 납치했다고 로마와 스코틀랜드의 전체 가톨릭 신도들이 떠들어대는 것도 모자라 이제는 맥퍼슨도 합세했지. 그는 고지에 있는 모든 일족들을 그러모아 우리와 전쟁을 하겠다고 위협하고 있어. 자신의 약혼녀를 빼앗겼기 때문이지!"

"그의 뭐라고요?"

로이스가 쉿소리를 내며 헨리의 말을 끊었다.

헨리는 잔뜩 기분이 상해 그를 흘끔 쳐다보았다.

"경이 정조를 빼앗고 보석으로 온통 치장을 해준 그 젊은 아가씨가 스코틀랜드에서 가장 강력한 지휘관과 이미 정혼했었다는 걸 모르고 있었나?"

로이스는 그만 화산처럼 분노가 폭발했다. 그 순간 그는 제니퍼 메릭이야말로 세상에서 가장 완벽한 사기꾼이자 거짓말쟁이라고 확신했다. 그는 아직도 그녀의 순진한 모습을 떠올릴 수 있었다. 제니퍼가 수녀원에 보내졌던 이야기를 할 때의 눈빛은 너무나 순결하여 그녀 자신이 스스로 수녀원에서 평생 지내기 위해 그곳으로 간 것으로 믿을 수밖에 없었다. 그녀는 결혼을 코앞에 두고 있다는 말은 한마디도 하지 않았다. 로이스는 그녀가 말했던 꿈의 왕국에 대한 슬픈 이야기도 생각났다. 다시 그의 가슴속에서 참기 어려운 분노가 소용돌이쳤다. 그녀는 로이스가 들었던 모든 이야기를 마음대로 꾸며낸 게 틀림없었다. 그녀는 마치 능숙한 하프 연주가가 하프 줄을 마음대로 튕기듯 로이스의 약한 마음을 가지고 놀았던 것이다.

"술잔을 망가뜨리고 있군, 클레이모어."

헨리는 로이스가 술잔을 꽉 잡고 있던 손에 힘을 주어 은테두리를 타원형으로 변형시키는 것을 보고 심술궂게 말했다.

"그건 그렇고 경이 부정하지 않기에 하는 말인데 제니퍼 양과 잠자리를 같이한 건 사실인가?"

로이스는 입을 꽉 다문 채, 마지못해 고개를 약간 숙였다.

"얘긴 다 끝났군."

헨리가 무뚝뚝하게 말했다. 그의 목소리에서는 친근함이라고
는 찾아볼 수 없었다. 헨리는 화려한 금박으로 치장된 식탁 위
에 술잔을 내려놓고, 왕좌가 있는 계단으로 올라가면서 말했다.

"제임스는 우리가 그들의 수녀원을 침범한 것 때문에 신하
들이 분노하고 있다며 협정을 맺을 수 없다고 하더군. 또 로마
역시 뇌물을 받는 정도로는 이번 일을 덮어두려 하지 않을 거
야. 그래서 제임스와 나는 오직 한 가지 방법밖에 없다고 결정
했네."

헨리는 감히 반론을 허용하지 않겠다는 듯 격식과 위용을
갖추어 말했다.

"이것은 짐이 경에게 내리는 명령이다. 경은 즉시 스코틀랜
드로 출발하라. 그곳에서 두 나라 궁중의 외교 사절들이 입회
하고, 신부 측 친족이 모두 참석한 가운데 제니퍼 메릭 양과
결혼을 한다. 짐의 궁중에서 몇 사람이 경의 여행에 동행할 것
이다. 그들이 결혼식에 참석함으로써 경의 아내를 경과 똑같은
신분으로 잉글랜드 귀족들이 인정한다는 것을 보여줄 것이다."

헨리는 말을 하면서도 짓궂은 표정으로 앞에 서 있는 장신
의 사내를 바라보았다. 로이스의 얼굴은 분노를 참기 위해 창
백해진데다 경련까지 일으키고 있었다. 로이스가 씩씩거리면서
반론을 제기했다.

"지금 전하께서는 불가능한 것을 요구하고 계십니다."

"짐은 전에도 경에게 불가능한 것을 요구하곤 했었지. 전쟁
터에서 말이야. 하지만 경은 내 말을 거절한 적이 한번도 없었
어. 그런데 지금은 경이 내 명령을 거절할 이유나 권리가 더

302

더욱 없어. 알겠나?"

헨리는 자신의 말투가 거칠어진 것을 느낀 듯 다시 격식을 갖춰 말을 이었다.

"더구나 이것은 짐의 요구가 아니라 명령이야. 또 한 가지! 짐의 밀사가 인질을 풀어주라는 짐의 명령을 전달했을 때 경이 즉시 응하지 않은 벌도 있다. 짐은 경에게 그랜드 오크 영지와 작년부터 그곳에서 거둔 모든 수입을 벌금으로 바칠 것을 명한다."

로이스는 사기꾼인 빨강 머리 마녀와 결혼까지 해야 한다는 게 너무나 어처구니가 없어 헨리의 두 번째 명령을 거의 듣지 못했다.

그러나 계속 이어지는 왕의 목소리는 한결 누그러졌다. 로이스가 더 이상 목소리를 높여 반발하고 나설 기미를 보이지 않았기 때문이다.

"다만 짐은 그랜드 오크의 영지를 경에게서 완전히 몰수하지 않기 위해, 그 땅을 결혼 선물로 경의 신부에게 하사하노라."

헨리는 한마디 덧붙였다.

"하지만 지난해에 그 땅에서 거둔 수입은 모두 벌금으로 징수 당할 것이다."

그는 연단 아래에 있는 탁자 위를 손으로 가리켰다. 그곳에는 양피로 된 두루마리가 하나 있었다.

"앞으로 한 시간 안에 밀사들이 저 문서를 가지고 출발하여 제임스에게 직접 전달할 것이다. 문서에는 지금까지 경에게 말했던 내용이 적혀 있으며 내가 서명까지 마친 것이다. 제임스는 문서를 받는 즉시 메릭에게 밀사를 보낼 것이고, 메릭은 전갈을 받은 지 2주일 후 메릭 성에서 자신의 딸과 경의 결혼식이 즉시 거행될 수 있도록 준비할 것이다."

이야기를 마친 헨리 왕은 자신의 신하로부터 명령에 복종하겠다는 대답을 기다렸다. 하지만 로이스는 여전히 씩씩거리며 되물었다.

"전하, 그것이 전부입니까?"

헨리는 인내심이 바닥난 듯 미간을 찌푸렸다. 그러더니 사납게 다그쳤다.

"경이 짐의 명령에 복종하겠다는 대답을 들어야겠다. 클레이모어, 지금 교수대로 갈 것인지 아니면 메릭 가문의 아가씨와 서둘러 결혼할 것인지를 선택하게."

"서두르겠습니다."

로이스는 마지못한 듯 대답했다.

"잘됐어!"

헨리가 무릎을 치며 반가워했다. 모든 일이 자신의 뜻대로 진행되자 헨리는 기분이 좋아졌다.

"사실 말이지, 난 경이 결혼을 하느니 죽음을 택할지 모른다고 생각했거든."

로이스가 투덜거렸다.

"전하, 저는 그렇게 하지 못한 것을 두고두고 후회할 것입니다."

헨리가 웃으며 다시 술잔을 집어들었다.

"자네의 결혼을 위해 건배하세."

잠시 후 로이스가 화를 가라앉히려고 술잔을 내려놓는 것을 보면서 왕이 말을 이었다.

"지난 몇 년 동안 자네가 내게 보여준 충성의 대가로 여기기엔 이 결혼이 너무 형편없는 보상이라고 생각하는 것 같군. 하지만 대가에 대한 희망이 별로 없었던 시절에도 자네가 나를 위해 치열하게 싸웠던 것을 결코 잊지 않고 있다."

"전하, 제가 전투의 대가로 바랐던 것은 잉글랜드의 평화였습니다."

로이스가 말을 계속했다.

"저는 평화와 강력한 군주를 바랐습니다. 도끼나 망치 따위로 싸우는 구태의연한 방법보다 평화를 유지하는 데 좀더 나은 방법을 찾는 그런 군주 말입니다. 그런데 전하께서 택하신 방법 중의 하나가 적군끼리 서로 정략결혼을 시키는 것인지는 미처 몰랐습니다. 만일 그걸 미리 알았더라면 전하가 아니라 리차드 왕 쪽에 제 운명을 모두 걸었을 것입니다."

그는 신랄하게 헨리를 원망하는 말을 마쳤다. 반역의 의미가 담긴 거친 표현에도 불구하고 헨리는 웃음을 터뜨렸다.

"이보게 친구! 자네는 내가 정략결혼을 가장 좋은 협상 방법으로 여기고 있다는 걸 오래전부터 알고 있었어. 보스워스에서 우리 둘이 늦게까지 모닥불 앞에 앉아 있었던 그날 밤을 기억하나? 그때 내가 했던 말이 생각날 거야. 평화를 가져올 수만 있다면, 내 친누이라도 제임스에게 줄 것이라고 말이야."

"전하에겐 누이가 없지요."

로이스가 짧게 지적했다.

"없지. 대신 자네가 있지를 않나."

헨리가 조용히 대답했다. 그것은 그가 신하에게 내릴 수 있는 가장 큰 칭찬이었다. 로이스조차 그것을 부인할 수는 없었다. 그는 술잔을 내려놓고 머리카락을 무심히 쓸어 올렸다.

혼자 흐뭇해진 헨리가 덧붙였다.

"휴전과 마상 경기, 그것이 평화로 가는 지름길이야. 휴전으로 병사들을 묶어놓고 마상 경기를 통해 적대감을 없애는 거지. 난 올가을에 클레이모어 근처에서 열릴 마상 경기에 보내고 싶은 사람이 있으면 누구라도 환영한다고 제임스에게 청해 놓았지. 그 일족들이 명예로운 장소에서 우리와 싸울 수 있도록 하는 거야. 아무런 해도 입히지 않고서 말이야. 정말 재미있을 거야."

헨리는 말투를 약간 바꾸어 말했다.

"물론, 경은 참석하지 않아도 되네."

헨리의 말을 듣고 난 로이스가 물었다.

"전하, 더 하실 말씀이 없으시면 그만 물러가도 되겠습니까?"

"물론."

헨리가 순순히 대답했다.

"내일 아침에 다시 와서 좀더 이야기를 나누도록 하세. 경의 동생에게 너무 심하게 굴지 않도록 하게. 경을 구하기 위해 브렌나 양과 결혼하겠다고 자청했을 정도니. 뭐, 싫은데도 결혼하겠다는 눈치는 아니었지만 말일세. 어쨌든 그럴 수는 없는 일이지. 아! 그리고 클레이모어, 하멜 양과의 약혼이 깨지게 된 것은 그리 걱정할 필요가 없네. 내가 그녀에게 벌써 이 사실을 알려주었거든. 안타깝게도 아주 실망하는 표정이었네. 그래서 내가 멀리 시골로 보내주었지. 환경이 바뀌면 기분 전환에 도움이 되겠지."

헨리가 로이스의 약혼에 대해 이미 손을 썼고, 그 일로 메리가 엄청난 모욕을 당했다는 사실은 단 하룻밤 사이에 그가 견딜 수 있는 나쁜 소식들 중 마지막을 장식했다. 로이스가 왕에게 인사한 뒤 몸을 돌리자 시종들이 문을 열었다. 그런데 그가 몇 발자국 옮기지도 않아 헨리가 다시 그를 불러 세웠다.

로이스는 헨리가 또 어떤 요구를 하려는지 궁금해하며 몸을 돌렸다.

"경의 신부는 여백작이란 말일세."

헨리가 말했다. 그는 입가에 미묘한 웃음을 지으며 계속 말했다.

"그 작위는 그녀의 어머니에게서 물려받은 것인데, 자네의 작위보다 훨씬 오래된 작위라는 걸 알고 있나?"

로이스가 무뚝뚝하게 대답했다.

"그녀가 스코틀랜드의 여왕이라 해도, 저는 그 여자를 원하지 않습니다. 그러니 그녀가 지금 가지고 있는 작위에 대한 관심은 별로 없습니다."

"그건 나도 알아. 사실 나도 그것이 조화로운 결혼생활에 방해가 될지 모른다고 생각하네."

로이스가 말없이 바라보고만 있자, 헨리는 활짝 웃으며 설명을 덧붙였다.

"그 젊은 여백작은 나의 신하 중 가장 용감하고 뛰어난 전사를 농락했으므로 그녀를 경보다 더 높은 신분으로 두는 건 전략적으로 실수가 될 것이야. 따라서 짐은 그대에게 공작의 작위를 내리노라!"

얼마 후 로이스가 알현실에서 나오자 대기실에는 그의 표정을 살피러 모여든 귀족들로 가득 차 있었다. 모두가 그의 표정에서 왕과 있었던 접견 내용을 추측해보려 애태웠다. 곧 시종이 그 궁금증을 풀어주었다. 그는 알현실을 뛰어나오며 큰 소리로 말했다.

"공작님!"

로이스는 돌아서서 시종의 말을 전해 들었다.

"헨리 왕께서는 공작님의 신부 되실 분에게 개인적인 안부를 전해 달라고 하셨습니다."

그때 대기실에 있던 귀족들에게는 두 가지 말만 들렸다. 하나는 '공작'이라는 말로, 이는 로이스 웨스트모어랜드가 잉글랜드에서 가장 높은 지위에 올랐다는 것을 뜻했고 또 다른 하나는 그의 결혼이 임박했다는 점이었다. 로이스는 시종을 통한 전언이 대기실에 모여 있던 귀족들에게 두 가지 사실을 한꺼번에 공표하는 헨리다운 방법이라고 생각했다.

아멜리아 윌데일 부부가 먼저 충격에서 깨어났다. 윌데일이 로이스에게 고개를 숙이며 말했다.

"그럼 먼저 하례를 드리는 것이 순서일 듯합니다."

"그럴 필요 없소."

로이스가 말을 끊으며 대답했다.

"행운의 숙녀 분은 누구시지요? 하멜 양은 아닌 것 같군요."

애버리가 물었다.

로이스는 발길을 옮기면서 어떻게 대답해야 할지 잠시 머뭇 거렸다. 하지만 그가 미처 대답을 하기도 전에 헨리가 문밖까 지 들릴 만큼 크게 말했다.

"제니퍼 메릭 양이라네."

귀족들은 일순 찬물을 끼얹은 듯 조용해졌다. 그러더니 잠시 후 억눌렸던 웃음이 폭발한 듯 크게 터졌다. 귀족들의 웃음소 리와 웅성거림에 귀가 따가울 정도였다.

"제니퍼 메릭이라고?"

엘리자베스가 로이스를 바라보며 되물었다. 뜨겁게 타오르는 그녀의 두 눈은 한때 그들이 은밀히 나누었던 친근함을 조용히 상기시켰다.

"그렇다면 예쁜 쪽이 아니고 그 못생긴 여자 말인가요?"

로이스는 한시바삐 그곳을 벗어나고 싶었지만 그럴 처지가 아니었다. 그는 말없이 고개를 끄덕였다.

"그 여자는 나이도 꽤 많지 않나요?"

엘리자베스가 계속 물고 늘어졌다.

"치마를 걷어붙인 채 검은 늑대로부터 도망치지 못할 만큼 늙지는 않았지요."

그레이벌리가 사람들 속에서 걸어나오며 끼어들었다.

"고분고분하게 만들려면 때려서 버릇을 들여야 하지 않겠소? 고문도 좀 하고, 약간 아프게 해주면 그땐 아마도 그녀가 공의 침대에 머물지 않을까요?"

로이스는 그만 그 교활한 인간을 목 졸라 죽이고 싶은 충동에 사로잡혔다.

그때 누군가 긴장을 깨뜨리려는 듯 농담을 던졌다.

"이건 잉글랜드와 스코틀랜드의 대결이군. 침실에서 전쟁이 벌어진다는 게 특이하긴 하지만 말야. 나는 로이스 공작에게 걸겠네."

"저도 그렇습니다."

또 다른 누군가가 합세했다.

"나는 여자 쪽에 걸겠네."

그레이벌리가 선언했다.

그 귀족들 뒤쪽에서는 한 노신사가 가까이 서 있는 친구에게 귓속말로 물었다.

"왜들 이러지? 클레이모어에게 무슨 일이 생겼나?"

노신사의 친구가 군중들이 모두 들을 만큼 큰 소리로 대답했다.

"로이스가 메릭 가문의 매춘부와 결혼을 해야 한다네."

그러자 한 여자가 군중 속에서 목을 길게 빼고 뒷사람에게 물었다.

"저 남자가 뭐라고 그랬죠?"

"클레이모어가 메릭의 창녀와 결혼해야 한대요."

먼저의 노신사가 정중하게 대답해주었다.

대기실의 군중들 사이에선 다시 큰 소란이 일어났지만 오직 두 사람만은 침묵을 지키고 있었다. 제임스 왕이 보낸 맥리시

와 더갈은 그날 밤으로 스코틀랜드로 가져갈 결혼 합의서에 서명이 끝나기를 기다리고 있었다.

한편 런던 시내에서는 두 시간도 안 돼 귀족은 물론, 하인, 성 밖 경비병 그리고 지나가는 행인들에게까지 소문이 퍼져나갔다.

"클레이모어가 메릭의 창부와 결혼해야 한다네."

<2권에 계속>

꿈의 왕국 1

주디스 맥노트 지음 | 김인수 옮김

A KINGDOM OF DREAMS

초판 1쇄 인쇄일 | 2004년 7월 15일
초판 1쇄 발행일 | 2004년 7월 20일

발행처 현대문화센타 | 발행인 양장목 | 출판등록 1992년 11월 19일 | 등록번호 제3-448호
주소 서울특별시 은평구 대조동 191-1 (122-842) | 전화번호 384-0690~1 | 팩스 384-0692
이메일 hdpub@chol.com | 홈페이지 http://www.hdbook.co.kr
ISBN 89-7428-256-9 04840
　　　89-7428-255-0 (전2권)

• 잘못 만들어진 책은 구입하신 서점에서 교환하여 드립니다.